あやし神解き縁起

有田くもい

角川文庫
23333

目次

登場人物

檜《ひ》垣《がき》行《ゆき》夜《や》

元服を済ませた16歳。やや生意気だが真面目で素直な性格。人と鬼との間に生まれたいわば「半人半鬼」で、幼少期より道真に育てられた。

菅《すが》原《わらの》道《みち》真《ざね》

冤罪により大宰府に流され、死後に神となった。優れた学識を持ち、人好きのする容貌。高位の神から行夜を育てるよう命じられ子育てに奔走することに。

イラスト／村カルキ

飛《ひ》虎《こ》

行夜の霊獣。いつも腹ペコ。

安《あ》倍《べの》吉《よし》平《ひら》

晴明の息子で、陰陽でずば抜けた才を持つ。良くも悪くも真っ直ぐな性格。吉昌の兄。

安《あ》倍《べの》吉《よし》昌《まさ》

晴明の息子で、天文の才がある。貴公子然とした美男だが、腹黒で女癖が悪い。吉平の弟。

藤《ふじ》原《わらの》時《とき》平《ひら》

藤原氏の嫡男。生前、道真に憧れていた。

安《あ》倍《べの》晴《せい》明《めい》

猛々しい覇気を放つ、比類なき陰陽師。道真と仲が良い。

序

西海《さいかい》の果て、大宰府《だざいふ》。

この地には非業の死を遂げた才人、菅原道真《すがわらのみちざね》の廟《びょう》がある。

優れた学識で右大臣の位まで至ったものの、並外れた出世を妬《ねた》んだ者たちによって謂《いわ》れなき罪を負わされ、流刑に処された。それからわずか二年後、濡《ぬ》れ衣《ぎぬ》の悲しみに追い詰められるかのように、道真は大宰府で帰らぬ人となってしまった。

そののち、憐《あわ》れな死を引き金とするかのように、京《みやこ》で不幸が相次いだ。旱魃《かんばつ》や水害といった天変地異、疫病、そして貴人たちの無残な死。いつからか、これら数々の災厄《さいやく》は怨霊《おんりょう》となった道真の祟《たた》りではないか……などと、まことしやかに囁《ささや》かれはじめた。

こうなれば、もはや捨ててては置けない。時の帝、醍醐《だいご》天皇は勅命で道真の罪を取り消し、再び右大臣の位につかせた。しかし、なおも人々の祟りに対する恐れは収まらず、ついに菅原道真は神として祀《まつ》られるようになった。

けれど、市井《しせい》の者たちも、清涼殿《せいりょうでん》に集う権力者たちも帝《みかど》も、誰ひとり知らない。

天満大自在天神《てんまんだいじざいてんじん》こと菅原道真が、実は死んだ直後から神になっていたことを。

✿　✿　✿

陽があるうちは参詣《さんけい》の人々でにぎわう社殿の一帯も、夜が更ければ、たちまちどこもかしこも深い闇と静寂に沈む。

そんなとろりと暗い社殿の奥の、そのまた奥に。

常人の目には映らず、また踏み込めない。神、もしくはその眷属《けんぞく》といった存在のみが立ち入れる、神域と呼ばれる特別な空間がある。

そこはいわば神の住まい。人の世になぞらえるなら我が家と呼べる場において、道真は眠りについていた、のだが……。

びぃと甲高い赤子の泣き声が夜のしじまを切り裂く。

ほぼ同時に、かたわらで眠っていた道真は飛び起きた。これで五度目。今夜は殊に夜泣きがひどい。

「……お、鬼王丸《おにおうまる》、どうした？　腹が減ったか？　それとも襁褓《むつき》か？」

道真は鬼王丸と呼んだ赤子を抱き上げ、よしよしとあやす。

一見したところ、二十歳をいくつか超えたくらいに見えるこの若者こそ、大宰府の社に鎮座する天神、菅原道真である。

特に秀でてはいないものの、それなりに整った目鼻立ちには知性と品の良さ、なにより相手の心を解きほぐす愛嬌《あいきょう》がある。この人好きのする面相と褒め上手な気質のおかげで、生前の道真は大いにもてて、とんだ人たらしだとよく囃《はや》された。しかし、そんな面影もどこへいったのやら。いまは声にも表情にも生気がなく、頬はこけ、落ち窪《くぼ》んだ目の下のクマもひどい。簡素な小袖《こそで》とほつれた鬢《びん》という身なりも相まって、さながら幽鬼《ゆうき》の有り様である。

死んですぐ、大宰府を中心とする西海一帯の土地神に昇華して六十年ほどになるが、筋金入りの正装嫌いは人の頃のまま。仰々しいナリは肩が凝ると、普段は徹底的にくだけた恰好《かっこう》で過ごしている。頭の固い古参の神々に知られれば、まず説教は免れない。そんな風に、見た目は少々そぐわないものの、道真が神の一員に名を連ねているのは間違いない。だが、神でありながら、現在ギリギリまで追い込まれている。ひとりきりでの子育てという試練に。

「はは……古今東西、賢智及ばぬ域はなし、とかなんとか褒めそやされた俺もいまのいままで知りませんでした……昼夜構わず、赤子がこうもたびたび泣くなんて……」

夜を重ねるごとに独り言は確実に増えていっている。道真自身は気づいていない。そもそも、頭の中身を口に出している自覚がない。

泣き声に起きる、あやす、食事、襁褓の取り替え、あやす、やっと寝る。よし、いまのうちにアレとコレを……と思ったらまた泣いて起きる。あやす、なんとか寝る。意気込んでアレとコレをはじめたら起きる。あ、今度は泣いていない。いいぞとほくそ笑んだ途端に大泣き。襁褓を替え、食事。沐浴《もくよく》。鬼王丸はこれが大嫌いで、最中はもちろん、済んでからも壮絶に泣く。ひたすらあやす。どうにか寝る。たまったアレとコレを大急ぎで片付ける。やれやれと横になった途端にまた泣き出す。日々、果てなくこれの繰り返し。

いまが昼なのか夜なのか。自分がまともに食事をしたのがいつか。最後に一刻以上続けて眠ったのが何日前か。すべてがもう、わからない。

「赤子は一日中くうくう寝てるモンだと思っていた……は、はは、馬鹿だな俺」

道真の乾いた自嘲《じちょう》が響き渡る。

育ての親から漂う不穏な空気にあてられたのか、道真の腕の中の鬼王丸が体全体を震わせ、いっそう激しく泣きたてる。

かと思うや、黒く細い影のような何かが、鬼王丸のふっくりと丸い右腕を凄《すさ》まじい勢いで螺旋《らせん》状に這《は》い上がってくる。影は一瞬で手の甲にまで達し、シャッと牙《きば》を剝《む》く蛇となって空に喰《く》ってかかる。すると、途端にボンッという破裂音が鳴り響き、道真のまわりに蒼《あお》い鬼火が三つ弾《はじ》け出た。

「うっ、わたあ！」

道真は慌てて左手をふるう。すぐさま、薙《な》がれた鬼火はジュッと鋭い音と共に消え去った。床と袖《そで》が焦げた匂いが漂う中、道真は薄く滲《にじ》んだ額の汗をぬぐう。

「鬼王丸ー。火は危ないから駄目だぞー……って言っても、まだわかんないよなあ」

道真はため息を落とすと、顔を真っ赤にし、ひっくひっくと全身でしゃくり上げる鬼王丸の額に手をあて、ゆっくりとなでた。

繰り返すうちに、鬼王丸は落ち着きを取り戻していく。同じようにいきり立っていた黒蛇も牙を収め、飛び出してきた時とは逆巻きにするすると袖の中に消えた。

鬼王丸の感情の昂《たか》ぶりに合わせて、出現する黒蛇の刻印と鬼火。これこそが、道真が他の誰にも頼ることができない理由だ。

「よしよし、良い子だ。泣いたら腹が減ったろ？　とりあえず、飯を食おうな。ほれ」

道真は笑いかけながら、今度は左のひとさし指を小さな口元に差し出す。

ふわりと、道真の指先に黄金色の光が灯《とも》り、併せて仄《ほの》かな白梅香《はくばいこう》が匂い立つ。

光と香りに気づくや、鬼王丸はわちゃわちゃと小さな手を動かし道真の指をつかむ。

そして、まるで乳を飲むかのようにくわえ、吸いはじめた。

育児疲れでとうとう気を病んでしまったのかと危ぶまれるような光景だが、これはれっきとした食事。与えるものが乳か神力かの違いしかない。

元の身が男である以上、神とはいえ乳は出ない。父と名乗りながら乳が出ないとは。如何《いか》なる矛盾かと嘆き、憤り、果ては我が身の不甲斐《ふがい》なさを題に歌を詠み、漢詩にも綴《つづ》ってみたが、もちろん何の解決にもならず、また奇跡も起きなかった。

頭と体を限界までよじったところで出ないものは出ない。当然ながらも残酷な結論にたどり着いた結果、平癒の神力を乳がわりに与えている。

ちなみに、道真の神力は黄金色で白梅の香りがする。これは、神力にはその神の象徴や特徴が反映されるからだ。道真の場合、色は天神、即ち雷光を司《つかさど》る神であること、また香りはかつての邸宅が紅梅殿《こうばいでん》と呼ばれるほど庭の梅の木々が見事で、中でも殊に愛《め》でた一本が白梅であったことに由来する。

「……てっ」

きゅうと、ひときわ強く指を吸われ、道真は眉《まゆ》を寄せた。

鬼王丸は普通の赤子ではない。怨讐《おんしゅう》の念から鬼女となってしまったある女人から産まれた子で、いわば半人半鬼という存在である。それ故に、鬼火を熾《おこ》すという人ならざる力を持っている。

人知を超えた力を持つという点においては神も鬼も似たようなものだが、ふたつの力の在り様はまったく異なる。陰陽五行《おんみようごぎよう》から力を得る神と違い、鬼は怒りや憎しみといった黒い感情を己が力の根源にしている。鬼が時に怨《うら》みの権化、怨霊と呼ばれるのはそのためだ。

無念を晴らしたい、仇《かたき》を討ちたい――怨みの多くは強い攻撃衝動をはらんでいる。鬼が放つそれらの害意は瘴気《しようき》と呼ばれ、強い毒性を宿している。

人や鳥獣、神々も含めて、瘴気は万物に悪影響をもたらす。時には神さえ滅ぼすほど強大な瘴気を持つ鬼もいるが、赤子の鬼王丸はその類《たぐい》ではないし、道真もまた易々《やすやす》と飲まれるほどやわではない。だから、いまのように四六時中そばについていられる。

とはいえ、まるで無害という訳ではない。草花の棘《とげ》に刺されるような痛みや、漆の葉のかぶれに似た痒《かゆ》み、小さな銅鑼《どら》の鳴りに似た頭痛など、瘴気の影響による地味な不快は数え上げればキリがない。

「乳母を頼めりゃいいんだが……」

せめて食事の世話だけでも誰かと分担できれば。道真の切なる願いはしかし、叶《かな》えるにはあまりに難しい。

道真は神だから不快程度で済むが、常人なら最悪命を落とす危険もあるからだ。

また、赤子である鬼王丸は力の制御が一切できない。さっきのように感情の荒立ちに合わせて鬼火を熾してしまう。これでは命がいくつあっても足りない。

「無理だよな。うん、知っている……あ、やばい。なんか泣けてきた……」

道真は鬼王丸を膝《ひざ》で支え、食事を続けさせつつ、右手で目頭を押さえる。

神様といっても、身があり心がある。普通に泣くし笑うし、食事や睡眠も必要不可欠だ。陰陽五行を司る神力を備え、不老不死といっても、中身は人と変わらない。

諸事情あり、生まれたばかりの鬼王丸を預かってふた月余りになるが、はじめての子育てに翻弄《ほんろう》される日々に道真は疲れ切っていた。

「少しは真面目に眷属を従えるべきだったたな……」

正式に土地神として認められた時、道真は他の神々から数々の訓示を賜《たまわ》った。中でも多かったのが、眷属をできるだけ多く備えるべし、ということ。理由は、土地神にかせられる最も重要な務めが神域の統治だからである。

一口に神といっても、そこには様々な部類や序列がある。まず大きな区分として、神の国である高天原《たかまがはら》で生まれた天津神《あまつかみ》と人の世で生まれた国津神《くにつかみ》がある。双方に上下はなく、また生まれた時から神であるという共通点を持っている。

対し、土地神は先のふたつとは大きく異なる。土地神とは、永らく同じ地に在り続けたものが、信奉を受けて神に近い力を得た存在をいう。鳥獣や石木、時に人であったりと元は様々だが、とにかく最初から神だった訳ではないというのが大半に通じる特徴だ。天津神や国津神からすれば、土地神は正式な神ではない。また、時に自身の裁量で見込んだものを神に昇華させることもあるため、両者の間には主従と呼んでも差し支《つか》えない上下関係が存在している。

道真は古《いにしえ》の女神、瀬織津姫《せおりつひめ》の加護を受けて土地神になった。

瀬織津姫は伊邪那岐《いざなぎ》の禊《みそぎ》より生まれた、由緒正しき神である。あらゆる罪や穢《けが》れを受容する強さと度量、なによりどことなく気質やふるまいが亡き妻と似ている瀬織津姫に、道真はまるで頭が上がらない。

そんな神様の力関係はさておき、神域の統治というのはかなり忙しい。鬼や魍魎《もうりょう》たちが悪さを働いていないか、治安維持のために見回りをし、気脈や水脈といった五行の流れの整備を微に入り細を穿《うが》つように行う。

土地神ひとりでは手が足りないため、通常は複数の眷属《けんぞく》を遣わし、代行させる。土地神はあたふたと動き回るより、中心でどっしりと構えていることこそが大事だからだ。

だが、道真はそんな先神たちの訓示に従わなかった。否、従えなかった。

生前の左遷によって失ったものは地位だけではない。家族も縁者も、門弟や仕えてくれた家人たちまで、誰も彼も巻き添えにしてしまった。離れたくないと泣いて縋《すが》るが故に、流罪先に伴った幼い我が子にも満足な食事すら与えられずに死なせてしまった。

なにひとつ、本当になにひとつ守れなかった。そんなものが新たになにを従えるというのか。無断で土地神にされたこと自体、はじめは受け入れ難かったというのに。

「けど、そのせいでおまえに不自由を強いているんだから。つくづくどうしようもないよなあ」

鬼王丸を預かった時、道真はその両親を己の眷属として迎えた。

しかし、鬼王丸の両親はさる事情で旅に出ているため、眷属として本来の務めは果たすことができない。だから、それ以外に眷属を持たない道真はひとりですべてをこなさなくてはならないのだ。

いくら子育てが忙しいからといって、土地神の務めを疎《おろそ》かにはできない。そのため、道真は鬼王丸をおぶった状態で慌ただしく飛び回り、監視や整備を行っている。

腹が満ちたのか、鬼王丸は道真の指を放ると、たどたどしく手を動かし、遊びはじめた。ふくふくとした手に応《こた》えながら、道真は笑う。

「しかしまあ、赤子というのはなんとも可愛いもんだな」

生前、多くの子を授かった身でなにをいまさらと、我ながら呆《あき》れる。

もちろん、我が子はそれぞれに可愛かった。授かった子以外にも、門前で経を諳《そら》んじる童の賢さに魅せられ、養子に迎えたこともある。

昔から、子というものが愛《いと》おしかった。人だった頃はいつも、幼い者たちがこれから生きる世を良くしていかねばと己を奮い立たせてきた。

しかし、そんな風に思いながらも、いまのように子の世話を焼き、成長の一切を見守ったことはない。なによりも家族が大切だったという気持ちに嘘はない。けれど、知りたい、学びたいという欲を抑えることがどうしてもできなかった。

子が生まれれば大いに喜んだが、あとは妻や乳母たちに任せきり。たまに抱いたり、遊び相手になったり、説教を垂れたりするたび、無責任に感心したものだ。子というのは知らぬ間に大きくなるのだなあ、などと。

道真は左手で口を覆い、ぐふぅと呻《うめ》く。完全なる黒歴史。恥ずかしくて震える。愚かな己の面に拳《こぶし》を叩《たた》き込み、妻をはじめとする女たちに土下座したい。

「いきなり瀬織津姫様より赤子を託されて、最初は驚いたが……これこそ一端《いっぱし》の親になる最良の機会というもの。罪滅ぼしになるとは思わないが、今度こそ俺は子育てと向き合う！　鬼王丸、おまえを立派に育ててみせるぞ！」

道真は声高に叫び、鬼王丸を頭上にかかげる。

突如、高く高く持ち上げられた鬼王丸はきょとんと目を丸くした、かと思うや。ふぃぎゃあと火がついたように大泣きをはじめた。

「ああああー。悪い悪い。怖かったよなー。ほれ、もう大丈夫だぞー低い低いー」

道真は慌てて鬼王丸を抱え込んだが、時すでに遅し。

「よーしよし。ほれほれ、ほれほれ、ほ…………頼む、泣き止んで……」

鬼王丸の激しい泣き声に合わせて、再び黒蛇の刻印が飛び出し、次いでボボンッと鬼火が巻き起こる。

まだまだ、まだ。

道真の眠れぬ夜は終わりそうもない。

第一話　目にはさやかに見えねども

淀川《よどがわ》下流の江口《えぐち》には古くから妓女《ぎじょ》たちの集う町がある。

ひとたび港に漕ぎ入れれば、美しい女たちがひしめく小端舟《こはしぶね》が寄ってきて、鼓や謡いで誘いをかけてくる。昔々より、江口から一夜の夢に酔いしれる者がいなくなった例《ため》しはない。

夜こそ賑《にぎ》わう遊里とはいえ、一帯を離れれば普通の村里と変わらない。深夜ともなれば路上は静まり返り、猫の影さえなくなるものだが、今夜は珍しいことに、娘がひとり、松明《たいまつ》を手に歩いていた。

目立たないようにしているが、髪の結い方や身なりを窺《うかが》う限り、江口の妓女と見て間違いない。とはいえ、まだ年若く、それほど垢抜《あかぬ》けしていない様子から、おそらくは見習いといったところだろう。

風向きの加減か、時折は管弦の音や囃《はや》し声が流れてくるものの、それが却《かえ》って外れの小路《こみち》のうら寂しさを際立たせる。

しかも、今宵《こよい》は新月で常にも増して闇深い。こんな夜は大の男とてひとり歩きなど気が進まないだろうが、不思議と娘に怯《おび》える様子はない。夢見心地と言うべきか、妙にふわふわとした足取りで歩いていく。

水郷である江口には川が幾つも入り組んでおり、この小路の脇にもせせらぎが流れている。娘は流水の音を追うように進み、川をまたぐ簡素な橋を渡る。

すると、闇の向こうに何か見つけたのか、どこかぼんやりとしていた娘の顔が明るい歓喜に輝いた。

「お坊様っ……」

娘の声と視線の先に立っていたのは僧形の若い男。

何故、このような時刻、場所に僧がいるのか。奇妙ではあるが、娘は躊躇《ためら》うことなく青年僧のそばに駆け寄る。

「お約束通り、参りました。さあ、どうか私を浄《きよ》めの供としてお連れください」

娘は青年僧の足下に伏し、かたわらに松明を置くと、両手を合わせる。

青年僧は無言のまま、娘を見下ろす。

端整な顔に浮かぶ表情は穏やかで、菩《ぼ》薩《さつ》の化身と言われても信じてしまいそうになるほど清らかな気品に満ちていた。

しばしの沈黙を置いて、青年僧は微笑すると、おもむろに地面に膝をつく。

そして、白い両手を伸ばし、うつむく娘の顎《あご》を包み込むと、そっと上向かせた。

「よくぞ申した。これより我らは一心同体。共に世の穢れを祓《はら》おう」

「ええ、ええっ……何処までも共にっ」

娘は陶然とした表情で青年僧を見つめる。その眼差《まなざ》しは崇拝の念に溢《あふ》れ、欠片《かけら》の迷いも見当たらない。

娘の信頼に応えるように、青年僧がにこりと笑みを深める。

だが、次の瞬間、澄み切っていた目が深紅に濁り、清廉な笑みが禍々《まがまが》しく歪《ゆが》む。変貌《へんぼう》に併せて、青年僧の尖《とが》った十爪《じゅっそう》がぐしゃりと音をたて、娘の細い首に深々と沈み込んだ。

「ひっ、がっ……！」

突如として様変わりした青年僧の形相を恐れる暇もないまま、娘は全身を引きつらせ、呻き声を上げる。

陸に擲《なげう》たれた魚のように、娘は体をよじり、両足で地面を打ったが、青年僧の手からは逃れることができない。万力で締め上げているという風でもないのに、娘の首に喰《く》い込んだ十爪は微塵《みじん》も揺らがない。

まさに死に物狂いの態《てい》でもがきながら、娘は青年僧の手をつかむ。

しかし、抵抗もそこまで。あれほど瑞々《みずみず》しかった娘の肌がみるみるうちに黒ずみ、枯れていく。髪もすべて抜け落ち、地に落ちる前に砂塵《さじん》となって散っていく。ほどなく娘の体は完全に力を失《な》くし、くたりとへしゃげた。その頃には、手のみならず、全身が乾き切ったように萎《しぼ》み、木炭のような有り様と化していた。

そこに至ってようやく、青年僧が手を放す。

見るも無惨な姿になった娘は音もなく地面に崩れ落ちた。

皮膚という皮膚が干からび、髪も目もなくなった骸《むくろ》はもはや、着衣がなければ性別のみならず、老い若きさえわからない。ただ、捻《ねじ》れ曲がった手足、歪んだ口形から、余程の恐怖と苦悶《くもん》を味わったことはひしひしと伝わる。

すでに青年僧は恐ろしい変貌を消し去り、元の涼しい微笑を浮かべていた。

鬼か物の怪《け》か、どんな妖《あや》しい術を用いたのか……しかし生憎《あいにく》、ここにそれを糾弾できる者はいない。月さえない暗夜がこの恐ろしい罪を隠し覆っている。唯一、娘が手にしていた松明の炎が残ってはいるものの、底知れず闇深い青年僧の正体を暴くにはあまりに頼りない灯《あか》りであった。

不意に、松明に照らされ青年僧の影が蠢《うごめ》く。

かと思うや、ヒョウゥッという耳障りな音と共に、影から噴出したおどろおどろしい黒雲が瞬く間にあたりに立ち込めはじめる。

再びヒョウヒョウと音が鳴り響く。大層気味の悪いそれは鳥の、強いて言えばトラツグミの鳴き声に似ていた。

やがて、もうもうと渦巻く黒雲の合間から異形の化け物が這《は》い出てくる。

猿の面相にずんぐりと丸い胴体、四肢は太く、毛は斑《まだら》、長い尾は蛇。得体の知れない姿は怪奇話に聞く鵺《ぬえ》そのものだ。

鵺は鼻をひくつかせながら、何かを探すように瞳孔《どうこう》のない目をぎょろりと巡らし、すぐさま娘の骸に視線を留める。

ヒョウヒョウッと、鵺は昂《たか》ぶった声を上げ、娘の骸に飛びつきかける。

だが、それを阻むように青年僧が手をかざせば、やにわに鵺の足下で黒雷《こくらい》が閃《ひらめ》き、まるで鞭《むち》のごとくその巨体を激しく打ち据える。激しい衝撃に、鵺は叫声を上げながら、どうと地面に横倒しになった。

「さても卑しき。貴様が口にしていい血肉なぞ、世に一片もありはしない」

青年僧は侮蔑《ぶべつ》も露《あら》わに言い放ち、笑う。一瞬で別物になってしまったかのごとく、その笑みは残忍で、冷ややかだった。

青年僧は足を上げ、追い打ちをかけるように鵺の背を踏みつける。

踏み躙《にじ》られた鵺はガヒッと醜い声を上げ、呻く。だが、それでも舌を伸ばし、娘の骸をわずかでも喰らおうと必死に足掻《あが》く。

浅ましくも憐《あわ》れな様に眉《まゆ》ひとつ動かさないまま、青年僧は這いつくばる鵺を見下ろす。

「精々、飢えに嘆くがいい。貴様が義父上《ちち》からすべてを奪い、苦しめたのと同じように。永永無窮、賤劣《せんれつ》極まる我が身を呪い続けよ……時平《ときひら》」

青年僧が唾棄《だき》するように口にした名に応も否もないまま、鵺はカヒッカヒッとただ鳴くばかりであった。

地に落ちた松明が最後にひときわ大きく爆《は》ぜ、やがて燃え尽きる。

燻《いぶ》る煙を最後に、あたりは完全な闇に閉ざされた。

✿

✿

✿

朱雀門《すざくもん》をくぐった先にある陰陽寮《おんみょうりょう》。

そこは大内裏にある陰陽、天文、暦を司《つかさど》る役所である。天体から吉凶を占ったり、太陽や月の運行から暦を作ったり、場合によっては怨霊《おんりょう》や祟《たた》りといった類《たぐい》の解決に乗り出したりと、担う務めは多岐にわたる。

天元《てんげん》元年（978年）、新緑がまばゆい時節の中、陰陽寮は今日も忙しい。

陰陽寮の学生《がくしょう》である檜垣《ひがき》行夜《ゆきや》は文台の前に座り、書物の写本を行っていた。歳は数えで十六、元服もすでに済ませている。とはいえ、見目にはまだ鬼王丸と幼名で呼ばれていた頃の面影が残っている。

表情こそ無愛想な顰《しか》め面だが、雪を思わせる白肌、濃紺の双眸《そうぼう》、繊細な眉目と、その面差しは実によく整っている。

しかしながら、当の行夜は己の麗しさなど知ったことではないといった様子で、渋い顔のまま黙々と筆を運んでいた。

いまは行夜を加えた四人の学生たちが左右にふたりずつ、向き合う形で座り、写本を行っている。

見習いである学生たちは天文、暦学、占筮《せんぜい》や地相の方技を志し、日々学んでいる。中でも写本は最新の技術に触れられる貴重な機会であるため、どの眼差しも真剣だ。

しかし、行夜においては少し状況が違う。なにやら奇妙な青年が背中にへばりつき、右左にピョコピョコと揺れながら、ひっきりなしに話しかけていた。

「なあなあ、行夜。今日はいつ帰る？　それ、どこまでやるんだ？　あ、夕飯は何が食いたい？　なあ、なあって」

しつこい問いかけに行夜の白い額に青筋が立つ。筆を持つ手にも同様、イライラを形にしたような筋がいくつも浮き出ている。

他の者たちが騒がしい青年を気にする様子はない。なにも聞こえてはおりませんといった顔で平然と写本を続けている。

「行夜ー。聞かれたことには、ちゃんと返事しなきゃ駄目だろ？　俺はおまえを、そんな礼儀知らずに育てた覚えはないぞ？」

びきりと行夜の額の筋が大きくなったと同時に、ぼたりと紙面に墨が落ちる。ここまでの苦労もこれでご破算だ。

「いい加減にしてください！　写本中は話しかけないでください！　そもそも、ここに来ないでください！　それよりなにより、同じことを何度も言わせないでください！」

堪忍袋の緒が切れたとばかり。行夜は筆を文台に置き、勢いよくふり返る。

うしろの青年は行夜より十ばかり年嵩《としかさ》だろうか。一応頭巾《ずきん》をつけ、橡《つるばみ》色の狩衣《かりぎぬ》を身に着けているが、大内裏に務める役人には見えない。良く言えば空を渡る鳥のような、悪く言えば根のない風来坊のような、自由気ままな風情が漂っている。

行夜ほど器量佳《よ》しではないが、無邪気な童子と泰然とした老爺《ろうや》という真逆の魅力を併せ持ち、不思議と人を惹《ひ》きつけるこの青年こそ、汗と涙にまみれながら行夜の育児に励んだ天神――菅原道真だ。

「行夜」

「なんですかっ」

「三行目の十二文字目から十四文字目、間違っている」

「え……？」

行夜は慌てて書付を確かめる。よくよく見れば道真の指摘の通り、転写の語順に誤りがあった。悔しさと徒労感に唇をわななかせる行夜の横で、道真が呑気《のんき》な声を上げる。

「あーあ、こりゃ書き直しだなあ。よし、手伝ってやろう」

「……結構です。自分の仕事は、自分でやります」

「遠慮するな。この調子だと、夜になっても終わらんぞ。それに、親が子の世話を焼くのは道楽みたいなもんだ」

「私は子供ではありません！　あと、あなたは部外者！　わかったら、早く――」

「あいすまぬ。道真殿、ここを教えていただきたいのだが」

憤る行夜を遮るかのように、行夜の右斜め前に座っていた学生が手を挙げる。

「ああ、わかった」

道真は立ち上がると、そちらに歩み寄っていく。

「道真殿。次は私の方に」

「あとでこちらにも」

次から次、行夜を除く学生たちが呼び、道真がほいほいと気安く請け負う。いまやすっかりおなじみとなった風景に行夜はぎゅうと唇を噛《か》む。

陰陽寮には門外不出とされる秘儀が山とある。それ故に、関係者以外の立ち入りは厳しく禁じられている、はずなのに。何故か、道真は当然のように出入りしている。

そんな異様な事態がどうして成り立っているのか。それは、生きながらに伝説となりつつある陰陽師、安倍晴明《あべのせいめい》が「彼《か》の者、稀《まれ》なる識者なれば。重客として迎えるべきである」と、道真を陰陽頭《おんみょうのかみ》に推挙したからだ。陰陽頭でさえ一目置く晴明の進言は速やかに聞き入れられ、あっけないほど簡単に道真は陰陽寮の出入りを許された。

最初のうちこそ、誰もがどこの馬の骨とも知れない珍客を警戒していたが、道真の叡《えい》智《ち》の数々にすぐさま魅せられ、いまでは生き字引として慕われている。

晴明をはじめとする極々一部を除き、道真の正体を知る者はいない。

無論、元は菅原道真で死後は神様になりました、いまは養子の世話を焼くために人のフリをしています、などと触れ回る訳にはいかない。そんな常識的側面もある。

だが、そもそもバレたら最後という、深刻な状況下にあるという方が正しい。

神の多くは他の神が無断で己の神域に踏み込むのを嫌う。また土地神が勝手に神域を留守にするのも御法度。なにより、神が直《じか》に人の世に関わることは最大の禁忌だ。つまり、いまの道真はいくつもの大罪を犯しているという状態にある。

神域の管理は直轄の上役ともいえる、瀬織津姫に非礼無茶を承知で頼み込み、便宜を図ってもらっているらしいが、諸神に知られればただでは済まない。だから、道真は極限まで神力を封じ、人間の体を装っている。

けれど、そのせいで道真は行夜の義父《ぎふ》という肩書以外は身上経歴年齢の一切が不明で、さらには無職という、なんとも不信感しかない人物と相成ってしまっている。

当然ながら、行夜は反対した。それはもう全身全霊で反対した。もちろん、子の世話のためだけに道真が博打《ばくち》じみた真似に及んだ訳ではないのは察している。誤魔化してばかりで語ろうとはしないが、おそらく道真は解き明かしたいのだろう。世間では道真がくだしたとされている〈祟り〉を齎《もたら》した者の正体を。

道真の死後、都では日照りや水害、疫病といった異変が頻発した。古来、この国では政変や奸計《かんけい》で無念の死を遂げた者は怨霊になると恐れられている。そのため、数々の災厄が道真の祟りではないかという噂が広がったのもある意味では当然の流れだった。

さらに、災厄は人命にも及んだ。道真左遷の共謀者とされる藤原菅根《ふじわらのすがね》が雷に打たれて死んだのを皮切りに、黒幕の中心である藤原時平《ときひら》が病死、源光《みなもとのひかる》は狩猟中に泥沼に沈み、二度と浮かんでこなかった。その後も東宮だった保明《やすあきら》親王、その子である慶頼《よしより》王と、道真の左遷に関わった者、時平の縁者にあたる者が次々と命を落とした。そして、まるでとどめのように起こった清涼殿の落雷事件。すさまじい雷撃によって、集っていた公卿《くぎょう》の多くが死亡、もしくは重傷を負った。事件後、時平の讒言《ざんげん》を容《い》れて、道真に左遷を命じた醍醐天皇は心労からか病に伏し、ほどなく崩御した。

これらの災厄はすべて道真の祟りだとされているが、まったくもって事実無根、とんでもない冤罪《えんざい》だ。そもそも、道真が私憤で大勢の命を奪う真似などするはずがないのに。生前のみならず、死後まで濡《ぬ》れ衣《ぎぬ》を着せられている現状が行夜には我慢ならない。被害者の道真をはるかに凌《しの》ぐ強さで、必ずその正体を暴いてやると義憤を募らせている。

しかし、幾ら気持ちが強くとも、道真自身が神域を抜け出し、調べに乗り出すのは危険過ぎる。万が一にも、神々に知られれば厳罰は免れない。神籍の剝奪《はくだつ》はおろか、存在の抹消さえあり得る。

この無謀な計画が実行される前、行夜は考え直して欲しいと何度も頼んだが、道真は断固として決意を変えなかった。ならば、せめてもう少しおとなしく過ごしてくれという切望を余所《よそ》に、道真は久方ぶりの京《みやこ》で人間生活を満喫している。当然ながら、実名の道真を名乗る危うさも、今更気づくやつなんていないのひと言で流された。

冷静に考えるとおかしい。この状況は絶対におかしい。そもそも、こんな親馬鹿かつ無謀な行為に、どうして安倍晴明ともあろう方が肩入れするのか。まったく以《もっ》て理解できない。

あれやこれやと、行夜が憤りに駆られていると、左手の戸口から、他の務めにあたっていた学生のひとりが顔をのぞかせた。

「おお、道真殿！　お越しとはちょうどよい」

新たな学生はすぐそばに座る行夜には目もくれず、道真に駆け寄る。

「聞いてくれ！　例の女房殿から、やっと色好《よ》い返事を頂戴《ちょうだい》した！」

「へえ、とうとうやったか。良かったなあ、芳男《よしお》」

「これもすべて、貴殿の指南のおかげ！　感謝申し上げる！」

芳男と呼ばれた学生は感極まった様子で道真の手を取り、何度も頭を下げる。

他の学生たちも筆を放り出すと、どっと駆け寄ってきた。

「例のとは、まさか五条《ごじょう》の屋敷ですか？」

「芳男に限って、そんなまさか。あり得ん」

「絶望の淵《ふち》に花を咲かすとは。やはり、道真殿は手練《てだ》れの極みだな」

「どうだ、羨《うらや》ましかろう。私にあやかりたければ、道真殿に指導をお願いすればいい」

なるほど、ぜひ私も、ちょうど気になる方が……と、一気に色めき立つ面々を、蚊帳《かや》の外の行夜は苦々しい気持ちでにらむ。

いずれ静まるだろうと我慢していたが、一同はいよいよ過熱していく。

「しかし、芳男の歌がなあ。俄《にわか》には信じられん。いつぞやなど、どこぞの女人に物の怪《け》のわめき声のようだとこき下ろされていたというのに」

「物の怪と言えば、聞きましたか？　江口に鵺《ぬえ》が出たという話を」

「ああ、夜な夜な鳴き声がするとかいうやつか。くだらん、どうせ野良犬か何かだろ」

「ほほう、野良犬にも芳男のように遠吠《とおぼ》え下手がいるとみえる」

「おいおい、遠吠えはそちらではないか。妬《ねた》みはそのへんにしてもらおう」

芳男のまぜっ返しに、皆がそろってどっと笑う。

業を煮やした行夜は立ち上がり、口を開いた。

「無駄話はおやめください。仕事の邪魔です」

冷たく鋭い一言に、座がしんと静まり返る。

しばしの沈黙のあと、ある者は煩わしそうに肩をすくめ、またある者は露骨なため息を吐きながら、行夜にじとりと視線を注ぐ。

誰も口にしないが、視線から伝わってくる。嫌なやつ、目障り、新参者のくせに、傲《ごう》慢《まん》な若造——皆にすれば、真の部外者である道真より、行夜の方が余程よそ者で邪魔な存在といったところなのだろう。

「相変わらず、行夜は野暮天だなあ。といっても、確かにいまは写本が先か。ほれ、おまえらも戻れ。恋歌の手ほどきはあとで引き受けてやるから」

道真が軽い口調で言えば、学生たちの強張《こわば》りも少し緩む。皆、素直にうなずくと、文台に戻っていく。行夜もまた、まとわりつく仄暗《ほのぐら》いものをはらうように腰を下ろす。

そんな中、手持無沙汰《ぶさた》に立つ芳男に道真は声をかけた。

「芳男。おまえはもう、終わったのか？」

「え？　ああ、はい。此度《このたび》の分は昨日すでに」

「そうか。なら、行夜を手伝ってやってくれないか？　若輩で修行不足のせいか、刻限までに終わりそうにない。まあ……少しばかり他より量が多いようにも思えるが」

笑いながら、それでもはっきりと含みを持たせた道真の一言に、芳男をはじめ、座した学生たちの顔がごわりと引きつる。

「え、ええ。そりゃ、道真殿の頼みとあらば、手伝わないでもないですけど……」

芳男は居心地悪そうに視線を移ろわせながら、もごもごと口ごもる。他の面々は関わりを避けるように、ひたすら紙面に目を向け、筆を動かしている。

黙っているつもりだったが、居た堪《たま》れない空気に行夜の我慢も底をつく。

「芳男殿、お気遣いは無用です。己の面倒くらい、己で見られますから」

切って捨てるような行夜の物言いに、芳男たちの表情がいっそう硬くなり、そしてすぐさま冷えていく。

「……そりゃそうだな。恵まれた境遇にある行夜に、私のようなうだつの上がらぬ者の助けなど必要あるまい」

さっきまでの笑みをかき消し、芳男は昏《くら》い目で行夜を見下ろす。

思いも寄らない言葉と陰鬱《いんうつ》な眼差《まなざ》しに、行夜は気圧《けお》されたかのように身じろいだ。

「わ、私は、そのようなつもりで言ったのでは――」

「確かに、最初から行夜は特別扱いでしたね」

「なんといっても、安倍様が才賢と褒めそやす道真殿の肝いり。御威光のおかげですんなり入寮を許され、おまけに上の方々の覚えもめでたいときている」

「大したものよ。我らとは格が違う」

蔑《さげす》みも露《あら》わな言葉と視線に囲まれ、行夜は身を固くする。己の言動が招いた事態とはいえ、突き刺さってくる嫌悪の棘《とげ》はひどく痛かった。

「おまえたち、もうそのへんで——」

見かねた道真が口を挟もうとすれば、申し合わせたかのように刻《こく》を報《しら》せる鐘が鳴った。

「……ああ、もうそんな刻か。今日は少々急ぎますので。失礼します」

芳男が足早に部屋を出て行く。

それを皮切りに、他の者たちも素早く書物や筆記具を片づけると、挨拶《あいさつ》もそこそこに立ち去っていく。あっという間にふたりきりになった部屋の中で道真は肩をすくめた。

「行夜、いつも言っているだろ。誤解を招くような物言いはよせ」

「……芳男殿が勝手に曲がった捉《とら》え方をされただけです。それに、皆が無駄話をしていたのは本当。私が助けを必要としていないのも本当。何も間違ってはおりません」

「だからって、ああツンツンした態度じゃ誰だって苛立《いらだ》つ。不必要にとんがるな」

「それはこちらの台詞《せりふ》です。道真殿こそ、余計なことを言わないでください」

「またそんな呼び方。どうして義父《ちち》上と呼ばない？」

「先程も申し上げたように、私は元服を済ませた大人。もう齷齪《あくせく》と世話を焼いてもらっていた赤子ではありません。当然のけじめです」

問題はそれだけに限らない。いまの年恰好《かっこう》で、行夜が道真を義父と呼ぶのは少々、いやかなり不自然である。世にはいろいろな事情があるとしても、やはり違和感は拭《ぬぐ》い切れない。

しかし、行夜の憂慮とは裏腹に道真はあくまで能天気だ。

状況に応じて調整を加えるなど面倒臭いし、なにより若い体の方が楽だといって聞かない。

「身の丈を追い抜こうと、元服しようと、白髪の爺《じい》さんになろうと、俺にとっておまえはこの手で育てた可愛い子。それだけはずっと変わらない」

「いいえ、なんとしても変えていただく。金輪際、過ぎた心配はやめてください」

「近頃のおまえときたら、二言目にはやめろやめろって。親が子の心配をして何が悪い？」

「心配の仕方が普通じゃないから問題なんです。寮に押しかけてくるのも、逐一行動を報告させるのも。すべて異常で過剰です！　絶対におかしい！」

「ちゃんと話をしない行夜が悪いんだろー。最近、なにを聞いても『別に』とか『特にありません』しか言わないじゃないか」

「仮に私の言葉が足りていなかったとしても、配慮もなく相手の領域を踏み荒らすことの免罪符にはなりません。親にあるように、子にだって権限はある」

「でもさあ」

「とにかく！　この件について譲るつもりはありません！」

強引に会話を断ち切ると、行夜は文台に向き直る。

ささくれ立つ気持ちを必死に宥《なだ》めながら、再度写本に取りかかる。せめてここまでと考えていた分がまだ残っている。今日中に終わらせておかなければあとが厳しい。

しばらくの間、道真はいきり立つ行夜を黙って見つめていたが、やがてもそもそと床を這《は》い進み、文台の向こうまでやってくる。

「それ、あいつらに押しつけられたんだろ？　ひとりでやるには多過ぎる」

道真は文台のかたわらに積まれた書の山を指す。

「……違います。自らやると申し出たんです」

「焚《た》きつけられた挙げ句、退《ひ》くに退けなくなってそう申し出た、じゃないのか？」

行夜は答えず、いっそう荒っぽい筆運びで文字を書き連ねていく。

どうやら図星のようだ。道真はため息を落とし、行夜の顔をのぞき込む。

「悪いことは言わない。もうちょっと態度を改めて、皆と仲良くできるよう努めろ」

「同門の徒といっても、我らは競い合う者同士。馴《な》れ合いなど無駄にしかなりません」

行夜は視線を紙面に落としたまま、硬い声音で答える。

道真のおかげで、行夜は難なく陰陽寮の学生になれた。だが、入寮できても、将来が保証されている訳ではない。陰陽道や暦道で身を立てるには限られた席を得る必要がある。身分や後ろ盾がない者が実力だけでその席を勝ち取るのは容易ではない。

「俺にすれば、おまえが自ら買いまくっている反感こそが最たる無駄だけどな」

「私はっ……！」

「間違ってはいない、か？　確かに理屈で言えばそうだろう。けどな、正しくもない。はっきり言えば、愚かだ」

道真に真正面から窘《たしな》められ、行夜は黙り込む。

「たとえ争う間柄でも、いたずらに相手を傷つけるな。負わせた痛みは、必ず自分にはね返ってくる。……おまえは身を以《もっ》て、その痛みを知っているだろ？」

行夜は青ざめ、うつむく。

右の二の腕がうずき、合わせて心の奥に押し込めた忌まわしい思い出――皮膚と肉が焼け焦げる嫌な臭いが脳裏をよぎる。怒りに任せた衝動が何を傷つけたか。一瞬たりとも忘れたことはない。

「……ご心配はわかります。ですが、私も多少は成長しました。もう二度と、ご迷惑をかけたりはしません」

「迷惑とか、そんなことを言っているんじゃ――」

「この話はやめましょう。堂々巡りになるだけです」

先程よりも強い口調で話を断ち切り、行夜は再び筆を取る。

まだ何か言いたげながらも、道真は諦《あきら》めた様子で口を閉ざした。

「とにかく、道真殿が何と言おうと、私はこれを終えるまでは帰りませんから。どうぞ先にお戻りください」

「なら、せめて手伝い……」

「無用です！　さっさと帰ってください！」

とりつく島もない。ならば奥の手とばかりに、道真は床に転がると、バタバタと手足をふって暴れ出す。

「いやだいやだぁー。ひとりきりの家になんか帰りたくないー。暗いし、怖いー」

なりふり構わないどころの騒ぎではない。行夜はぎょっと目を剝《む》く。

「またそんなっ……やめてください！　誰かに見られでもしたらっ」

「別にいいもーん。いっそ大内裏中に聞こえるようにわめいてやる。行夜がいいって言うまでやめないからな。うわーん！　みんな聞いてくれー！　息子がいじめるー！」

「駄々をこねないでください！　おいくつだと思っているんですか！」

道真は叫ぶのをやめ、小首を傾げる。

「んー、ざっと一三三歳？」

「正確に答えなくていいです！　わかりましたっ……そんなにひとりが嫌なら、飛虎《ひこ》をお供につけます。飛虎、出てこい」

行夜は自身の影に向かって呼びかける。

すると、影がわさりと揺らぎ、かと思うや、大人の腕に収まるくらいの丸い一本角の獣がぴょこんと現れ出てくる。

全身を覆うモコモコの毛は雪のように真っ白。丸い尻《しり》から伸びる尻尾《しっぽ》の先だけが燃えるように赤い。鳥居の前に鎮座する狛犬《こまいぬ》に似たこの生きものは霊獣、行夜の式神《しきがみ》だ。

「はーい！　飛虎、参りましたぁ」

細く長い尻尾をふりながら、飛虎はぽやぽやと行夜の足元に侍《はべ》る。

「飛虎。聞いていただろ。道真殿の供を――」

「おい、飛虎。何も聞かなかったことにして、行夜の影に戻れ。そうしたら、あとで俺の神力を食わせてやる」

ぐるんと体を反転させ、腹ばいになった道真が口を挟む。

「はっ？」

「えっ！　本当ですか！」

仰天する行夜を他所《よそ》に、現金というか素直というか、飛虎は主《あるじ》の命そっちのけで胡桃《くるみ》のように大きな目をぱあっと輝かせる。

霊獣にとって神力は最高の甘露である。飛びつきたくなるのは当然の反応だ。

飛虎は数年前、空腹で行き倒れていたところを行夜に拾われ、恩に報いたいと仕えるようになった。感謝から芽生えた飛虎の忠誠は本物で一片の曇りもないが、たまに、いや結構な割合で食い気に負けてしまうことがある。

「式神を買収とか、一体なにを考えているんですっ？」

「神力で式神を靡《なび》かせる程度は買収の内に入りませーん。大内裏で習いましたー」

「物騒な冗談はやめてください！　いつもいつも、そうやって屁理屈《へりくつ》ばかり……飛虎！

おまえは私の式神だろう？　食欲などに揺らがず、使命をまっとうしろ！」

「えっと、えっと……」

迫りくる主人とその義父《ちち》の狭間《はざま》で、飛虎はおろおろと首をふる。

埒《らち》が明かない。そう踏んだのか、道真は目を細めると妙に優しげな声で呼びかける。

「なあ、飛虎。少々抜けているようでも、おまえは賢い。だから……わかるよなあ？」

道真から含みたっぷりな笑みを向けられ、飛虎はたてがみから尻尾に至るまで、毛という毛をぞわわっと逆立せる。

高い知性を備え、人語を操る霊獣とて本性は獣である。より強いものに従うという本能には逆らえない。

「はわわわっ……わかりましたっ！　行夜さま、ごめんなさーい！」

文字通り、尻尾を巻いて飛虎は行夜の影に飛び込み、消える。

とぷんと、自分の影に広がった波紋を行夜は啞然《あぜん》と見つめた。

「どうだ？　これでもまだ帰れと言うか？」

「……もういいです」

悪びれる様子もない道真に、行夜は白旗を上げる。高位の神々さえ騙《だま》くらかそうとする義父に勝とうとしたのが間違いだった。

そもそも、道真がここまでして居座ろうとするのは、いつまで経っても人の世に馴染《なじ》めない半人半鬼の子がひたすら心配だからだ。要は不甲斐《ふがい》ない己が悪い。

「私の筆だと使い勝手が悪いとか、もっと良い香りの墨じゃなきゃ嫌だとか。文句は一切聞きませんよ」

「それじゃあ！」

「手伝ってください。ただし、半分だけ。ここは絶対に譲りませんから」

「わかった！　迅速かつ寸分の狂いもなく仕上げてやる！」

道真はうれしくて仕方がないといった様子で文台に飛びついてくる。

「あまり張り切らないでください。次からは全部、この上手《うま》い部分のように書けと言われても困りますから」

「安心しろ。そっくりそのまま、行夜のいまいちな手蹟《て》を真似てやる」

「……すみませんね。いまいちで」

「心配するな。これからもじっくりたっぷり、手に手を取って教えてやろう」

「結構です。手習いも自分でやれます」

「だから、突っ張るなって。まったく、昔は俺にべったりで、少しでも離れれば泣いていたくせに。嗚呼《ああ》、本当に可愛かったなあ。鬼王丸は義父上が大好きです、が口癖で」

「何年前の話ですかっ。手伝うと言ったからには、口よりも手を動かしてください」

「はいはい。了解了解」

道真は書と道具を抱え、隣の文台に歩いていく。

本当にまったくああもう……と、胸中で盛大に愚痴りながら、行夜は筆を取り直す。

その途端に、また墨のしずくがぼたりと落ちた。

翌日。いつもの通り、行夜は陰陽寮に出向いた。

朝から午《ひる》にかけて、陰陽生たちは博士、もしくは上級の学生である得業生《とくごうしょう》から天文や暦、陰陽の講義を受ける。

昨日の悶着《もんちゃく》もあって、行夜を取り巻く空気はいつも以上に穏便ではなかったが、今更取り繕おうとは思わない。どれだけ周囲を敵に回そうとも、行夜にすれば一人前の陰陽師になる方が重要だ。

講義が終われば学生たちは方々に散っていく。写本の続きにかかろうと、行夜もまた部屋を出る。しかし、回廊をいくらも行かないうちに、涼やかな声に呼び止められた。

「ああ、行夜。少しいいかい？」

行夜は足を止め、そちらに視線を移す。

回廊の外、白砂利の上に立っていたのは天文得業生の安倍吉昌《よしまさ》。陰陽、天文の至高と評される晴明の子息のひとりである。

貴公子然とした美貌《びぼう》は内裏の女たちの噂にのぼるほど。ほっそりとした面立ちは冴《さ》えた月のごとく秀麗だが、身丈はすらりと高く凜々《りり》しい。

行夜は眉根《まゆね》を寄せながら、回廊を外れ、吉昌に歩み寄る。

「なんでしょう？」

「道真殿は？　今日はお越しではないのか？」

「……吉昌様、あなたもですか」

うんざりなんですが、という思いを隠さずに行夜は顔をしかめる。

「ひどい面相だ。せっかくの花顔が台無しだぞ」

「戯《ざ》れ言《ごと》は仲睦《なかむつ》まじい方々にどうぞ。あのひとなら、直に戻ってくると思いますが」

行夜は苦々しく答える。

駄目だと言っても毎日陰陽寮までついてくるくせに、道真はすぐどこかに行ってしまう。講義を受ける必要がないのはわかるが、それなら家でおとなしくしていて欲しい。

「そうか。なら、共に待たせてもらってもよいかな？　折り入って相談があってね」

「待つなら、おひとりでお願いします。私は別に――」

「行夜ー。講義、終わったのかー？」

頭の上から、聞き慣れた声が降ってくる。

驚いた行夜が顔を上げれば、回廊の屋根の上に道真が立っていた。

「ちっ……道真殿！　またそんなところに登ってっ」

「はは、相変わらず神出鬼没でいらっしゃる。しかし、ちょうど良かった」

明るく笑う吉昌の横で、行夜はげんなりと肩を落とす。

行夜としては、義父のふるまいを諫《いさ》めるか、せめて共におかしいと言及して欲しい。だが生憎《あいにく》、白分を除く他の面々は道真が何をしようと普通に受け入れてしまう。人徳だか神徳だか知らないが、まったくもって解せない。

「吉昌、行夜と何の話をしていた？　まさか、悪い誘いじゃないだろうな」

道真は猫を思わせる身軽さで飛び降りてくると、行夜のうしろに回り込み、そこから吉昌をにらむ。

低くはないが、高くもない。そんな道真と比べて、吉昌の身の丈はゆうに一段高い。

二年前、行夜に追い抜かされてからというもの、道真は身長に対し劣等感を抱いている。そのため吉昌のそばには立ちたがらない。

「人聞きの悪い。あなたの居所を尋ねていただけですよ」

「俺に用か？　さては、別れ話でもこじらせたか」

「そんな下手は打ちません。まあ、立ち話もなんです。どうぞ私の部屋へ。生家より届いた干楊梅《ほしやまもも》を御馳走《ごちそう》しましょう。ああ、行夜も来るといい」

「遠慮します。私は写本を――」

吉昌はにこやかにほほえんだまま、しかし有無を言わせぬ強さで行夜の肩をつかむ。

「そう言うな。私の生家の干楊梅は美味《うま》いぞ？」

子が来なければ親も来ない。それを承知している吉昌は上役の権限全開で、顔を引きつらせた行夜を引き止めてくる。

「さ、参りましょう」

麗しいほほえみに似合わぬ強引さで、吉昌はふたりを自室へ誘った。


講師役も務める陰陽得業生ともなれば、小さいながらも自室が与えられる。渡殿にある吉昌の部屋は文台に衝立《ついたて》、書棚があるだけの簡素なものだが、見習いの行夜からすれば十分に羨《うらや》ましい。自分もこのように認められた立場になりたいと気が逸《はや》る。

「お、ホントに美味いな」

臆面《おくめん》もなく干楊梅を口に運ぶ道真の姿に、行夜の苛立《いらだ》ちがいっそう増す。吉昌の親切には大抵裏がある。何事か企《たくら》んでいるのは明らかなのに。承知のうえで手を出す義父の気が知れない。

「でしょう。ほら、行夜も食べるがいい」

「……結構です。腹が減っておりませんので」

努めて目を逸《そ》らしながら、行夜は冷然と答える。

楊梅の実は少し酸味があるものの、爽《さわ》やかな甘さがあり、蒸し暑い季節には特に好まれる。ただ、生のままだと日持ちがしないため、干した状態にするのが一般的だ。

吉昌が自慢するだけあって、器に盛られた赤い干楊梅の実は蜜《みつ》でつやつやと輝いている。見るからに美味《おい》しそうだが、一粒でも口にすれば最後、どんな無理難題を持ちかけられても断れなくなってしまう。

「行夜。ここまできたら肚《はら》をくくれ。食っても食わなくても、どうせ厄介事を押しつけられる。食わなきゃ損だぞ」

「わかっておいでなら、最初から誘いに乗らないでくださいっ」

「こいつは仮にもおまえの上役だ。恩を売って損はない」

「そんな狡《こす》いことを考えていたんですかっ？　肚の奥底まで真っ黒々な吉昌様に取り入るなんて真っ平ごめんです！」

「……本人を前に、それだけ言ってのける方も結構な肚だと思うが？」

吉昌は底が読めない笑みを浮かべたまま、干楊梅を一粒つまむと、向かいに座る行夜の口に押し込める。

「へぐっ……！」

「余計なことは言わぬが花。それにしても、ほとほと惜しい。肚の具合も顔と同じ様だったらば。さぞ愛《め》で甲斐《がい》があったろうに」

目を白黒させる行夜の前で、吉昌はゆったりと口元をほころばす。なんとも美しいほほえみだが、裏側を知っている者には空恐ろしく映るばかりだ。

吉昌は齢《よわい》十五で得業生へ昇った。十六の行夜が学生として入寮できたのでさえ一般的には若い部類に入るのだから、吉昌の昇進は信じられないほど早い。

名高き陰陽師である晴明の子息であることも抜擢《ばってき》の理由のひとつだろう。けれど、決して血筋だけではない。吉昌の天文の知識や測量の技量がどれほど優れているか、教えを受ける身である行夜はよく知っている。同時に、単純に優秀なだけの人物ではないことも。少なくとも、道真の正体を知りながら、それでも態《てい》よく利用しようと企てるくらいには性根が捻《ねじ》れ据わっている。

「おい、吉昌。行夜をいじめるなら帰るぞ」

「大甘な義父殿にかわり、世渡りを教えてやっているだけですよ。さりとて、道真殿に臍《へそ》を曲げられては元も子もない。本題に入るとしましょう。実は、知り合いより相談を持ちかけられているのです。委細は不明ですが、失《う》せ物を探して欲しいとのこと」

吉昌の語るところによれば、その知り合いというのは三条《さんじょう》にある屋敷に仕える女房だという。屋敷の主《あるじ》はさる高貴な血筋の姫君で、気の毒なことに若くして未亡人になられたらしい。

行夜はげんなりと息を吐く。

吉昌の恋模様は容姿と同様に華やかで、学生たちの間でも嫉妬《しっと》と羨望《せんぼう》を交えて噂されている。相手が女人となれば、どういった縁の知り合いか自《おの》ずと知れるというものだ。

「失せ物以外にも、奇怪な点がいくつかあり、もしかしたら物の怪《け》の仕業かも……と。本来ならすぐに伺い、話を聞いてやるべきなのですが、生憎《あいにく》所用が溜《た》まっておりまして」

「だから、かわりに行けって？」

道真は問いかけついでに新たな干楊梅を口に放り込む。余程腹が減っているのか、一向に食べる手を止めようとしない。

「先にも言った通り、いまはなかなか多忙なのですよ。それに私の得手は天文道。兄とは違って、占筮《せんぜい》や破魔祈禱《きとう》といった陰陽関連はいささか専門外です」

陰陽と天文、両道で無双を誇る父の才を二分して生まれてきた。吉平《よしひら》と吉昌、ひとつ違いの兄弟は常々そんな風に評されている。兄の吉平は陰陽、弟の吉昌は天文と、幼い頃よりそれぞれでずば抜けた才能を示してきた。

「お待ちください。吉昌様が難しいのであれば、陰陽寮の他の方々が赴かれるのが道理というもの。道真殿が名代では筋が通りません」

吉昌の勝手にはさせまいと、行夜は割って入る。

するると、吉昌は我が意を得たりとばかりに視線を向けてきた。

「だから、行夜も一緒に行ってくれ。学生とはいえ、おまえも陰陽寮の一員だ。私のかわりを務めても問題ない」

とんでもない吉昌の言葉に、行夜は己の耳を疑った。

「無理です！　私と吉昌様では立場が違い過ぎます」

「謙遜《けんそん》するな。確かに測量や算術は褒められたものじゃないが、おまえには優れた見鬼《けんき》の力が備わっている。物の怪絡みの案件だとすれば、私より向いているはずだ」

「そういう問題では……」

思わず、行夜は身を乗り出す。

吉昌は笑みを深めると、立てた右手のひとさし指を行夜の口元にあてる。先程同様、いろいろな意味の静寂を促すように。

「できるだけ内々に解決を図りたい。それが知り合いの望みでね。公な依頼という形にするのを避けたいんだよ。わかるね？」

無理やり押し戻される恰好《かっこう》で、行夜は残りの声を呑《の》み込む。

吉昌は満足した様子で手を引くと、道真に向き直った。

「とまあ、これが私のお願いしたいこと。どうです？　お引き受けくださいますか？」

「行夜に拒否権がない以上、応も否もない。いいよ、受けてやる」

呆《あき》れたような顔をしながらも、道真はあっさりうなずく。

「道真殿っ」

「仕方ないだろー。これはお願いの皮をかぶった命令なんだから」

「でしたら、私がひとりで参ります」

「なに、ひとり……？　馬鹿なことを言うな！　うら若き未亡人の屋敷なんぞに、可愛いおまえを単身でやれるか！」

道真はつまんだばかりの干楊梅を放り出すと、行夜の両肩をがしりとつかむ。

「いいか、世の中には幼気《いたいけ》な雛鳥《ひなどり》が大好物な肉食女人が数多《あまた》潜んでいるんだ。もし、屋敷の女主人や女房たちが狩り上手な虎だったら、おまえなんぞ絶好の獲物、頭からペロリだぞ」

「またそんな世迷言《よまいごと》をっ……くだらない妄想はやめてください！」

「事実だ！　女人はすごい。そして強い。わたくし、何も存じませぬって顔をしながら六股《また》かけたり、逆に浮気相手同士が手を組み、そろって待ち構えていたりするんだ！」

「下世話な裏事情に興味はありません！　巻き込まれるつもりもありません！　そもそも何故そんなことを知っているんですか？」

「え、いや、それは噂というか。昔、友達の友達がそういう目に遭ってだな……」

「……なるほど。友達の友達という名を借りた、御自身の体験談ですか」

行夜から冷ややかな蔑視《べっし》を向けられ、道真はものすごい勢いで首を横にふる。

「違う！　違う違う違う！　本当に友達の友達の話で――」

「過ぎた否定は肯定。他ならぬ、あなたの教えです」

喉《のど》の奥で悲鳴を上げた道真を一瞥《いちべつ》し、行夜は立ち上がる。

「吉昌様。ご命令、不本意ながらも承りました。早速、その御屋敷に参ります。ああ、道真殿はどうぞそのまま。絶対について来ないでくださいよ」

「ありがとう、とても助かるよ。事情をしたためたこの文を持っていくがいい」

首尾よく、吉昌は梔子《くちなし》の枝を差し出してくる。瑞々《みずみず》しい緑葉と淡白の花弁に隠れるよう、細く折りたたまれた文が結ばれていた。

「お預かりいたします」

梔子は口無し。さしづめ、秘密は守るという言伝か。忙しいと言いながら、随分とマメなことだと呆れながら、行夜は梔子の枝を受け取った。

「では、失礼します」

行夜はおざなりに頭を下げると、さっさと踵《きびす》を返す。

「ゆ、行夜！　はなしっ、話を聞いてくれ！」

部屋を出ていく行夜に追い縋《すが》りながら、道真は必死に呼びかける。

だが、行夜の背中は道真を拒んだまま去っていった。

騒がしい声が遠ざかっていくのを聞きながら、吉昌は干楊梅を一粒つまみ上げる。

「本当に。余計なことは言わぬが花だな」

吉昌は小さくつぶやくと、干楊梅を放り込む。

舌によく馴染《なじ》んだ生家の味は今年もまた上々であった。


此度《こたび》の依頼主、吉昌の知己だという女房を訪ねて、道真と行夜は三条堀川《ほりかわ》近くの屋敷を訪れた。

屋敷は小さくも瀟洒《しようしや》な造りで、前庭には山法師や木槿《むくげ》など、そこかしこで花が咲き乱れ、なんとも雅《みやび》な風情を醸している。

おとないを入れると、ほどなく蘇芳《すおう》の袿《うちぎ》をまとった美しい女人が姿を現わした。

女にしては身の丈が高いが、黒髪が添う首はほっそりとなまめかしい。藤の花を思わせる美女は簀子《すのこ》縁《えん》に座した行夜と道真の姿を見て、少し驚いたように目を見張る。

しかし、すぐさま何事もなかったようにほほえんだ。

「どうしましょう。陰陽寮の方と聞いたので、てっきり吉昌様かと」

困ったわ、などとささやきながらも、美女は臆《おく》せず袿の裾《すそ》を引き、行夜たちの前に腰を下ろす。仕草に添い、ふわりと芳《かぐわ》しい薫香が漂う。女衣が醸すにはいささか辛みが勝った香りであったが、それが却《かえ》って凜《りん》と冴《さ》えた美貌《びぼう》をよく惹《ひ》き立てていた。

「お初にお目にかかります。私は三条の上様にお仕えする女房、夕星《ゆうづつ》と申します」

夕星は慎ましく手をつき、頭を下げる。

このような場に相応《ふさわ》しい受け答えがわからないまま、行夜はぎこちなくお辞儀のみを返した。

一方で端《はな》から緊張皆無の道真は呑気《のんき》なもので、美女を拝めて眼福とばかり、へらへらと嬉《うれ》しそうにしている。

「俺のことは道真と呼んでくだされ。どうか、以後お見知りおきを。さて、本日は吉昌殿の名代で参上しました。つきましては、吉昌殿より預かった文がございますので、まずはそちらをお確かめください」

道真の言葉に、行夜はやや慌てながら夕星に梔子《くちなし》の枝を差し出す。

「拝見いたします」

夕星はにこりと笑むと、枝を取り、解いた文をするすると広げる。

しばし、夕星は文を目で追っていたが、読み終えると同時に苦笑をこぼした。

「吉昌様ときたら。本当に困った御方だこと」

夕星は独りごちると、道真と行夜に視線を戻す。

「此度のこと、おふたりにはとんだ災難であったかと。まずはお詫《わ》び申し上げます」

「災難など、滅相もない。夕星殿という天女と見紛《みまご》う佳人に巡り逢《あ》えて、むしろ僥倖《ぎょうこう》と思っております」

道真の軽々しい物言いに、行夜が苦々しく口を曲げる。

一方で、夕星は袖《そで》で口元を覆い、ふふと可愛らしく笑った。

「天女などと、お世辞でも面映《おもはゆ》うございますわ」

「いやいや、真実を口にしたまで」

「嬉しいこと。ですが、私などより、お連れ様の方が余程お可愛らしい」

夕星から艶《つや》のある眼差《まなざ》しを向けられ、行夜は目を剝《む》く。

何と答えるか以前に、何を言われているのか理解ができず、行夜はひたすらたじろぐしかなかった。

「檜垣行夜様、ですわね。吉昌様の文に、大層優秀な学生でいらっしゃると書いてありましたわ。天狼星《てんろうせい》のように綺羅《きら》と輝く、素晴らしい才覚の持ち主だと」

夕星にそんなつもりはないだろうが、行夜にすればそのひと言は追い打ちに等しい。

適当な代理を寄越《よこ》したと、夕星の不興を買いたくなかったのだろう。吉昌の保身のための盛大な空追従に行夜はいっそう顔を引きつらせる。

しかし、困惑する行夜を余所《よそ》に、道真は嬉々《きき》として相槌《あいづち》を打ちはじめた。

「そうでしょうそうでしょう。いや、育ての親の身で言うのもなんですが、行夜は容色に優れているだけでなく、なかなかに結構な才もありまして」

「道真様が行夜様を？　驚きですわ、それほどお歳が離れているようには見えませんのに」

「そこは諸事情がありまして。ですが、偽りなく行夜は俺が育てました。襁褓《むつき》を替え、昼夜なくあやした日々はこの胸にしかと焼きついております」

「まあ、そこまで細やかなお世話を」

「幼き頃は泣き虫かつ甘えん坊で、それはもう愛らしい限りでした。大きくなってからはこのように突っ張ってばかりおりますが、これはこれでまた別の可愛げが――」

「道真殿！　関係ない話はやめてください！」

堪《たま》らず、行夜は声を荒らげる。どうしてこう、自分のまわりは好き勝手に放言する者であふれているのか。

「道真様といい吉昌様といい、行夜様は愛されていらっしゃるのね」

「ですから、そういう訳ではなくっ……」

「まわりの愛情とご自身の才能をお疑いになるものではないわ。お会いして間もないとはいえ、道真様が誠実な方というのはわかります。吉昌様も手の施しようのないほどお肚《はら》がねじ曲がっていらっしゃるとはいえ、根は素直な御方。相手を認める気持ちがなければ、こうも手放しに褒め称《たた》えたりなどしません」

「……はあ」

夕星の取り成しに、行夜は不承不承ながらもうなずく。割合に辛辣《しんらつ》な吉昌の人物評についてはそっと流しておいた。

「それにつけても、吉昌様は何に怯《おび》えていらっしゃるのやら。大方相談にかこつけ、過去の恨みをぶつけられては堪らないとでも思っているのでしょうけど……何故に昔のよしみがいつまでも己を想い続けていると信じ込めるのか。不思議でなりませんわ」

夕星の声は朗らかで、未練や虚勢といった湿り気は欠片《かけら》もない。

何とも言えない気持ちで、行夜は黙りこくる。

経験がないため共感はまるでわかないが、それでも吉昌に同情めいた憐《あわ》れみを抱いてしまう。道真もまた、居た堪れないといった様子で半笑いを浮かべている。もしかしたら、肚の奥にふたつみっつ、痛む古傷があるのかもしれない。

「吉昌様の自惚《うぬぼ》れはともかく、吉昌様の信頼を勝ち得るお二方の力をお借りできるとなれば、これほど心強いことはございません」

夕星は立ち上がると、軽やかに袿の裾を翻す。

「詳しい話は奥で。ご案内いたします」

しゃなりと涼やかな背姿《うしろすがた》を見つめながら、道真が行夜の耳元でこそりとささやく。

「な？　女人は一筋縄ではいかんだろう？」

行夜と道真はそろって立ち上がり、夕星のあとに続いた。

夕星に誘われるまま簀子縁を渡り、行夜たちは殿舎の奥へ踏み入った。元より気が張っていたが、一歩、二歩と進むうちに、行夜の心身はさらなる緊張に尖《とが》りはじめていく。

奥の暗がりから、異様な気配が漂ってくる。

決して強くはない。けれど、足を運ぶごとに微《かす》かながらもはっきりとした物の怪《け》の気配が肌を通して伝わってくる。

行夜がそっと窺《うかが》うと、同意するように道真が小さくうなずいた。

間違いない。この屋敷には物の怪がいる。行夜が確信を抱く中、夕星は角の御簾《みす》の前で足を止めると、檜扇《ひおうぎ》で御簾を軽く絡《から》げ、奥に向かっておとないを告げた。

「……そのようで」

「さ、こちらに」

促され、道真と行夜は身を屈《かが》めて、御簾を潜《くぐ》る。

じんわりと、物の怪の気配が増したが、やはり弱い。

だが、油断は禁物。きゅっと、行夜は顎《あご》を引き締めた。

踏み入った母屋《おもや》は陽射しが遮られているため、昼日中でもほんのりと薄暗かった。

火のない高灯台、生絹帷子《すずしかたびら》の三尺几帳《きちょう》などが並ぶ部屋の中には、老女がひとり、背筋も正しく座っている。

そして、もうひとり。奥に敷かれた臥所《ふしど》に横たわり、眠る女の姿があった。

「よくおいでくださいました」

老女が一言、愛想のない声音で告げてくる。

じっと注がれてくる視線もまた冷たい。得体の知れない来訪者に対する猜疑心《さいぎしん》がありありと伝わってきた。

「筑紫《つくし》様でございます。三条の上様の乳母様であられます」

挨拶《あいさつ》以上は述べようとしない老女にかわり、夕星が説明を加える。

「筑紫様。こちらが陰陽寮よりお越しの道真様と行夜様です」

道真と行夜は入ってすぐの床に並んで座り、頭を下げる。

しばらく、筑紫は無言で男たちを眺めていたが、やがて苦々しい息を吐く。

「率直に申し上げます。このたびやむなく、あなた方を殿舎に招き入れることを、私は快くは思っておりません。なれど、三条の上様のご意志であるが故、心ならずも許しを与えました」

「筑紫様、それは――」

「おだまり。そなたは控えておれ」

にべもなく夕星を制し、筑紫は横たわる女人に目をやる。

倣って、行夜もそちらに目を向ける。

二十歳をいくつか過ごしたくらいだろうか。若干やつれてはいるものの、整った容姿をしていた。

「この者の名は花野《はなの》。三条の上様に仕える女房のひとりで、私の大姪《おおめい》になります」

筑紫の声を聞きながら、行夜は密《ひそ》かに眉《まゆ》を寄せる。

それについて、筑紫も夕星も口にしない。どちらも、それが見えていないからだ。

別に、不思議なことではない。

人の世に跋扈《ばっこ》する物の怪の多くは常人の目には映らない。微弱な妖気《ようき》は周囲の五気に溶け込んでしまうため、見鬼の力がなければ捉《とら》えられない。

しかし、力を持つ行夜にはそれ──ちょうど花野の胸の上あたりに大人の拳《こぶし》ひとつ分ほどの黒い蜘蛛《くも》がじっとうずくまっているのが見えた。

「三日前の夜更けのことです。普段は物静かな花野が、櫛《くし》がない、櫛がないと泣き叫びながら、あたりの者たちに縋《すが》りはじめたのです」

淡々と、筑紫は事の次第を語りはじめる。

「花野は半刻ほど嘆いた末に昏倒《こんとう》してしまいました。それ以降、ずっと眠ったままです。折々に目を覚ましますが、おおよそ夢現《ゆめうつつ》の状態でぼんやりしたまま。重湯なども多少は口にするものの、合間合間に櫛を求めてはまた臥《ふ》してしまうといった有り様です」

「薬師の診立ても受けましたが原因はわからず……ただ、身体にこれといった障りは見当たらないと申しておりました。ですから、ひょっとしたら物の怪の仕業やもと──」

「口を慎め、夕星！　物の怪など、笑止千万。花野は櫛がなくなった失意から、気鬱《きうつ》を患っているだけです」

筑紫の叱責《しっせき》に、夕星は小さく身を竦《すく》め、面を伏せた。

「しかし……」

弱いものだが、花野は物の怪に憑《つ》かれている。行夜が口に出そうとした途端、筑紫が鋭くにらみつけてきた。

「この屋敷に物の怪なぞおりませぬ。断じて」

筑紫の強い威圧に、行夜は黙らざるを得なかった。

「櫛が戻れば、花野は眠りから覚めるでしょう。三条の上様の願いは花野の本復です。そのためにも、一刻も早く失《う》せた櫛を見つけ出されよ」

筑紫は一方的に言い渡すと、用は済んだとばかりに立ち上がり、袿《うちぎ》の裾《すそ》を翻す。遠ざかっていく衣擦《きぬず》れの音を聴きながら、夕星は深々と頭を下げた。

「……申し訳ありません。筑紫様は此度のことが噂となれば、三条の上様にまで累が及ぶのではと、それは深く案じられておいでなのです」

「なになに、夕星殿が気に召される必要はない。筑紫殿の御立場からすれば、主《あるじ》の名聞を一番に考えられるのは当然のこと」

しばらくの間、夕星は面を伏せていたが、やがて思い切ったように顔を上げる。

「道真様。私には鬼を見る力なぞありません。ですが、朧気《おぼろげ》ながらも感じるのです。花野殿の身辺に良からぬものが蠢《うごめ》いているのを」

漠然としたものとはいえ、あれほど微かな物の怪の気配を察知できるのは並ではない。

行夜は驚き、切々と訴える夕星《ゆうつつ》を眺めた。

「筑紫様のお気持ちも重々承知しております。花野殿が身内であるからこそ、いっそう特別扱いにはできないと思い定めていらっしゃるのも。ですが、花野殿のお命に関わるかもしれない事態を見過ごす訳には参りません」

「……なるほど。夕星殿、今日まで辛《つら》い思いをされましたな。主人を慮《おもんぱか》る心と、同輩の花野殿を案じる心。ふたつに挟まれる苦渋、想像に余りある」

道真は逸《はや》る夕星を落ち着かせるようにそっと語りかけた。

「いえ、私の苦しみなど……」

夕星は首を横にふるが、目元には濃い翳《かげ》が落ちている。

筑紫が頑《かたく》なに物の怪を否定するのは三条の上の名誉を守りたいからだろう。噂とは恐ろしい。女房が妖《あやかし》に憑かれたと漏れれば、瞬く間に屋敷全体が祟《たた》られているなどと尾ヒレがつきかねない。筑紫が神経を尖らすのは当然だ。

だからこそ、夕星は吉昌に助けを求めた。世事に長《た》けた吉昌なら秘密を守り、内々に協力してくれる。おそらくはそんな風に筑紫を説いたのだろう。それには相当の苦労と不安があったに違いない。次第によっては差し出がましいと責められ、屋敷を追い出されかねない。

「確かに、花野殿の様子は尋常ではない。さては物の怪の仕業かもしれぬと、怯《おび》える気持ちもよくわかります。ですが、此度の件に関して、そのような心配は一切無用です」

「はっ？　道真殿、何を言っ――」

「なあ、行夜。この屋敷に物の怪などいない。だよな？」

笑いながらも、道真は素早く身を返し、声を上げかけた行夜の肩に手を置く。

何故、道真の目は有無を言わせぬ強さで伝えてくる。黙って合わせろと。

何故、事実を隠そうとするのか。行夜には理解できない。物の怪といっても弱い。行夜でも簡単に祓《はら》える。ひょいと浄《きよ》めれば、すべてが解決すると言うのに。

舌先まで出かかった行夜の疑問と反論はしかし、道真の強い視線にねじ伏せられてしまう。顔中に不満を貼りつけながらも、行夜は首を縦にふった。

道真は満足気に笑うと、夕星に向き直る。

「この通り、吉昌殿が認める行夜も同意しております。どうかご安心くだされ」

道真の力強い言葉に安堵《あんど》したのか、夕星は両手を胸にあて、ほうと息をつく。

「ありがとうございます。物の怪の憂いがないと聞き、心が軽くなりました」

「それは何より。では、事の発端である、失われた櫛《くし》を見つけ出すとしましょう」

「お願い致します。花野殿が臥せられてから、女房衆で屋敷中を探しましたが……」

「どこにもなかった、ということですな。さすれば夕星殿。これより三つの質問にお答えいただきたい」

「はい。お役に立てるのであれば、なんなりとお答え致します」

「ありがとうございます。では、ひとつ目。花野殿にとって、失くなった櫛《くし》がどういうものであったか。ご存じか？」

「私も詳しくは……。ただ、譫言《うわごと》のように何度も繰り返されておりました。あの方が贈ってくださった、大切な比翼の櫛と」

「比翼……白居易《はくきょい》の長恨歌《ちょうごんか》に出てくる、雌と雄、各々がひとつの目と翼しか持たず、常に一心一体となって飛ぶという〈比翼の鳥〉のことでしょうな。なるほど。それほど睦《むつ》まじい方から贈られた櫛なら、悲嘆に暮れるのも無理はない。ちなみに、これはふたつ目の尋ねになるが、女房衆の中に、その比翼の櫛を目にした方はおられるか？」

「私は一度も。筑紫様をはじめ、他の者も見たことがないと。そもそも、花野殿に想いを懸け合う相手がいらっしゃることさえ知りませんでした。ただ……あくまで推測なのですが、櫛の贈り主との縁は昔のものではないかと」

「つまり、相手とはすでに別れている？」

「女ばかりが住まう屋敷の中で、誰にも知られず忍び逢《あ》うなど不可能です。特に花野殿は奥に籠《こも》りがちで、夜は廂《ひさし》に出ることさえほとんどありませんでしたから」

「出入りが頻繁になれば目立ったはず、ですか」

「文にしても、花野殿には特定の方と繁く交わしていた様子はありませんでした。最近では以前にお仕えしていたという、佐井《さい》通りの御屋敷の姫様より届いたきりで」

「ああ、そのこと。三つ目にお尋ねしようと思っておりました。花野殿は臥せられる直前、どなたかより文を受け取ったのではないか。それを確かめたかったのですよ」

満足気にうなずく道真を前に、行夜も夕星も首を傾げるしかない。

「あの、道真様。ひとまず三つの質問を終えましたが……もし、他にお知りになりたいことがあれば、どうぞ遠慮なく」

「いや、もう十分。夕星殿のおかげで、比翼の櫛の在り処《か》が知れました」

道真の返答に、行夜と夕星はそろって目を丸くする。

「明日のいま時分、こちらに比翼の櫛をお持ちする。三条の上様にも筑紫殿にも、そのようにお伝えくだされ」

「道真殿っ」

一体何を言い出すのか。行夜は焦りと怒りに駆られながら、道真の袖《そで》を思い切り引く。

「なんだ？　どうした？　そうグイグイするな、破れるだろ」

「なんだ、じゃありません。ちょっとこっちに。夕星殿、少々失礼します」

行夜は力任せに道真を立たせると、御簾《みす》をくぐり、簀子《すのこ》縁《えん》まで引っ張り出した。

「……どうするんですか。あんな安請け合いをして」

行夜は声を潜め、道真に問い質《ただ》す。

「どうするもなにも、櫛を持って来るだけだ。ああ、せっかくなら夜に参りますと言えば良かったか。月影に身を隠し、花香の舎に忍んでゆくのもさぞ一興……」

「冗談はやめてください。大体、明日までなんて——いえ。そもそも、物の怪《け》がいないなどと。どうして嘘を？」

「嘘じゃない、方便だ。あの蜘蛛《くも》程度なら少々放っておいても障りはない。下手に怖がらせるより、いないと言って安心させてやる方がいいに決まっている」

「ですが」

「おまけに余計な風聞も立たずに済む。良いこと尽くめだ」

ぐうと、行夜は黙り込む。

害の有無はともかく、いるものをいないと偽ることには抵抗を覚える。

だが、道真の言い分も理解できる。納得がいかない部分があろうとも、道真の配慮を台無しにしてまで己の感情を優先したいとは思わない。

「……だったら、いますぐ祓わない理由はなんです？　櫛《くし》などなくても、蜘蛛を除けば花野殿は正気に戻るはず」

「いま目覚めさせても、どうせまたすぐに寝ついちまう。今度こそ気鬱《きうつ》の病でな」

「……どういう意味です？」

「本来、あの程度の物の怪に憑《つ》かれたところで大した問題にはならない。なのに、花野殿があぁなってしまったのは心が弱り切っていたから。こんなに辛いなら、いっそ目覚めたくないって具合にな。蜘蛛はその悲哀を嗅《か》ぎつけ、つけ込んだ」

道真は手を伸ばすと、行夜の胸を指先で突く。

「想いは心の血肉だ。花野殿にとって、櫛はすべてを懸けた恋心そのものなんだろうよ。そこまでの深手には然《しか》るべき手当てが必要だ」

「櫛の必要性はわかりましたが……それでも、明日までに見つけ出すなんて。いくらなんでも無茶が過ぎます」

「は？　何を言っている？　まさか、おまえ。櫛の在り処がわかっていないのか？」

「えっ……」

仰天する行夜の表情から確信を得たのか、道真はにんまりと笑う。

「へえー、ほうほう。そうかそうか。行夜はわかっていないのか。まあ、背丈が大きくなったところで中身はまだまだ子供だもんなあ。やむなしやむなし」

ばんばんと行夜の肩を叩《たた》きながら、道真はいっそう楽しげにはしゃぎ出す。

最近なにかと反抗的になってきた義子を、久方ぶりに完全保護下に置けそうな事態がうれしくて堪《たま》らないといったところか。その態度に、行夜の我慢の糸がぶちりと切れた。

「なになに。心配は要らないぞ。俺がちゃんと面倒をみて――」

「結構です！　道真殿の助けは受けません！」

行夜は道真の手をはらいのけ、キッと目を尖《とが》らせる。

「この件、私がひとりで解決してみせます。そのかわり、明日の午《ひる》までに櫛を探し出せたら、金輪際子供扱いはしない、陰陽寮にも来ないと約束してください。いいですね？」

ぽかんと口を開け、道真はいきり立つ行夜を眺める。

騒ぐ声を訝《いぶか》しく思ったのか、御簾の隙間から夕星が心配そうに顔を覗《のぞ》かせた。

「あの、どうかされまして……？」

「いやいや、どうもこうも――」

「何も問題ありません。夕星殿、櫛《くし》は必ず探し出しますのでっ」

一方的ながら、行夜は戦いの火ぶたを切って落とす。

絶対に見つけてやると胸の内で息巻きながら、行夜は常に懐中に忍ばせている木札の束をにぎり締める。この木札を使った占いは行夜の特技のひとつで、失《う》せ物探しなら過去に何度も成功させてきた。比翼の櫛とやらも探し出せるはずだ。

ひとりで成し遂げてみせる。もはや、行夜の頭の中にはこの一念しかなかった。

✿　✿　✿

行夜がはじめてこの件の木札を手にしたのは数えで七つだった頃のこと。

鬼王丸という、母方の祖父譲りだという幼名で呼ばれていた行夜は失意のどん底にあった。

何も見たくない、聞きたくない。何処にも行きたくない、誰とも会いたくない。心の中で幾度となく繰り返しながら、行夜は部屋の隅で膝《ひざ》を抱えて過ごしていた。

そんなある日。新しい玩具《おもちゃ》だと言って、道真は十二枚の木札を差し出してきた。

「……どうやって遊ぶのですか？」

方形の盤に置かれた木札の一枚を手に取り、裏に表に返しながら行夜は尋ねる。薄い木札は表も裏も削り出したままで、波紋に似た木目以外に絵も文字もない。

「ただの木片に見えるだろ。でもな、そうじゃない。これにはな、俺の神力がこめられている」

「義父上《ちち》の？」

「ああ。だから、俺が神力で呼びかければ、木札は答えてくれる。たとえばそうだな……鬼王丸が一番好きな花は何か？」

問いかけながら、道真は木札の一枚に触れる。

ほんの一瞬、札が微《かす》かに輝く。そして、次に表に返された時には、何も描かれていなかったはずの木片に凜《りん》と立つ竜胆《りんどう》の絵柄が浮かび上がっていた。

「竜胆。どうだ？　当たっているか？」

道真に問いかけられ、行夜は興奮気味に何度もうなずく。

「はい！　すごいです！」

「そうかそうか。じゃあ、鬼王丸もやってみろ」

喜びから一転。道真から木札を渡され、行夜は戸惑う。

行夜は鬼火を熾《おこ》すという人外の力を持って生まれた。そのせいで、赤子の頃は泣いたり怒ったりするたびに、あちこちに火をつけまわっていたらしい。

成長していくにつれ、行夜は徐々に力を制御できるようになっていった。闇雲に鬼火を熾すことがほぼなくなると、道真は散歩と称して行夜を神域の外、人の世にちょくちょく連れ出すようになっていった。

人を装う道真に手を引かれながら、行夜はおっかなびっくり新しい世界を眺めた。はじめのうちは、静かな神域とはまるで異なる、喧騒《けんそう》と生命の息づきにあふれる人の世が恐ろしかった。けれど、徐々に慣れていけば、好奇心の塊である幼子にとって刺激ほど楽しいものはなく、みるみるうちに行夜は人の世に引き込まれていった。

次はどんな〈新しい〉が待ち受けているのか。そんな風に期待ばかりを感じるようになっていたある日、道真は遊ぶ童たちに声をかけ、行夜も加えてくれと頼んだ。

これまで遠くから眺めることはあっても、外の者たちと関わるどころか、直《じか》に言葉を交わしたことさえない。そのため、行夜は大いに混乱したが、童たちは素直にうなずき、仲間に入れてくれた。

あっちこっちと引っ張り回され、はじめは目が回る思いだったが、次第に慣れて楽しめるようになった。はしゃぐ行夜の姿に、少し離れた場所で見守っていた道真も大層嬉《うれ》しそうに笑っていた。そのまま日が暮れて、今日は本当に楽しかった——で済めば良かった。

子たちのひとりから、「あれはおまえの父ちゃんか？」と聞かれたことが発端だった。行夜はどう答えたものかと迷ったが、とりあえずうなずいた。すると、その子は目を丸くして、あんな風にぶらぶらして、働いていないのかと問うてきた。

行夜は返答に窮した。道真の仕事をどう話せばいいのか。ぐずぐずと戸惑う様子に子供たちのからかいの虫がうずいたらしい。次々にあれやこれやと騒ぎはじめた。

なんだ、のらくら者か。じゃあ、こいつはのらくら者の倅《せがれ》だ。あたし、知ってる。ごくつぶしって言うんだよ。

所詮《しょせん》は子供の悪ふざけだと、いまならば思える。だが、当時の行夜にとって、生まれてはじめて無遠慮に投げつけられたからかいは暴力に等しかった。

自分が馬鹿にされるのも辛《つら》かったが、それ以上に道真が嘲笑《ちょうしょう》されることが耐えられなかった。義父はいつだって、この西海の地に暮らす者たちの安寧のため、力を尽くしているというのに。

やめろ、黙れ、取り消せ……次第に頭の中が白くなっていき、中心に蒼《あお》い火が灯《とも》る。

自覚などなかった。右腕が熱い、そう感じた瞬間。

道真の声が耳を突き、うしろから抱え込まれ——……そのあとのことは、何年経とうが決して後悔が消えることのない、忌まわしき思い出だ。

「……私が力を使ったら」

行夜は恐々と木片をにぎり、屋敷を囲むように広がる野原に目をやる。

日に日に秋が深まっていく。橡《とち》の根元にはどんぐりの実が転がりはじめた。ほどなく楓《かえで》や銀杏《いちょう》の葉も紅や黄色に染まるだろう。

道真の神域には人の世の多くが写し取られている。鳥獣が住む山野、魚が泳ぐ川、虫がさざめく草原。一帯にはちゃんと四季があり、寒暖の移ろいに従って折々の花や野草が順繰りに咲き乱れる。

梅に桜、山茶花《さざんか》、椿に柊《ひいらぎ》といった堂々とした樹木や藤に菖蒲《あやめ》、蓮《はす》、牡丹《ぼたん》に桔梗《ききょう》、菊に水仙などの華麗な花々。果ては菫《すみれ》やナズナ、烏瓜《からすうり》に露草、撫子《なでしこ》に風船蔓《かずら》、ふきのとうにハコベと野草に至るまで、草木花の息づきは外とほぼ変わらない。

神域の環境は主神の気分次第でいくらでも変えられる。過ごしやすい時節に留《とど》めることだって容易《たやす》い。それなのに、道真はあえて人の世と同じ、茹《ゆ》だる暑さや凍える寒さを創り出すことにこだわっている。

元が人間だけに、そうでなければ落ち着かないというのもあるだろう。風雅を好む性格も一因に違いない。だが、一番は自分のためであることを行夜は承知している。

半人半鬼、半端者の養い子が人間たちと交わって生きていけるように、道真は心を砕いてくれている。咲いては枯れ、また芽吹く木々や草花は道真の思い遣《や》りの表れなのだ。

しかし、そんな道真の想いが詰まった草花でさえ、行夜はこれまで何度も醜い鬼火で焼き払ってきた。特にあの日以降、赤子の頃のように力の制御ができなくなってしまった。つい三日前も刺草《いらくさ》の群れを炭みたいな有り様にしたばかり。零余子《むかご》が生ったら一緒に摘もうと約束していたというのに。

己の手の中にあったら、遠からずこの木札も灰にしてしまうに違いない。行夜はしゅんと眉《まゆ》を下げる。

「……義父上、ごめんなさい。せっかくの贈り物ですが、私は――」

「鬼王丸。さっきも言ったが、この札は俺の神力に反応する。つまり、おまえの力じゃ駄目だってことだ」

意味が呑《の》み込めず、首を傾げる行夜に、道真は手を伸ばす。

「おまえは乳離れするまで、俺の神力で育った。だから、おまえの体には俺の神力が宿っている。たとえば、ここか、ここか、ほれここも」

言いながら、道真は行夜の頭を軽くたたいたり、頬をつついたり、鼻をぶにとつまんだりと、好き勝手にいじくりまわす。

「……ひひうえ。おひゃめください」

「悪い悪い。とりあえず、魂の中を覗いてみろ。ゆっくりでいい。自分のものとは違う色や温度の力を感じたら、それが俺の神力だ。春のはじめの頃に、雪の下で芽吹く若草を探すだろう？　あのときのようにやればいい」

解放された鼻を左手でさすりながら、行夜は右手の中の木札を見つめる。

自分の力は見たくもないが、義父の力なら探したいと思える。怖いけれど、やってみよう。すっかり萎《しぼ》んでしまった勇気をふるい、そっと目を閉じる。

行夜は教えに従い、魂のあちこちに散らばる力の脈を手繰っていく。怨嗟《えんさ》を根源とする黒く冷たい己のそれとは違い、道真の力は黄金色で綺麗《きれい》で温かく、そして仄《ほの》かに白梅の佳《よ》い香りがする。

そろりそろりとかき分けて一粒、またかき分けてもう一粒。見つけ出しては大事に摘み取り、手の中に集めていく。最初の内は取りこぼしてしまったり、焦りで見つけ出せなかったりと、なかなか上手《うま》くいかなかったが、諦《あきら》めず繰り返すうちにだんだんと集められるようになっていった。

木札に薄ぼんやりと絵を浮かび上がらせるようになるまで二十日、不自由なく扱えるようになるまでは二年近くと、結構な歳月を要した。

けれど、一度も辛いとは思わなかった。あくまで遊びだと捉《とら》えていたからであり、なにより自分の中に道真の力を、義父と自分の特別な〈つながり〉を感じ取れることがうれしかったから。

そして、木札の扱いを一通り身につけた頃になって、行夜はようやく気づいた。

ここしばらく、望まない鬼火を熾していないことに。

✿　✿　✿

行夜は三条の屋敷を辞すと、足早に陰陽寮に戻り、立て籠《こも》った。

古びた箱や調度類が山と積まれた物置部屋に座り込み、行夜は真剣な面持ちで方形の盤上に並べた木札と向き合う。

陰陽寮で用いられているものとはまるで違う。道真が手ずから作ってくれた、行夜だけの特別な占筮《せんぜい》具である。木札以外にも盤上には折りたたんだ料紙が置かれている。料紙の中には花野の髪が入《う》っている。櫛《くし》の在り処《か》を占いで探り当てようと、夕星に頼んで一本頂戴《ちょうだい》してきた。失せ物探しの占いは、こうして持ち主と結びつきのあるものを用意して、目には映らない糸を手繰り寄せる。

じっと意識を凝らし、行夜は伏せて置いた木札の一枚を返す。

だが、意気込みも虚《むな》しく、表を向いた木札は波紋状の木目のままで、櫛の行方を示すものは何ひとつ浮かんでいなかった。

「くそっ……！」

行夜は舌を打ち、少々荒っぽい手つきで木札を盤の上に伏せる。

これでもう八度目の失敗だ。失意にまみれながら行夜は床の上に仰向《あおむ》きに倒れ込む。

格子窓の隙間から覗《のぞ》いた空には宵闇が漂いはじめている。多分、陰陽寮に残っているのは行夜だけだろう。

室内は空よりさらに暗いが、人外の力のおかげで行夜は大層夜目が利く。そのため、このままでも不自由はないが、木札をつぶさに確認するにはやはり灯《あか》りが欲しい。他の目があれば燈台《とうだい》を灯《とも》すところだが、幸いにもいまはひとりきりである。行夜は右手を持ち上げ、ひとさし指を立てると、指先をくるりと回し、空中に小さな円を描く。すると、ボッと微《かす》かな音に合わせて、手のひらにのるほどの小ぶりな鬼火が熾《おこ》る。蒼い揺らめきを爪先でピンと弾《はじ》けば、ふわりと舞い上がり、頭上に留まった。

呪いに等しく魂に刻まれ、一時は心底憎んだ力だが、こういう時は便利なものだ。行夜は自嘲《じちょう》気味に笑うと、おもむろに右の袖《そで》をまくり上げる。

二の腕の上部をぐるりと巡る、刺青《いれずみ》のような黒い跡。雷光のようにギザギザとした紋様はいわば血の因果——行夜が人ならざるものだという証《あかし》だ。

鬼火で道真を傷つけてしまったあの日、行夜は泣きに泣いた。

悲しみは次第に己に対する怒りに変わり、そして程なく両親へ移っていった。

怨嗟を継がせると知りながら、どうして両親は自分を産んだりしたのか。こんな呪いを一生背負うくらいなら、いっそ生まれてこなければ良かった。

埒《らち》もないことを繰り返す行夜を、道真は黙って抱き締め、背中を撫《な》で続けてくれた。

そんな風に言ってはならないとか、両親が可哀想だろうとか、否定したり叱りつけたりは一切せず、静かに耳を傾け続けてくれた。

過去に思いを巡らしながら、行夜はしばし刻印を眺めていたが、やがて視線を外すと、寝転がったままの姿勢で右手を伸ばし、木札の一枚を取る。

十年近く使い込んでいるため、角が削《そ》げ落ち、木肌も摩擦でつるりとしている。

道真が玩具《おもちゃ》として木札を与えてくれたおかげで、行夜は下手に身構えることなく鬼火の力に対する忌避感を薄めていくことができた。もし、最初から真意を聞かされていたら、ああも気負いなく取り組めなかっただろう。

そのことを悟った行夜の頭をなで、道真は優しく言い添えてくれた。

――鬼王丸がこの木札を扱えるのは、母から継いだ鬼の力があるからだ。それは時におまえを苦しめ、悲しませるだろう。でもな、反対に楽しさや幸せも与えてくれる。悪いだけのものじゃないし、なにより欠くことのできない行夜の一部だ。大切にしろ。

脳裏によみがえる道真の笑顔と手のぬくもりをそうするように、行夜は木札を両手で包み込み、胸に抱く。

あのとき、道真は最後にこうも言ってくれた。

――鬼王丸が、いまの鬼王丸として在ってくれたから、俺はおまえの義父《ちち》になれた。おまえを両親から託された時に、はじめて神になって良かったと思えたんだ。ありがとうな、行夜。あのふたりの子として生まれてきてくれて。

道真からその言葉を貰《もら》った時、行夜もまた、はじめて本当の意味で自分のすべてを受け容《い》れることができた。

ふり返ってみれば、力に対する嫌悪や拒否感、なにより恐れが暴走の最大の原因だったのだとわかる。嫌いなものほど目につく原理で、内なる火種に過剰な意識を向けていた。だから、わずかの弾みで望まぬ鬼火を熾してしまうという悪循環に陥ってしまった。

道真は叱るでも諭すでもなく、芽吹きを誘う春の陽の優しさで悪しき連鎖を断ち切ってくれた。そんな義父の想いに相応《ふさわ》しい存在になりたい。半人半鬼の身の上に怯《ひる》まず、堂々と生きたい。そんな願いから行夜は陰陽師を目指すようになった。物の怪《け》や呪詛《じゅそ》、人々を脅かすものに対し、己の力はきっと役に立つ。道真が慈しんでいる人の世を少しでも守れれば、この呪われた力にも意義が芽生えるはず。

都で多くの経験を積み、ひとかどの陰陽師になれた暁には、大宰府に戻り、道真の片腕となって働きたい。道真にはまだ詳《つまび》らかにしていないが、それが行夜の密《ひそ》かな夢だ。

必ず果たすと誓い、なんとか陰陽寮の見習いになったものの、夢や理想は遠くてまだ手が届かない。現実は櫛《くし》の行方ひとつ占えないでいる。

行夜は木札を床に戻し、再びため息を吐く。度重なる失敗にいい加減疲れてきた。腹が減ったと頭の中でつぶやけば、呼応するように飛虎が影から姿を現した。

飛虎は尻尾《しっぽ》を垂れた情けない姿で、行夜の近くにとてとてと寄ってくる。

「行夜さまぁ。飛虎はお腹が減りましたぁ」

普段、飛虎は行夜の力を糧にしている。わざわざ食事として与えずとも、飛虎は好きな時に行夜から発される力を食べることができる。

そのため、行夜が疲弊して、力の放出量が落ちれば、当然飛虎の喰《く》い分も減る。道真の神力を集めて行う木札占いは一度でもかなりの力を消耗する。それを立て続けに八度も続けているのだから、いい加減に我慢ができなくなったのだろう。

本来であれば、半鬼である行夜の力は瘴気《しょうき》をはらむため、飛虎には毒となってしまう。

その手の害を防ぐために、道真は行夜の魂に根づく怨嗟《えんさ》に神力の薄膜を張り巡らせた。神力を通すことで瘴気の穢《けが》れを浄化できるのだが、加減を誤れば、行夜の魂自体を傷つける危険があったため、道真は相当に苦心しながら神力の膜を編み上げていったらしい。おかげで、行夜は生けるものたちの障りにならずに生きていけるようになった。

「櫛の在り処がわかるまでの辛抱だ。もう少し我慢しろ」

「そう言って、もう何度も失敗しているじゃないですかー。きっと、お探しの櫛は影も形もないほど粉微塵《こなみじん》になって、消えちゃったんですよぉ」

悪気はないのだろうが、飛虎の明け透けな言い様にいっそう苛立《いらだ》ちが募る。髪を掻《か》きむしりたい衝動を堪《こら》えつつ、行夜は起き上がる。

「消えたなら、それを示す答えが浮かぶはず。なにひとつ映らないなんておかしい」

「じゃあ、行夜さまの手に負えない問題なんですよ。でければ、八度も失敗しません」

腹立たしいことこのうえないが、正鵠《せいこく》を射る飛虎の指摘に行夜は唇を嚙《か》む。

占者は、占者の力を超える事象を占えない。如何《いか》に優れた占筮《せんぜい》具を用いようと、その
理《ことわり》を覆すことはできない。ただの櫛の在り処がそこまでの大事にあたるというのはいささか奇妙だが、事実行夜は答えを出せずにいる。

「もう諦《あきら》めて、道真さまにおうかがいしましょう」

「駄目だ。絶対に自分の力で見つける」

「なんでそうムキになるんです？　櫛が持ち主のもとに戻れば、誰が見つけたっていいじゃないですかー」

「いつまでも義父上をアテにしている訳にはいかないだろ。私は一刻も早く一人前の陰

陽師となり、独り立ちを果たしたいんだ。義父上だって、きっとそれを望んでいる」

「そうでしょうか？　むしろ、ずううぅぅっと甘えん坊でいて欲しいって思っている気がしますけど？　先日だって、ご飯を外で済ませてきただけで、俺の飯より他所《よそ》の飯の方が良いのかって、泣き崩れていたじゃないですか」

「そういうことじゃなくてっ。なんというか、その。もっと……大局的な意味だ」

確かに道真は桁外《けたはず》れに過保護だが、心底では行夜の成長を願っているはずだ……多分。

行夜は不安をはらい、再び櫛《くし》探しに向き直る。

「飛虎。辛《つら》いなら、先に帰っていいぞ。私が気をくれないと言えば、義父上が神力を食わせてくれるはずだ」

「道真さまの神力……」

たらりと、飛虎の半開きの口からよだれが垂れる。しかし、すぐに首をふり、もふもふの胸をむんと張る。

「いえ！　帰りません！　行夜さまをお助けするのが、飛虎の務めですからっ」

「だが、腹が減っているだろ？」

「そりゃ、ぺこぺこです！　ぐーぐーです！　でも、行夜さまも腹ペコを我慢しているんでしょう？　だったら、飛虎も我慢します！」

腹の音を派手に鳴り響かせながらも、飛虎は行夜の右腕と脇腹の間にもぐり込む。

健気《けなげ》な忠心に胸が温かくなるのを感じながら、行夜は飛虎のふかふかの頭をなでた。

「ありがとう。おまえのおかげで、もうひと踏ん張りできそうだ」

「行夜さまのお役に立つのが飛虎の幸せですから。でも、できるだけ早く見つけてくださいね。でないと、飢え死にしてしまいますぅ……」

「ああ、わかった」

飛虎の情けない声に苦笑しながら、行夜は木札を集め、盤の中心に積む。

大切なのは集中力。雑念を捨て、木札に尋ねたいことだけを考える。

心の支度ができたなら、目を閉じ、魂の暗がりできらきらと輝く道真の神力の欠片《かけら》たちを手繰り寄せていく。

ふっと、行夜の唇の端がわずかにほころぶ。道真の神力を探す時はいつも、無意識に表情を柔らかくしている己にいまも気づかぬまま。

行夜は九度目の占いに没入していった。


生まれた時から神である天津神や国津神と違い、道真のような土地神は様々な生路をたどり、神格を得るに至っている。

神となる前は巨岩や大樹、獣、時には人であったりと様々だが、神になったあとはすべてに共通する特徴がある。

信心が集まれば集まるほど神力が増し、逆に信心が失われれば神力は弱る。

まわりが信じ、敬う心が土地神をより神たらしめる。時に寝食を忘れるほど、道真は人々の声を聞くことに熱心だった。神力を得るためというより、単純に人が好きなのだろう。願いにうなずき、嘆きに胸を痛め、怒りを宥める。いつもそうやって自分を慕ってやってくる者たちに寄り添っていた。

太古は土地神だけでなく、天津神や国津神も人と共に在った。

けれど、人の数が増え、人の世が次第に人のものになっていくに従い、神という存在は人の世にそぐわなくなっていった。

神の力は強大だ。ひとたび怒れば山が崩れ、諍《いさか》いを起こせば海が荒れる。神の小さな気まぐれが、時に人の命を何百何千と奪ってしまう。このまま共に在っても、人の世の秩序を乱すだけだと、神々は苦渋の末に常しえの断絶を誓った。

唯一、土地神だけは人の世に残った。元より人々の信心あっての神なのだから、去ることができなかったという方が正しい。

天津神や国津神ほどではないにしろ、土地神とて神力のふるい方を誤れば人の脅威となる。そのため、天津神や国津神は土地神たちに不用意に人と係わることを禁じた。

しかし、離れて過ごすうち、人々は土地神を忘れていった。これでは、土地神は永らえるだけの信心が得られない。対応策として、天津神や国津神は土地神たちに穢れの浄《きよ》めという役目を課した。

人と人とが争えば、その地には穢れが生じる。穢れは放っておけば蔓延《はびこ》り、他の者たちの心も蝕《むしば》む。そんな憎悪の連鎖を防ぐために土地神は穢れを浄める。

土地神が浄めに励めば、その地は暮らしやすくなる。日照りや水害が減り、作物の実りも良くなる。地道な加護ながら、それでも人々の信心はやや戻り、力を取り戻す土地神も増えてきている。殊に天神、菅原道真が生まれて以降、明らかに人々の心に〈神〉という存在が強く甦《よみがえ》った。

だが、土地神が人々に与えられる加護は限られていて、それ以上は求められても応《こた》えてはやれない。害を及ぼすのと同様、過ぎた恩寵《おんちょう》もまた、世の秩序を狂わしかねないからだ。

——神がこんなにも人々の求めに無力で、人々の幸福から遠い存在とは思わなかった。過ぎ去りし日々のどこかで、道真が悲しいとも虚《むな》しいともつかない苦笑と共につぶやいた言葉を思い出す度、胸が締めつけられる。

少しでも慰めたくて。少しでも力になりたくて。無力と知りつつ、手を伸ばす。

泣かないでください。私の大事な——、

「……義父上《ちちうえ》」

「うん？　どうした？」

夢の中を揺蕩《たゆた》っていた意識が一気に現実に引き上げられ、行夜は勢いよく瞼《まぶた》を上げる。

開けた視界に映っていたのは道真の顔だった。

「ち、ち、義父……」

「おう、おまえの義父上だぞ。そいでもって、おはよう。よく眠れたか？」

傍らにしゃがみ込んだ道真の言葉に、行夜は慌てて身を起こす。

「よく眠れ……って、じゃあ」

「ああ、もう朝だ」

行夜は驚愕《きょうがく》に顔を引きつらせる。眠ろうとした覚えはない。それなのに。

「一晩中占っていたのか？　そりゃ寝落ちするはずだ」

床に散らばった木札の一枚を取り、道真は咽喉《のど》を鳴らす。

「それで？　櫛《くし》の在り処《か》はわかったのか？」

木札をひらひらと弄《もてあそ》びながら、道真が問うてくる。言い方も口角の上げ方も、普段と違って少しばかり意地が悪い。

「答えずとも、おわかりでしょう」

行夜は脱げてしまった頭巾《ずきん》をかぶり直しつつ、そっぽを向いて答える。情けないと思いながらも、つい不貞腐《ふてくさ》れた声と態度になってしまう。

傍らに目をやれば、飛虎が腹をさらけ出して眠っていた。

高らかな鼾《いびき》を聞く限り、まだしばらくは目を覚ましそうにない。行夜は飛虎の丸い腹を軽く押し、影の中に戻してやる。そうして、道真に向き直った。

「義父上。おはようございます」

「うん」

「あの、起き抜けになんですが、ひとつお願いが。あとで飛虎に神力を与えてもらえませんか？　昨夜からずっと、空腹を我慢させていて……」

「だろうなあと思ってはいたけど、やっぱり飲まず食わずか。いいよ、起きたらたらふく喰《く》わせてやる」

道真は木札を置くと、背負っていた段袋を下ろす。

「でもな、まずはおまえが食べろ」

道真は段袋から柏《かしわ》の葉で包んだ強飯《こわいい》と竹筒を取り出し、床に並べていく。

それらを目にした途端、行夜はすさまじい飢えと渇きを覚えた。

「……いただきますっ」

言い終えるより先に、行夜は強飯をつかむ。

その間も惜しいといった手つきで柏の葉を剝《む》き、鱒《ます》の醢《ししびしお》を細かくしたものが混ぜ込まれた強飯に齧《かじ》りつく。まずは醢の塩気。次いで、米の甘味が舌に沁《し》み渡る。ひとくち食べればもう止まらない。行夜は夢中になって頰張った。

「ちゃんと嚙《か》まなきゃ、咽喉につかえるぞ」

咀嚼《そしゃく》しながら、行夜はうなずく。

いまはとにかく食べることに忙しいので、子供扱いを怒る暇もない。そもそも、こんな態《てい》では文句など言えたものではないが。

「俺もな、人の時分は寝食を忘れて書を読み耽《ふけ》り、気づいたら三日経っていたなんてしょっちゅうだった。そうやって、まわりに散々心配かけたモンだ」

道真はのんびりとした口調で話しながら、竹筒の栓を抜き、行夜に差し出す。

早くもひとつ目の強飯を食べ終え、ふたつ目に噛みついていた行夜は頬を張らしたまま竹筒を受け取った。

「無茶も時には必要。あとで千金万金の値をもたらすこともあるだろう。けどな、今回のおまえの必死さはただの意地だ。俺はおまえに、甲斐《かい》もなく自分を痛めつけるような真似をして欲しくない」

声音に厳しさは欠片《かけら》もないのに、何故か一句一句が行夜の肩に重くのしかかってくる。

「何度占っても、比翼の櫛《くし》の在り処はわからなかった。そうだろ？」

「……はい」

「必ず探し出すと、おまえは啖呵《たんか》を切った。刻限は今日の午《ひる》。どうするつもりだ？」

行夜は唇を噛み、黙り込む。

追い打ちをかけるように、道真はさらに言葉を連ねる。

「己の意地さえ通せれば、他はどうでもいい。どうせ、最後には俺がなんとかする。そう思ったか？」

「ちがっ、違います！　断じて、そんなっ……」

堪《たま》らず行夜は顔を上げ、猛然と声を上げる。

だが、続きは出てこない。いくらそんなつもりはなかったと声を張り上げても、結果だけみれば同じである。否定したところで無意味だ。

「いいか、くだらない意地を張るな。おまえは子供で未熟。写本ひとつ取っても他の連中に敵《かな》わない。芳男なぞ、おまえよりはるかに手《て》蹟が優れているだけでなく、速さも正確さも五段は上だぞ。この差の理由がわかるか？」

事実ではあるものの、こうも遠慮なく言われればムッとくる。やや語気荒く、行夜は言い返した。

「芳男殿は私より六つ年嵩《としかさ》で、なおかつ二年長く陰陽寮に籍を置いております。それだけ違えば、習熟具合に差があるのも当然かと」

「年月だけの問題じゃない。芳男は貧しい家の出だ。食うに必死で、書物を買う余裕なんて到底望めない。だから、あいつはずっと書の内容を聞き覚え、写すことで学んできた。綴《つづ》った文字の数を比べれば、単純な年数の十倍は隔たりがあるだろうな」

行夜の脳裏に、あのときの芳男の昏《くら》い目がよみがえる。

素朴ではあるが、確かに行夜は豊かな暮らしを送ってきた。食べ物、着物、寝起きの屋にも不自由したことはない。学びに関しても、書や道具は元より、史上屈指の学識を持つ義父の教授つきという最上の環境を与えられてきた。

恵まれていることに感謝しなかった日はないが、どこかで当たり前になっていたのもまた事実だ。陰陽寮に入ってから、そんな己の不遜《ふそん》を何度も思い知ったが、いまほど胸に突き刺さった時はない。さっき口にした言葉が恥ずかしくて堪らなくなってくる。

「……芳男殿が努力を重ねて得た立場を、私が義父上の助けで易《やす》く手に入れた不公平は承知しております。でも、だからこそ――」

少しでも早く、認められる存在になりたかった。分不相応な立場に追いつきたかった。できないなんて許されない。そう思い定めて、必死にやってきた。じわじわと弱っていく語勢に併せて、視線も下がっていく。

塩をふりかけた青菜のようになっていく行夜を前に、道真はふうと息をつく。

「なあ、行夜。誰かを頼るのは悪いことか？　己の知らず足らずを認め、教えや助力を請うのは恥ずかしいことか？」

行夜は怖々と顔を上げ、道真を見る。

こちらを窺《うかが》う道真の双眸《そうぼう》はひやりと澄んでいたが、奥底にはいつもの柔らかい温かみが灯《とも》っている。そのことに、行夜は我ながら情けないほどに安堵《あんど》した。

「確かに、芳男は人一倍苦労を重ねてきた。でも、だからといって、恵まれているという理由で相手を憎むとすればそれは間違っている。それに、行夜が芳男の境遇を知らなかったように、芳男だって行夜の境遇を知らない。どんな苦渋を重ねてきたか。ついツンケンして相手を遠ざけてしまうのは何故か。それを知れば、芳男も己こそが最たる苦労人という思い上がりを恥じるだろう」

道真は手を伸ばすと、狩衣《かりぎぬ》の上から行夜の右腕に触れる。

ただ触れる。それだけの行為。

だが、生まれた時からずっと、自分を導いてくれた道真の手があるだけで、行夜は潮のように焦りが引いていくのを感じた。

「おまえは生まれながらに枷を負わされている。おまえの魂に根づく怨讐《おんしゅう》はどうやっても消すことができない。一生涯つきまとう呪いだ」

「今更です。そんなもの、私はとうに受け容《い》れております」

決して強がりではなく、心からの想いで行夜は答える。

己の身の上とはすでに折り合いをつけているし、なにより、

「……怨嗟《えんさ》を負って生まれたおかげで、私は義父上《ちちうえ》の子になれました。だから、いいんです」

大いに照れて、目を逸《そ》らしながら、行夜は蚊の鳴くような小声でつぶやく。

もちろん、この言葉に感動しない道真ではない。

「行夜！　本当におまえはいつまでも可愛いな！」

「ぎゃっ。ちょ、義父上！　やめてください！」

行夜は叫び、覆《おお》いかぶさってきた道真を押し戻す。

「なんだなんだ。久しぶりに頭をなでてやろうと思ったのに」

「要りません！　そんな真似をしたら、即刻さっきの言葉を取り消します！」

可愛いと思った矢先にこれだと、ぶうぶうと文句をこぼしながらも、道真は改めて行夜に向き直る。

「ま、確かにおまえはもう可愛いばかりの幼子じゃないな。真正面から努力して、陰陽

寮の学生にまでなった。大したものだ、よくやった」

「お褒めの言葉はうれしいですが、いつもながら親馬鹿が過ぎます。義父上が安倍様に口添えを頼んだこと、私が知らぬとでもお思いですか？」

「あのな、おまえの入寮にあたって、晴明に口を利いてもらったのは事実だが、俺の頼みで取り計らった訳じゃないぞ。あいつは適当だが、職能に関しては徹底して無慈悲だ。見込みのない者を進んで招き入れるほど易くも甘くもない。吉昌が可愛く思えてくるほどの超絶腹黒男だぞ」

「ちょっ……義父上！　口を謹んでください。誰かに聞き咎《とが》められたら一大事です」

「そうか？　賛同者は多いと思うが、まあいい。とにかく、入寮できたのは行夜が認められたからであって、俺の力じゃない。そこは自信を持て。あと、もっとまわりを信じて頼れ。素直に教えを請えば、芳男は写本のコツを教えてくれるだろうし、他の連中だって闇雲に敵視したりしない。未熟が罪なんじゃない。未熟を認めないことこそが罪なんだ」

道真は肩をすくめ、「大体」と続ける。

「神だって、どいつもこいつも成熟とは程遠い。永々生きているクセにな」

「たとえ事実だとしても、そういうことも口にされない方が」

さらに心配になり、行夜は再び口を挟む。ついうっかりの舌禍で、神の身でも左遷されたらどうするのか。

「心配するな。無駄に世にもえげつない左遷経験を積んだ訳じゃない。対処法のひとつやふたつ、ちゃんと身につけている」

「そんなことで得意にならないでください……」

性懲りもなく胸を張る道真に行夜は肩を落とす。

「俺の心配より、いまは己の責務について考えろ。行夜、大事を見誤るな。今回の件で重要なのはおまえの矜持《きょうじ》か？　それとも、吉昌に対する義理立てか？」

「あ……」

行夜の脳裏に同輩を案じる夕星や、臥《ふ》せる花野の姿が過《よぎ》る。筑紫とて、立場から口に出来ぬとはいえ、大姪《おおめい》である花野の本復を願っているに違いない。

「困っている者、嘆いている者のことをまず考えろ。おまえだって、大切なものがなくなれば悲しいだろ。それを救ってやれるのなら、誰が見つけたかなんて些末《さまつ》なことだ」

「……本当に。仰《おっしゃ》る通りです」

幼子の頃に戻ったかのような、そんな素直な気持ちで行夜はうなずく。

櫛《くし》が持ち主のもとに戻れば、誰が見つけたって――昨夜の飛虎の言葉がよみがえる。考えなしのぼやきなのだろうが、しっかりと真理を突いている。存外、主人より道理がわかっているのかもしれない。自戒を嚙《か》み締めながら、行夜は道真に頭を下げる。

「義父上。此度《こたび》は私が未熟ゆえに御心配をおかけして、申し訳ありませんでした。つきましては、どうか比翼の櫛の在り処《か》を教えていただきたい」

行夜は謝りながらも、道真に詰め寄る。反省も然《しか》る事ながら、一晩中考えてもわからなかった謎の答えが早く知りたかった。

「別に難しいことじゃない。少し考えれば、自《おの》ずと在り処は知れる。幾度占っても木札は何も映さなかった。それこそが答えだ」

「それは、どういう……」

「比翼の櫛《くし》など端《はな》から存在しない。花野殿の心の中だけにある幻ということだ」

「幻……？　じゃあ、花野殿が嘘をついていたと？」

「嘘と呼ぶのは語弊があるな。花野殿にとっては本当だったんだろう。たとえ、遂げられることのなかった約束だとしてもな。おまえが籠《こも》っている間、ちょっと調べてきたんだが、花野殿に文を寄越《よこ》したという佐井通りの姫君は最近子を産んだらしい。なんでも待望の初子だとか。時期からして、花野殿への文はおそらくその報《しら》せだ」

「はあ。ですが」

行夜は首をひねる。めでたい話ではあるが、屋敷を辞した女房にわざわざ報せたりするだろうか。身分を超えた親しさがあったとしても疑問を感じる。

「世の奇妙には大なり小なり理由があるもんだ。姫はどうしても花野殿に子の誕生を報せたかった。自分がいまも変わらず、夫に愛されている証《あかし》としてな」

「……ちょっと、待ってください」

行夜は混乱する頭の中を必死に整理する。花野は何故、前の屋敷を去ったのか。以前の主《あるじ》は何故、花野に夫の愛を知らしめてきたのか。出産を報せる文によって、花野が深く絶望したのだとすれば。

「では、花野殿の想い人というのは」

「かつての主人の夫。当て推量だが、多分外れてはいない。だったら、花野殿が屋敷にいられなくなり、大伯母《おおおば》を頼って三条の屋敷に移った説明もつく。あとで必ず迎えにいく、証として比翼の櫛を贈るからどうか待っていて欲しい……去り際に男がかけた睦言《むつごと》を花野殿は信じた。終《つい》ぞ届かなかった櫛があると思い込んでしまうほどにな」

鳥籠《かご》のような屋敷の中、押し寄せてくる不安を必死に打ち消しながら、想い人を待ち続けた花野の心情は如何《いか》ばかりか。道真の話を聞いていると、恋など知らない行夜の胸の内でさえ苦くなってくる。

「しかし、櫛がないと断定できたのは何故です？　夕星《ゆうつづ》殿の話だけではとても確証を得るには足りない」

「そんなもの、男が想いを寄せる女人に櫛を贈る理由を考えれば簡単だろ？」

「……皆目見当がつきません。私は不調法者ですから」

はあああと道真は大仰にため息を吐くと、無粋な子に講釈をはじめる。

「いいか、櫛の読みは苦死ともなり、贈り物にするには縁起が悪い。ただし、男が女に贈る時だけは別。苦死を共にしてくれという、求婚に等しい意味を持つ。比翼の櫛を目にしたことがあるか？　あのとき、俺が夕星殿にそう尋ねたのを覚えているだろ」

「ええ……確か、夕星殿も他の誰も見たことがないと」

「妙とは思わんか。貴族や、それに准ずる女人の髪は長い。単に梳《す》くだけでもひとりでは覚束《おぼつか》ないほど、手入れにかかる手間は大層なものだ」

「それは、そうでしょうが」

「花野殿もまた、髪を整える際には誰かの手を借りねばならない。にもかかわらず、夕星殿も他の誰も比翼の櫛《くし》を一度も見たことがないという」

「大切な物だけに、なくしたり、壊したりしないよう、しまい込んでいたとも考えられるじゃないですか」

「絶対ない。髪は女の命。想い人の櫛を差し置いて、わざわざ他で梳くはずがない。たとえ使うのを惜しんだとしても、身のそばにないのは不自然過ぎる。花野殿は日々不安と寂しさを募らせていたんだぞ。約束の証である櫛に縋《すが》らないはずがない」

「……………なるほど」

納得がいったような、いまいちいっていないような。微妙な顔でうなずく行夜に、道真はとほほと嘆きをこぼす。

「情操教育もほどこしたつもりだったが……」

「なに？　なんです？」

「ただの独り言だ。気にするな。とにかく、誰の目にも触れないなどという事態は起こり得ない。比翼の櫛が実在していればな。それにしても」

道真はひょいと指を伸ばし、頭巾《ずきん》からこぼれ出ている行夜の髪を梳き上げる。

「ひどい有り様だな。どれ、身繕いをしてやろう」

「あとでやりますから！　放っておいてください！」

息をするように子供扱い。まったく油断も隙もない。行夜はぴしゃりと拒絶すると、なおも髪をいじくろうとする道真の手をつかみ、膝《ひざ》の上に戻させる。

「私には理解し辛《づら》い話ではありますが……最初から櫛がなかったと考えれば、辻褄《つじつま》が合います。ですが、夕星殿や他の方々はその可能性を考えなかったのでしょうか？」

「それほど花野殿の取り乱し方が尋常じゃなかったんだろう。おとなしく、嘘で騒ぐような性格ではないという先入観も大きかったに違いない。一度思い込んでしまうと、そこから抜け出すのは難しいもんだ」

「でしたら、どうして櫛を見つけてくるなどと約束したのです？　元々なかったという根拠を添えて説明すれば、夕星殿たちは納得されたはずです」

「行夜、考えてみろ。そもそも比翼の櫛がなかったと暴いたところで、三条の屋敷の者たちは誰も幸せにならない。花野殿は不名誉を被り、筑紫殿は虚言で屋敷を騒がした罪で大姫を罰さなくてはならなくなるし、夕星殿とて無用に事を荒立てたと咎《とが》められかねない。であれば、あったことにして解決を図った方が余程良い。そうだろ？」

「ええ……まあ」

「物事の判断は正誤よりも、より多く幸せにできるかどうかで行うべきだ。ほれ」

道真は行夜に新たな強飯《こわいい》を放る。

いきなりのことに慌てながらも、行夜は強飯を受け取った。

「講義が終わったら、屋敷に行くぞ。しっかり食っておけ、忙しくなるんだから」

道真は腕を組み、不敵に笑った。

信じると決めたものの、さぞかし不安な一夜を過ごしたのだろう。迎えに出てきた夕星はやや沈んだ表情をしていたが、櫛《くし》が見つかったと聞くと、まぶしいほどに顔を輝かせた。

「本当に、たった一日で探し出してくださるなんて。重ね重ね、御礼を申し上げますわ。道真様、それに行夜様も」

何度も礼を口にする夕星に導かれ、道真と行夜は花野のもとへ向かう。

薄暗い部屋で、昨日とほとんど変わらぬ姿のまま、花野は眠り続けていた。

その悲しみに巣食う蜘蛛《くも》の物の怪《け》も、変わらず花野の胸の上にうずくまっている。

横たわる花野を挟み、奥に道真、手前に行夜と夕星が並んで座る。

「昨夜も二度ほど目を覚まされましたが、相変わらず櫛を求めるばかり。身を起こすこともままならず、声も弱々しくなる一方で」

夕星が憂いを帯びた吐息を落とす。

「なに。櫛が戻ったと知れば、見る間に快癒されよう。行夜」

心積もりはいいかと問う道真の視線に、行夜は強くうなずく。

「では、これより比翼の櫛を花野殿にお返しする」

道真はやや身を屈《かが》め、ゆっくりと花野に語りかける。

「花野殿、花野殿。目を覚まされよ。お探しの比翼の櫛をお持ちしたぞ」

だが、花野はぴくりとも動かない。蜘蛛もまた同じ。

「花野殿。さあ」

再び道真が声をかける。今度もまた、何の反応もない……ように見えたが、しかし。

蜘蛛が微《かす》かに身じろぎ、じりじりと動きはじめる。油断なく行夜が目で追う中、蜘蛛は細長い八本の足をにじらせ、花野の胸から肩のあたりに移動していく。

そうするうち、花野の睫毛《まつげ》が、咽喉《のど》が、さらには指先がぴくりぴくりと震え出した。

「……う、あ……く、櫛……」

花野はひび割れた声を漏らしながら瞼《まぶた》を開くと、視線を彷徨《さまよ》わす。

「左様。比翼の櫛はここに」

道真は懐に手を入れ、萌黄《もえぎ》色の小さな布包みを取り出すと、花野に差し出した。

「あ、ああ……」

花野はか細い声で呻《うめ》きながら、震える手を伸ばす。

「ご覧あれ。探し求めていた櫛を」

道真が包みを解く。けれど、現れたのは櫛ではない。萌黄の布に包まれていたのは一枚の風切羽《かざきりばね》。その深緋《こきあけ》の羽に怯《おび》えたかのように、花野はびくりと手を止めた。

「……ちが……これでは……」

「いえ。これは間違いなく、花野殿が夢にまで求めた比翼の櫛《くし》です。いや、その成れの果てと申すべきでしょうな」

花野は小さく身を震わせながら、問うような視線で道真を見つめる。

「並はずれた情念は時に物に生命を与える。あなたの想いが募りに募り、いつしか比翼の櫛には命が宿った。だから、櫛は鳥に姿を変え、飛び去ったのです。これ以上、花野殿を悲しませることのないように」

道真は布を床に置くと、そっと羽を取り上げる。

「私を、悲しませぬために……？」

「そうです。比翼の櫛の一番の望みは花野殿の幸せだった。だから、散った恋の化身となった己はそばにいるべきではないと考えたのでしょう」

道真はほほえむと、花野に羽を差し出す。

「比翼の鳥はふたつでひとつ、対を失《な》くしては飛べぬ鳥です。羽ばたいたものの、ややあって命運尽きたのでしょう。陽明門《ようめいもん》の片隅で儚《はかな》くなっておりました。決死の飛行で精も根も果てたのか。亡骸《なきがら》は砂塵《さじん》と散り、残ったのはこの一翼のみ」

しばらくの間、花野は瞬《まばた》きさえせず、じっと羽を見つめ続けていた。

次第、虚《うつ》ろに沈んでいた瞳《ひとみ》に淡い光が灯《とも》りはじめ、次には覚束《おぼつか》ないながらも身を起こそうとする。

夕星が寄り添い、あやうく揺らぐ肩を支える。それでも、花野の視線は羽に留められたまま。やや苦しげに息をしながらも、決して目を離そうとはしない。

「あの方の櫛が……」

ふらりと、ほとんど倒れ込むように花野が道真の手に取り縋る。

突然の出来事に夕星が小さな悲鳴を上げ、行夜も膝を浮かしかけた。

だが、道真は落ち着いたもの。しっかりと花野の体を受け止め、手に羽をにぎらせる。

「花野殿。大切にしてきた想いを失うのは辛かろう。殊に、信じていた者に裏切られる辛さは身を斬られるに等しい」

道真の言葉に、花野は顔を上げる。

「だが、痛みは心が生きている証。それがある限り、幸せを感じる時もまた訪れる。大丈夫。あなたは必ずたどり着ける。幸福を願うこの比翼の翼が共に在るのだから」

「……私、私はっ……」

それ以上は言葉にならなかった。ぽろり、ぽろりと、大粒の涙をこぼしながら、花野は道真の胸に縋りつき、わあわあと童女のように声を上げ、泣きはじめた。

道真は花野の肩をゆるゆると叩《たた》く。どこか、むずかる子をあやす親のように。

傍らで、行夜は肩の力を抜く。病みつくほどの恋情を失った痛みと、それほど恋うる相手に裏切られた悲しみが容易《たやす》く消えるとは思わない。

だが、花野は己の意思で苦しみのない眠りから痛みを伴う現実に戻ってきた。泣きたいだけ泣いたあとには、きっとまた立ち上がる気力を取り戻せるだろう。

誰もが温かな気持ちで花野を見守っていた。しかし、行夜の視界の端で不意にこそりと黒い影が蠢《うごめ》く。

見咎《みとが》めた行夜から逃げるように、蜘蛛の物の怪はしゃらしゃらと花野の肩から背、背から腰をつたい、板敷に降りていく。

「行夜」

ほとんど呼気に近い道真の声。

行夜はうなずくと、板敷を這《は》い進んでいた蜘蛛を両手で捕まえる。

重ねた手の中に蜘蛛を閉じ込めたまま、行夜は軽く力を込める。ほどなく、しゅわりと葉擦れに似た音をたてながら、手の内が仄《ほの》かに青く光った。

「……行夜様？　床に何か？」

「いえ。羽虫かと思いましたが」

尋ねてきた夕星に、行夜は閉じていた両手を広げてみせる。

鬼火で焼き尽くされた蜘蛛の灰燼《かいじん》が風花のように散っていったが、見鬼の力を持たない夕星の目には映らない。

「気のせいだったようです」

淡く煌《きら》めく飛散を見送りながら、行夜は静かに答えた。

庭の片隅で安栢榴《ざくろ》の朱色の花がひときわ鮮やかに輝いている。

陽光にきらめく花弁の目映さに、簀子縁《すのこえん》に座った安倍吉昌は目を細めた。

「陰陽寮の方と聞いたので、もしやと思いましたが」

衣擦れの音に添う、懐かしいとも、いささか恐ろしいとも感じる声音。

吉昌が視線を移せば、安栢榴の花弁を思わせる、鮮やかな朱赤の袿《うちぎ》をまとった夕星《ゆうつづ》の姿があった。

「吉昌様、お久しゅうございます。そこかしこで囁《ささや》かれている色好《よ》い噂に違《たが》わず、お元気そうでなによりですわ」

夕星は優雅に裾《すそ》をさばき、吉昌の隣に座る。

「はて、噂については身に覚えがないが、この通り恙《つつが》なく過ごしているよ。夕星こそ健勝でなによりだ。ところで、安栢榴の花が見事だね。思い返せば、私たちがはじめて出逢《あ》ったのもちょうど――」

「それで？　本日は如何《いか》なるご用件でお越しに？」

口調こそ優しいものの、夕星はずばりと本題に切り込む。どうやら昔語りに興じるつもりはないらしい。

吉昌は寂しげに肩をすくめてから、訪問の用件について話し出す。

「先日の無沙汰《ぶさた》の詫《わ》びと、その後の様子見に。元は私に持ちかけられた相談事だ。遅ればせながら、きちんと知っておかねばと思ってね」

「それは御親切に。ですが、お詫びなんてとんでもない。吉昌様がお越しになられなかったからこそ、私は道真様という、かけがえのない御方に巡り逢えました。心から感謝を申し上げますわ」

「まあ、道真殿が至極特別な方であるのは認めるが。それにしても随分な褒めようだ」

「当然でございましょう。それだけの御恩を賜ったのですから」

夕星は視線を蒼穹《そうきゅう》に馳《は》せると、胸に手をあて、艶《なま》めいた吐息を落とす。

「まるで夜半の月のような御方。暗がりに迷う者の手を優しく包み、導く」

恋に酔う女人は得も言われぬほど美しい。

終わった恋に未練はないが、以前は己があの眼差《まなざ》しを受けていたと思うと、なにやら口惜しく思えてしまう。じわりと広がった苦味を空咳《からせき》で誤魔化し、吉昌は口を開く。

「花野、だったか？　件《くだん》の女房殿も息災で？」

「ええ。櫛《くし》の行方がわかったことで落ち着かれ、見違えるほどお元気になられました」

「それはなによりだな」

「本当に。とはいえ、三日後に播磨《はりま》に発つと聞かされた折にはさすがに驚きました」

「播磨？」

「そちらの郷士様に嫁がれるのです。急とはいえ、きっと良いご縁になりましょう」

「善は急げとも言うからね。いや、まさに万端滞りなく。安心したよ」

「お心遣い、ありがとうございます。三条の上様にも伝えておきますわ」

「よしなに頼む。では、これにて失礼しようか」

早々に腰を上げた吉昌を留《とど》めるでもなく、夕星もまた立ち上がる。

「ああ、そうだ。想い人に託《ことづ》けは？　私でよければ預かるが？」

立ち去りかけた足を止め、吉昌はふり返る。

面倒見が良いというか、なんというか。くすりと、夕星は笑みをこぼす。

「必要ございません。申しましたでしょう、あの御方は夜半の月だと。手が届くと思うほど、私は自惚《うぬぼ》れ屋ではありませんの。どこかの殿方様と違って」

やんわりと吉昌に棘《とげ》を刺しながら、「なにより」と夕星はつけ足す。

「いくつになっても、可愛い盛りの子には勝てない。でしょう？」

目を丸くする吉昌にほほえんでみせて、夕星は踵《きびす》を返す。

芳《かぐわ》しい香りを残し遠ざかっていく背姿《うしろすがた》を見送りながら、吉昌はつぶやく。

「なるほど。女人は美しく逞《たくま》しく、それ以上に聡《さと》い」

大瑠璃《おおるり》の澄んだ鳴き声が高く響き渡る。

京はまた、次の節気を迎えようとしていた。

第二話　闇はあやなし

菅原道真が藤原時平とはじめて出会ったのは元慶《がんぎよう》三年（879年）の春のはじめ。張り詰めていた氷が緩み、ようやく陽射しに温《ぬく》もりが感じられるようになった頃だった。

当時、まだ人として生きていた道真は、朝廷の第一人者である藤原基経《もとつね》から文才を高く評価されており、度々書状の代筆を任されていた。

様々な頼み事に交えて、基経はしばしば道真を私的な宴《うたげ》に招いた。酒を酌み交わす時の基経は朗らかで、詩文について語り合うことを好んだ。残忍非道と周囲のみならず身内からも恐れられ、事実情け容赦ない人物であったが、一方で美しい詩を愛する柔らかい心も持っていた。

その日、大きく造り変えた庭の披露に招かれ、道真は基経の屋敷に足を運んだ。

普段は奢侈《しやし》に走ることのない基経が、珍しく贅《ぜい》を凝らしたという庭園は素晴らしく壮麗なものだった。橋の造作や塗り、池や岩の配置はこだわり抜いているが、木々や草花はあるがままの姿で伸び伸びとしている。そして、殊に力を注いだと基経が語った、名木をそろえた梅園は見事のひと言で、花の盛りのいまにあってはまさに仙境と呼ぶに相応《ふさわ》しい風景を生み出していた。

一通り見物が済めば、お決まりのように次は酒宴となる。酒が進み、皆が酔っ払ってきたことを確かめると、道真はこっそり抜け出し、梅園へ足を運んだ。

想像通り、篝火《かがりび》に照らされ、宵闇に朧《おぼろ》と浮かび上がる梅花の群れは幽玄で、見る者を酒とは違う酩酊《めいてい》に誘《いざな》う。

道真はうっとりと息を吐き、詳《つまび》らかに姿が見えぬからこそ、いっそう芳しく感じられる花香を堪能《たんのう》する。黄昏《たそがれ》の梅花をじっくり眺めたくて、酒宴ではそれと気づかれないように杯をかわし続けた。酒も嫌いではないが、やはり折々の季節が醸す美には敵《かな》わない。

頭の中で一句、二句と漢詩を綴《つづ》りながら、道真はゆるゆると歩を進める。

しばし、道真は星のように輝く梅花を夢中で眺め回っていたが、ひときわ大きな紅梅にふと目を留めた。

木の根元で、何かがごそごそと動いている。紛れ込んだ野犬か、それともまさか盗人《ぬすっと》か……用心しながら、道真は暗がりに目を細める。

注意深く眺めるうちに、それが童であるのが見えてきた。危険な存在ではなかったことに安堵《あんど》しながらも、今度は訝《いぶか》しさに駆られ、そっと声をかけた。

「そこで何をしている?」

優しく問いかけたつもりであったが、童は大いに驚いたらしい。慌ててこちらをふり仰ぎ、立ち上がる。その際、童が懐中に何かを隠したが、道真はあえてそこには触れず、ゆっくりと近づいていった。

「篝火があるとはいえ、暗くなってから庭に出るのは危ないぞ。万が一、池に落ちたりすれば一大事だ」

距離を詰めるごとに細かなところが見えてくる。まだ角髪《みずら》の、七、八歳くらいの男の童だった。この庭が屋敷の私的な場所にあり、また身なりが大層良いことから、基経の子息とみて間違いないだろう。そう思って見れば、面差しに基経を彷彿《ほうふつ》とさせる箇所があった。

「俺は菅原道真と申す。今宵、基経様の宴に招かれ、ここに参った」

道真は童の前で立ち止まると、その場に屈《かが》み、視線を合わせる。

「基経様の子息とお見受けするが？」

童は半ばにらみつけるように道真を見返していたが、やがてうなずく。

「藤原基経が嫡男、手古《てこ》だ」

「手古……ああ、お父上と同じ幼名だな」

基経から聞いた話の中に、そんなくだりがあったことを思い出しながら、道真は手古に笑いかける。

「では、手古殿。ひとりでおるにはそれなりに事情もあるのだろうが、先も言ったように夜の庭は危険だ。せめて誰か供を――」

「……菅原道真。その名、父上から何度も聞いておる。学識に長《た》けた、類《たぐ》い稀《まれ》なる才人だと」

　手古は道真の言葉を遮り、強い口調で話し出す。

　いきなりのことに瞬く道真を余所《よそ》に、手古は堰《せき》を切ったように言葉を続ける。

「父上はいつもおっしゃる。どれほど努めたところで、おまえは精々人並み、道真のように才知で他を圧倒できる器ではない、と」

　思いも寄らない言葉を投げつけられて、道真はただただ驚いた。

　基経がそんな風に話していたこともそうだが、それ以上に己の存在が幼い童の心に翳《かげ》りをもたらしていることに胸が騒ぐ。たじろがずにいられないほど、手古のふたつの目に宿る憎悪は昏《くら》かった。

「詩が詠めるのがそんなに偉いか？　異国の史書に通じるのがそんなにすごいか？　手古は絶対に、おまえに負けたりしないっ。必ず父上のあとを、藤原を継ぐに相応《ふさわ》しき者になってみせる！　わかったら、さっさと去《い》ね！」

　手古は両腕を伸ばすと、体当たるように道真の胸を突いてくる。

　とはいえ、所詮《しょせん》は童の力。道真は微動だにせず、むしろ突いた反動で手古の方がうしろ向きに踏鞴《たたら》を踏み、よろめいた。

「危ない」

　道真は慌てて、反っくり返りそうになった手古の腕をつかむ。

　おかげで手古は転倒を免れたが、弾みで懐から料紙の包みが地面にこぼれ落ちた。

「あっ……！」

手古は悲鳴にも似た声を上げると、道真の手をふりはらい、地面に落ちた包みに飛びつく。

一瞬の出来事だったが、料紙に包まれていたものが鶯《うぐいす》の亡骸《なきがら》であったのを道真はしかと捉《とら》えていた。

「……なるほど。その鶯を弔おうと」

地面にへたり込んだ手古は答えず、料紙ごと鶯を抱え込む。

青ざめ、小刻みに震える手古の様子から道真は察する。

手古にとって、鶯の弔いは誰にも知られたくない秘密なのだ。だから、供も連れず陽が落ちてから庭に出た。道真が声をかけた時も亡骸を隠した。理由は判然としないが、目の前の童《ひと》が酷く思い詰めていることだけはわかる。

道真は手を伸ばし、固く握りしめられた手古の両手に触れる。

手古はびくりと身を震わしたが、手の中の亡骸を気にしたのか、今度はふりはらおうとしなかった。

「このことは誰にも、お父上にも話しはしない。だから、心配しなくていい」

道真は真摯《しんし》な想いで手古に語りかける。

細かな事情までは汲《く》み取ってやれずとも、せめて小さな体を苛《さいな》む不安をわずかでも取り除いてやりたかった。

「鶯は梅の蜜《みつ》を好むゆえ、その根元に埋めてやりたいと思ったのだろう？　もし、手古殿が構わぬなら、俺も一緒に弔ってやりたいのだが」

手古は唇を引き結び、黙り込む。

けれど、誰にも話さないという道真の言葉で多少は強張《こわば》りが解けたのか、やがて途切れ途切れに話しはじめた。

「……手古が悪いのだ。手古が欲しいと言わなければ……」

花から花に飛び、囀《さえず》る姿が愛らしく、下人に捕まえさせたものの、上手《うま》く世話ができずに死なせてしまった……話しながら、手古は手を開き、鶯の亡骸を見つめる。

「手古がこれを殺したのだ。そう思うと、悲しくて怖くて……だが、この胸の内は誰にも知られてはならぬ。特に父上には……」

「何故、そんな風に思う？　仮に話せば、基経様は手古殿を叱るのか？」

「父上は叱ったりはせぬ。けれど、繰り返しおっしゃるのだ。ただの貴族の子息なら、人並みで構わぬ。だが、手古は藤原北家《ほっけ》の嫡男。凡夫のままでは許されない。だから、手古は情けを捨てねばならない。それではじめて、凡夫は才人と並び立てる」

ごく当たり前のように語る手古を、道真は呆然《ぼうぜん》と見つめる。

権勢を得るためならば手段は選ばない。藤原という一族の恐ろしさはとくと知っているつもりでいたが、まさか幼子のうちからこんな教えを叩《たた》き込まれていたとは。

道真も人の親だ。子を想う気持ちは解せる。藤原を継ぐ者の生路の険しさを、基経は誰よりも知っている。だからこそ、同じ路《みち》を行かねばならない手古に厳しくあたるのだろう。徹底して鍛え上げねば、生き残れないとわかっているから。

頭の一端では理解できる。だが……苦い痛みに顔を歪《ゆが》ませる道真の前で、手古は意を決したように滲《にじ》みかけていた涙を袖《そで》で乱暴にぬぐう。

「そもそも、弔おうと考えたのが間違いであった。藤原の嫡男に情けなど無用っ」

手古は喚《わめ》きながら、鷲の亡骸を投げ捨てようとする。

勢いよくふり上げられた手はしかし、道真によって止められた。

「それは、手古殿の本心か？　鷲を捨てて、一片の後悔もないと言い切れるのか？」

「なにをっ……放せ！　邪魔をするな！」

「お父上の教えを大事にする気持ちは素晴らしい。だが、それを理由に自分の心を偽るのは正しくない。手古殿は、手古殿の心をなによりも尊ぶべきだ」

「嘘ではない！　手古は本当にそう思っているっ」

「死に涙することは弱さではない。痛みを受け容《い》れ、向き合っている証《あかし》だ」

道真は改めて手古の手を取り、涙に濡《ぬ》れた目を覗《のぞ》き込む。

「自分のせいで鷲が死んだのだと、手古殿は言うた。鷲に悪いことをしたと悔い、自分の手で弔おうとした。手古殿は過ちを認める勇気と、償おうとする優しさを持っている。それは学識より何より、人の上に立つ者に必要な才だ。そんな一番の宝を捨てるような真似をしてはいけない」

「手古に……才があると？」

「ああ、もちろん。だから、その才を以《もっ》て偽りなく答えて欲しい。手古殿はこの鷲をどうしてやりたい？」

手古は視線を揺るがせ、うつむく。

しばしの間、迷うように細い息づきばかりを漏らしていたが、やがて消え入りそうな声で答えた。

「………弔ってやりたい」

「そうか、あいわかった」

「けど、父上には知られたくない。絶対に、嫌だっ……」

「そちらも承知した。では、こうしよう。この鷲は菅原の庭に葬る。それなら、お父上に気づかれることもない」

「……おぬしの家の庭に？」

「ここは比ぶべくもないが、巷《ちまた》で紅梅殿と呼ばれるだけあって、梅木だけは何処にも劣らぬと胸を張れる。特に俺の爺《じい》様が唐から持ち帰った白梅は見事だぞ。枯れかけていたところを爺様が手を尽くして甦《よみがえ》らせ、その礼として貰《もら》い受けたものでな。土地の者の話では龍神《りゅうじん》が宿っているとかなんとか」

「龍神……う、嘘だ！　そんなもの、いるはずない」

「さて、どうだろう。俺も話に聞くばかりで、姿は見たことがない。ただ、我が家の庭の梅が殊に美しいのは、その白梅が守ってくれているおかげだと俺は信じている。無論、庭師たちの甲斐甲斐《かいがい》しい世話もなくてはならないが」

道真はからかうように笑いながら、手古の手から料紙ごと鶯の亡骸をすくい上げる。

「爺様は龍神にちなみ、その白梅に飛梅《とびうめ》という名をつけた。この鶯は飛梅の根元に弔ってやろうと思うが、どうだ？」

「……手古は龍神など信じない。けど、一番立派な木というなら」

「意見がまとまったな。懇ろに弔うと、約束しよう」

道真は鶯を料紙で丁寧に包み、懐中に入れる。

「東風《こち》が吹き、梅の花が香るたび、鶯のことを思い出してやるといい。斬り捨てることが強さなら、抱え続けることもまた強さ。ひとつに限る必要などない。その都度都度、手古殿の心が指し示す強さを選び取っていくべきだ」

「だが……」

「先にも言うたが、手古殿は才をたくさん持っている。情けがそのひとつだということを、どうか忘れないでいて欲しい」

びっくりした様子で目を丸くする手古に、道真はいっそう深くほほえみかける。

家中のこと、親子のこと、どちらも道真に口出しする権利はない。基経には基経の考えがあり、手古もそれに従いたいと思っているのだろう。だから、これは余計な節介でしかないが、その健気《けなげ》な優しさはかけがえのない才だと伝えておきたかった。

言い終えた道真は立ち上がると、手古の背を軽くたたく。

「夜も更けた。いい加減、まわりの者たちも手古殿がおらんことに気づくはず。中に戻られた方が良い」

道真の懸念に応じるように、薄闇の向こうから、「手古様」「若様」と呼ぶ声が次々に聞こえてきた。

「さ、早う。足下にはくれぐれも気をつけるのだぞ」

手古は不機嫌そうに眉《まゆ》を顰《ひそ》めつつも、何か言いたげな顔で道真を見上げていたが、結局口を開かないまま、ぷいと背を向ける。

しかし、数歩進んだところで、手古は足を止めた。

「菅原道真っ。手古はおぬしの甘言に惑わされたりはしない！　だがっ……鶯の弔いには感謝する。今後、庭の梅が咲いたら、菅原の屋敷に向かって手を合わす」

道真に返事をする間を与えず、手古は性急に言葉を継いでいく。

「これからも手古は修練に励み、父上のような立派な公卿《くぎょう》となってみせる。絶対、おぬしに負けたりしない。覚悟して、待っておれ！」

背を向けまま、手古は宵闇に向かって言い放つ。

それは道真というより、むしろ己に言い聞かせているように感じられた。

一方的な宣戦布告を終えると、手古は足早に去っていく。

暗中に消えていく華奢《きゃしゃ》な背中を見送りながら、道真は苦笑を漏らした。

一応、官職に就いてはいるが、道真の現職は式部少輔《しきぶのしょう》。官位は従五位下で、最高行政者たる公卿など遥《はる》か彼方《かなた》、霞《かすみ》の向こうだ。

官人即ち公卿と考えるあたりは、やはり藤原の御曹司の不遜《ふそん》が窺《うかが》える。しかし、手古はあの歳で己の立場と向き合い、責任を果たそうとしている。その気概は童だからと侮っていいものでは決してなかった。

「覚悟せよ、か」

実際のところ、成長すれば手古は出自と家柄で必ず朝廷の重職に就く。そのとき、自分はどんな立場にあり、何を志しているのか。

官職に就こうとも、己の本分は学者だ。常に学び、そしてそれを伝える。その原点を忘れたことはない。けれど、実際に政《まつりごと》に関わるうちに、学者の領分を超えた〈望み〉を抱きはじめている。

頭の中の理想など、所詮《しょせん》学者の絵空事だとわかっている。しかし、だからといって何の努力もしないまま、どうせ無理だと諦《あきら》めたくはない。たとえわずかでも、この国を、皆の暮らしを良くできるのであれば、足掻《あが》く意味はきっとある。

「明日、早花《そうか》、応《まさ》に更に好《よ》ろしかるべし……まだまだ精進せねばならんな」

今後、手古と自分の人生が交わることがあるのかどうか、それはわからない。だが、それでも幼き日に負けぬと誓った相手が、こんなつまらないものだったのか、などとがっかりされたくない。

道真は決意を確かめるように懐中に触れ、踵《きびす》を返す。

そろそろ、宴もお開きになる頃合いだ。密《ひそ》かな取り交わしが基経に気づかれることもないだろうが、手古との約束を守るためにも早々に辞去したかった。

これより二十年のち、時平となった手古と道真は左右の大臣として朝廷に並び立つ。

そして、時平によって道真は大宰府に追いやられ、非業の死を遂げる。

先に待ち受ける運命など知る由もないまま、道真は梅の香満ちる庭をあとにした。

✿　✿　✿

しとりしとりと、そぼ降る雨が都の地を潤す、梅雨の夜更け。

朱雀門を出てすぐ、神泉苑《しんせんえん》の西側には式部《しきぶ》省に属する官吏養成の学舎、大学寮《だいがくりょう》がある。

陽の高いうちは大勢が行き交う学舎もいまは静かで、陰鬱《いんうつ》な雨音だけが響いている。

ふと、雨の滴りにじゅわ、じゅわりと異様な音が混ざり出す。

音の正体は蔵の小窓から吹き出したおどろおどろしい黒煙。それはまるで意思があるかのように這《は》い進み、ずるりと窓から抜け落ちると、一塊となって地面に蹲《うずくま》った。

暗《くら》い昏い雨の中、黒煙は不気味に蠢《うごめ》きながら、ゆらゆらと立ち昇っていき……見る間に人の形を成す。

闇と雨滴で判然としないが、小柄で痩《や》せた男だろうか。血の気のないその唇から発せられたのは人語か、それとも物の怪《け》の叫びか。

ただ、捉《とら》えられる者ならば、それが白居易の漢詩の一節であると気づいたであろう。

万人《ばんにん》行楽し、一人愁《うれ》う。

すべての人々が喜び笑う中、私ひとりだけが悲嘆に沈んでいる、と。

鈍色の小雨が降り続く、夕暮れ時の京《みやこ》。

檜垣行夜は大路を行きながら、雨避《よ》けの笠《かさ》の下で目を細めた。

果てにそびえ立つ朱雀門を前にして、安堵《あんど》の息が漏れる。やっと戻って来られた。いささか大袈裟《おおげさ》とはいえ、そう思わずにはいられない。

今朝方、陰陽寮に着くなり、行夜は上役から外回りの供を命じられた。

寝耳《くく》に水の言いつけだったが、もちろんとやかく言える立場ではない。これも務めと肚《はら》を括り、朝からいままで、上役のうしろについて貴族の屋敷や寺を回ってきた。

歩を進めるごとに大きくなっていく朱雀門を眺めながら、行夜は徐々に慣れない務めの緊張を解いていく。だが、門のそばで検非違使《けびいし》たちが行き来する様を目にすると、再び眉間《みけん》にしわが寄ってしまう。

「大学寮はまだ落ち着かぬようだね」

行夜を強引に駆り出した上役——安倍吉昌がふり返り、声をかけてくる。目深にかぶった笠をかかげ、肩越しに視線を流す姿は優美そのものだ。

「得業生試に落ちた文章生《もんじょうしょう》が思い詰め、大学寮の書庫で咽喉《のど》を突いて自死しようとしたのですよ。私にすれば、他人事《ひとごと》とは思えない話です」

大学寮とは主に紀伝道《きでんどう》——異国の正史や詩文を学ぶ官吏育成機関で、道真の古巣にあたる。

そこでは指南役の文章博士の下、文章生および、見習いである擬文章生たちが昼夜を問わず勉学に励んでいる。文章生の中でも特に優秀な者は文章得業生となり、官職登用試験の対策が受けられるようになる。即ち、職を得る道が開かれるという訳だ。

ただし、枠は二名だけとかなり厳しく、さらに昨今は設問の漏洩《ろうえい》といった権力や金銭絡みの不正の横行がみられるともっぱらの噂だ。うしろ盾がなく、自身の実力だけが頼みという者が犠牲になったこともきっとあるに違いない。

現に、自死を図った文章生は給付金を受けられるほどの秀才だった。五度目の試を前に、これが最後の覚悟で挑むと語っていたという。

実力不足の落第なら自死沙汰《さた》など起こさなかったかもしれない。だが、それだけと思い切れない何かがあったのだろうか。

「世に不義不正はつきもの。勤勉と誠心が必ずしも報われるとは限らない」

黙り込んだ行夜の胸中を汲《く》み取るかのように、吉昌がささやきかけてくる。

「でも、汚泥が玉を穢《けが》すのではない。玉が輝きを失うのは自ら諦めた時だけだ」

「……腐ったら負け、ということですか？」

けているからだ。


「まあ、そんなところかな」

吉昌は意味ありげにほほえむと、視線を前に戻し、再び歩き出す。

行夜はあとに続きながら、いま一度、大学寮に視線を馳《は》せた。

この騒動について、道真とはまだ話をしていない。この三日間、珍しく道真が家を空けているからだ。


日頃から方々ぶらぶらしている道真だが、日を跨《また》いで家を空けることはこれまでなかったため、「三、四日ほど留守にする」と告げられた時は正直驚いた。

自分のことは自分でこなせるので別に困りはしない。加えて、道真と行夜は老夫婦が暮らす邸宅の離れを借りて暮らしているのだが、家主の妻女が親切で、折に触れて世話を焼いてくれる。それがあるから、道真も気兼ねなく出かけられたのだろう。

しかし、そうは言っても。

「……腹が立つ」

さやかな雨音に紛れて、行夜はぼそりと不満を漏らす。

行き先も目的も教えてくれなかった。一体どこでなにをしているのだろう。あれこれ気がかりなところに、大学寮の騒動が起こった。

こういう時こそ語り合い、遣《や》る瀬ない気持ちを和らげたいのに。どうして肝心な時にいないのかと不満がくすぶる。しかし、そんな胸の片隅で寒々しい何かもじわりと滲《にじ》む。

寂しい——思わず浮かんだ、認めたくないが否定できない不本意な感情から逃げたくて、行夜は細雨を撥《は》ね上げ、足早に吉昌を追った。

陰陽寮に戻り、行夜は吉昌とは別れた。

その足で、行夜は学生たちが集まる部屋に向かう。

講義は朝から午《ひる》までで、以降は写本などの務めがあるが大体が夕刻前には退出する。

もう誰もいないと思っていたが、部屋に入るなり、行夜は残っていた先輩学生たちに取り囲まれた。

「ああ、行夜。戻ったか！」

先輩学生の筆頭、入谷《いりや》芳男を皮切りに、他にも三人の学生たちがわらわらと行夜の前に押しかけてくる。

「道真殿は？　今日も来られぬのか？」

「それそれ。私も尋ねようと思っておりました」

「俺も待っていた。漢語の訳でわからぬ箇所があって。なあ、どうなんだ？」

帰るなりこれかと、行夜はげんなりした様子を隠さず、肩を落とす。

同輩、上役問わずに、陰陽寮にいると少なくとも二十遍は「道真殿はどこに？」と尋ねられる。うんざりするなという方が無理というものだ。

「何度も言いましたが、道真殿は所用で出かけております。しばらく陰陽寮にはお越しになられません」

行夜の答えに、群がる学生たちは一様に不満を露《あら》わにする。

「そう言い出して、もう三日だぞ。なら、明日は？　明日には戻られるのか？」

余程気が急《せ》いているのか、芳男が前のめりに尋ねてくる。他も気持ちは同じなようで、皆そろって前傾姿勢だ。

「わかりません。三、四日という話でしたので、そろそろ帰ってくるとは思いますが」

「わからぬでは困る。頼んでいた詩の添削を受け取りたいのに」

「私とて、期日が迫った調書があるんです」

「急ぎ教えを請いたいのだ。どうにかして、呼び戻せんのか？」

矢継早の訴えに、行夜は再び嘆息する。

ひと月前に遭遇した失《う》せ物騒動で学んで以来、行夜は虚勢を張るのをやめた。

道真の縁者だから贔屓《ひいき》にされている。家柄で登用される貴族連中と変わらない。そんな侮りを受けるのが悔しくて、ずっと力任せに突っぱねようとしてきたが、あの一件を通し、道真から未熟は悪ではないと諭され、すこんと肩の力が抜けた。

無駄に力まず、焦らず着実に。そう心がけて日々を送るうち、批難や侮蔑《ぶべつ》が以前ほど刺さらなくなってきた。無論、歯痒《はがゆ》く思うことも多々あるが、それでも以前よりずっと落ち着いていられる。

わからなければ尋ね、できなければ頼る。頭を下げ、素直に教えを請うようになった行夜の態度は先輩学生たちにも響くものがあったらしい。人の気持ちというのは合わせ鏡に似ている。最近では向こうの刺々《とげとげ》しさも随分と収まり、周囲の風通しは格段に良くなった。

ただし。

「とにかく、文の添削だけはどうしても欲しい！」

「私もです！」

「同じく！　この通り、なんとかしてくれ！」

そろいもそろって、行夜に対する遠慮がなくなった。とにかく、道真に関わる事案は頼み込めばなんとかしてくれるだろうとばかりに拝み倒してくる。

「何と言われようと、どうにもなりません」

道真がいつ戻ってくるのか、行夜自身が知りたい。

もっとも、探す手立てがない訳ではない。飛虎に匂いを追わせれば、おそらく居場所はつかめる。そうすれば、急いで帰ってきて欲しいと伝えることもできる。

それでも、追いかけるような真似はしたくない。道真の自由の尊重というより、下手に探したりすれば、「そんなに寂しかったのか」と妙な方向に喜びそうなので嫌なのだ。

行夜の気持ちなどいざ知らず、芳男たちが懇願を繰り返そうとしたそのとき、ひとりの男が踏み込んできて、高い声で呼ばわった。

「道真はいるか？」

響きは美しいが、どこか剣呑《けんのん》な棘《とげ》をはらんだ声に、行夜をはじめ、学生たちはいっせいにそちらを見る。

声の主は行夜たちが立つ位置とは逆の端、寮の奥にあたる方から部屋に入ってきた。烏帽子《えぼし》に青白橡色《あおしろつるばみいろ》の狩衣《かりぎぬ》。身なりこそ成年のそれだが、まだ角髪《みずら》が似合うあどけない顔と、華奢《きゃしゃ》で小柄な体軀《たいく》は少年と呼ぶ方がしっくりくる。

童顔の男は行夜たちに視線を定めると、一直線に近づいてくる。怒濤《どとう》の勢いに気圧《けお》されて、芳男たちはさっと左右に分かれた。

男ながらに、五節《ごせち》の舞姫が務まりそうなくらい愛らしい顔だが、こうも遠慮なく詰め寄られれば恐ろしい。特に、色彩が複雑に渦巻く双眸《そうぼう》の威圧感がとんでもなくきつい。

感じ取れる者が見れば、それが途方もなく強大な霊力の表れだとわかる。影の中でも飛虎が怯《おび》え鳴き、きゅうと尻尾《しっぽ》を丸め込むのが伝わってきた。

「道真は？　おらんのか？」

男からの再度の問いに、行夜は肚《はら》に力を込めながら答える。

「……おりません。三日前から出かけております」

「行き先は？　誰か一緒か？」

「存じません」

「なら――」

「戻りの日時も知りません！」

先程までとまったく同じ問答に苛立《いらだ》ちながら、行夜は断固たる口調で答える。

「とにかく、道真殿の行方について、私は何も知りません。申し訳ありませんが、御用なら日を改めるのがよろしいかと。どうかご了承ください、吉平様《よしひら》」

にべもなく要求を拒まれた男――安倍吉平は不満げに頬を張らす。

「……じゃあ、おまえでいい」

「は？」

「吉昌が、道真を釣るには子を餌にするのが一番確実だと言っていたからな」

「なっ……」

「俺の部屋に来い。いいな」

吉平は一方的に命じると、さっさと踵《きびす》を返す。

「お、お待ちください！　そんな、いきなり言われても――」

止めたとて聞くものではない。言いたいことだけ言って、吉平は立ち去っていった。

「あー……。まあ、アレだ。頑張れ」

「そうそう。吉昌様に続き、吉平様からのお声がけなど光栄なことじゃないですか」

「まったくだ。実に羨《うらや》ましい。しっかり果たせよ」

呆然《ぼうぜん》と立ち尽くす行夜に声をかけながらも、関わりは御免とばかりに芳男たちはそそくさと部屋を出ていく。

陰陽寮は天文、陰陽、暦と専門的な知識、技術を扱う集団である。

黙々と計測したり、算木《さんぎ》を数えたり。鬼を祓《はら》ったり、手なずけたり。門外漢には理解し難い技をふるうせいか、属する者たちは変わり者と囁《ささや》かれがちだ。

その筆頭に挙げられるのが天文博士を務める安倍晴明。

やれ、式神《しきがみ》を下男下女のように召し抱えているだの。やれ、荒くれ法師と術合戦をして屈服させただの。御伽《おとぎ》話めいた武勇伝に事欠かない陰陽師は、同時に並ぶ者のない奇人としても有名である。

先ほどの美男子、安倍吉平はその嫡男。とてもそうは見えないが、吉昌のひとつ年上の兄である。

父親の才を譲り受け、弱冠二十四歳で陰陽師となった俊英《しゅんえい》だが、同時に奇特な性質も存分に受け継いでいるらしい。

上役から声がかかるなど光栄の極みのはずだが、相手が吉平となれば話は別。あの傍若無人の権化に近づいてはならない。鬼に襲われるより悲惨な目に遭いたくなければ、一も二もなく逃げるべし、という教えが存在する程だ。

しかし、すべてを承知のうえで、行夜はとぼとぼと吉平の部屋へ歩き出す。

何故なら、ここは権力がなによりものを言う大内裏。見習いですらない学生には、上役に従う以外の選択肢はないのだ。

「これをやる。駄賃だ」

命じられた通り部屋に行くなり、吉平から懐紙の包みを押し付けられた。

行夜が包みを開くと、中には半円形の唐菓子がふたつ入っている。唐菓子は米粉や麦に甘葛《あまずら》を混ぜた生地を、揚げたり蒸したりして作る甘味だ。吉平から渡された唐菓子は丁子《ちょうじ》や桂皮《けいひ》の餡《あん》が入ったもので、作られてからまだ幾許《いくばく》も経っていないのか、香ばしい油と餡の甘辛い匂いが鼻先をくすぐってきた。

「ええっと……」

「吉昌が、甘味をやれば喜ぶとも言っていた。道真と分けて食え」

正直、受け取りたくないと悩む行夜を余所《よそ》に、吉平はぼすんと床に座ると、前を指す。

「そこに座れ」

渋々、行夜は腰を下ろす。ついでに包みの方も懐にしまう。安倍の血縁と押し問答をしても無駄というのは吉昌の相手で学習済みだ。

「それで？　本当に道真の行き先を知らんのか？」

「はい」

「わかった。なら、影の中のやつを使いにやって、いますぐ戻ってこいと伝えろ。できないとは言わせんぞ。おまえと寝食を共にしているのなら、道真の匂いも覚えているはずだ」

むうと、行夜は唇を噛《か》む。個体差はあるが総じて霊獣は鼻が利く。数多《あまた》の式神を使役する吉平がそれを知らぬはずもない。

「……ゆ、行夜様ぁ」

ぴょこりと、影の中から飛虎が顔を覗かす。吉平の霊圧に余程怯えているのか、毛という毛が萎《な》え、すっかり縮み上がっている。

「どうした？　大丈夫か？」

「飛虎は道真様のお迎えに行きます〜。いえ、行かせてくださいぃぃ」

びゅんと影から飛び出すと、飛虎は行夜の膝《ひざ》にかじりつき、ひんひんと世にも情けない鳴き声を上げる。

「ここにいるのは嫌ですぅ。吉平様の式神たちがさっきからこっちを見て、あの小さくて丸いの、肉が柔らかで美味《うま》そうだって、ヒソヒソするんです〜」

「吉平様！」

ガタガタと震え、尻尾ごとぎゅうと体を丸める飛虎を抱き締めながら、行夜は怒りをこめて吉平をにらみつける。

「怒るなよ。捕食は獣の本能だ。心配しなくても、喰《く》わせたりしない」

吉平は肩をすくめ、ひょいと飛虎を見下ろす。

「ま、そういうことだ。小さくて丸いの、よろしく頼む」

「う、うう〜。こっちを見ないでください〜」

行夜はため息を吐きつつ、必死に腹に顔をうずめてくる飛虎の背をなでてやる。

「わかりました。飛虎を迎えに行かせます。ただし、道真殿を必ず連れ戻すと約束はできませんよ」

「構わん。駄目なら、おまえだけで我慢する」

「……一体、我らに何をさせるおつもりです？　どうかお聞かせください」

「羅生門《らじょうもん》の鬼退治。その手伝いだ」

「鬼退治……吉平様の手に余るほどの難敵なのですか？」

「恐らくは大したモンじゃない。祓うだけなら、俺ひとりで十分だろうな」

「なら、何故」

「吉昌だけが楽をするのはズルい。あいつは助けてもらって、俺はもらえないというのは不公平だ。だから、今回は俺の手伝いをしてもらう」

「は？　そんな――」

くだらない理由で？　言葉に出さずとも表情で語る行夜に、吉平は眉《まゆ》をつり上げる。

「なんだその、くだらないって顔は！　俺には大事なんだぞ？」

吉平はわめき立て、行夜に指を突きつける。

「とにかく、手伝ってもらうといったらもらう。わかったら、さっさとその小さくて丸いのを使いに出せ」

「……わかりました」

行夜は評判通りの傍若無人ぶりに嘆息しながら、諦《あきら》めの境地で飛虎の背をたたく。

「飛虎、いけるか？」

「大丈夫ですぅ。むしろ、吉平様から離れた方が元気になれますぅ」

「そうか。なら、頼む」

「はぁい。ところで、行夜様」

飛虎は行夜の胸に前足をつき、目一杯に背伸びをすると、耳元に鼻先を寄せてくる。

「うん？　なんだ？」

「道真様に、行夜様が吉平様にいじめられているって、告げ口しましょうか？」

飛虎の耳打ちに、行夜はすんと真顔になる。道真がそんな話を聞けばどうなるか、想像だけで気が滅入る。

「駄目だ。絶対に駄目だ。余計なことを言ってはならん」

「ええ～、でもぉ」

「いいから！　吉平様が御用とのこと。可能ならお戻りください、とだけ伝えろ」

「……わかりましたぁ」

渋々ながらもうなずくと、飛虎は行夜の膝の上から飛び、影の中へ消える。

「夜になっても道真が戻らなかったら、ふたりで出るぞ」

「……委細、承知しました。唐菓子ふたつ分はお手伝いしましょう」

湿った風が吹いてきて、御簾《みす》を揺らす。

ゆるゆるとしたためきは何処か不気味で先の不穏を暗示するかのように見えた。

瀬戸内《せとうち》の要所、渡辺津《わたなべのつ》から淀川を上れば、ほどなく江口——美しい女たちが集う町にたどり着く。

陰陽寮で幾度も居所を問われていた道真だが、では何処にいるかといえばここ、かねて示し合わせていた男と共に江口を訪れていた。

湾を臨む江口には水路が多数入り組んでいる。妓女《ぎじょ》たちの多くは小端舟に乗り、水上で客を誘い、そのまま川辺に並ぶ館へ招く。なんとも合理的で無駄のない運びだ。

連れの男に導かれ、道真が足を運んだのもそんな江口らしい建物、小舟で桟橋に漕《こ》ぎ着けて、そのまま上がり込むことができる小さな堂宇だった。

謡いや楽器で客の気を惹《ひ》く江口は常に音曲で賑《にぎ》わっているものだが、中心から外れた場所にある堂宇は静かで、滔々《とうとう》とした川の流れが響くばかりだ。

「お待たせしました」

連れと並んで蔀戸《しとみど》のそばに座り、小雨が降り注ぐ川面《かわも》を眺めていた道真は、陸と繋《つな》がる橋を渡り、堂宇に入ってきた者に視線を向ける。

現れたのは、妙にひんやりとした空気と磨き抜かれた艶《つや》をまとった妙齢の女。袖《そで》のない背子《はいし》と大袖の上衣を重ね、胸の下で帯を締めた身なりはいまでは珍しくなった朝服だった。

道真にすれば懐かしい装いの女は足音ひとつたてずに進み、膝をつく。滑るような仕草に添い、肩にまとった領巾《ひれ》が優雅にはためいた。

「遅くなって、申し訳ありません。少しばかり客が立て込んでおりましたので」

「構わん。妓女として潜伏している以上、そちらの務めも大事だ」

連れの男が女に答える。

首元で束ねられた男の髪は目映《まばゆ》いばかりの白銀だが、真っ直ぐに伸びた背にも張りのある声にも老いの翳《かげ》りは一切ない。また、六尺を超えるであろう体軀《たいく》は堂々とたくましく、特に吉平とそっくりな色彩が渦巻く双眼が只《ただ》ならぬ威風を放っていた。

「滅相もありません。私は貴方《あなた》の僕《しもべ》でございます。お召しとあれば、いつでも参上仕《つかまつ》ります。晴明様」

女から恭しく名を呼ばれ、男――安倍晴明はうなずく。

これが噂の陰陽師だと聞けば、驚く者が多いに違いない。とにかく、その風采《ふうさい》は術士というより武芸者めいている。

「さて、早速だが話をはじめるとしよう。道真、この者は睡蓮《すいれん》という。我の式神のひとりだ」

晴明の言葉に応じ、睡蓮は道真に膝を向けると、改めて頭《こうべ》を垂れる。

「睡蓮と申します。以後、お見知りおきを」

「ああ、こちらこそよろしくな」

「睡蓮は水の精。いわゆる蛟《みずち》の一種だ。水郷の監視役に適していると思い、妓女として江口に潜んでもらっている」

「なるほど、それで足音がしないのか」

道真の言葉に、睡蓮が含むように笑う。

その際、睡蓮の口元から妖《あや》しい牙《きば》が覗《のぞ》き見えたが、道真は見て見ぬふりを貫いた。

行夜は与《あずか》り知らぬことだが、京に上って以降、道真は晴明と誼《よしみ》を通じてきた。

自分が陰陽師になりたいと言い出したから、道真が口利きのために晴明と交誼《こうぎ》を結んだと行夜は思っている。もちろん、それも正しいが、実のところ道真にはもうひとつ大きな目論見《もくろみ》があった。

道真はずっと、己の名を騙《かた》る怨霊《おんりょう》の正体を確かめたいと思ってきた。

そして、京を禍事《まがごと》から守る陰陽師、安倍晴明もまた同じ思いを抱いている。

祟《たた》りのとどめとも言える落雷事件当時、晴明はわずか九つの童であった。仮に怨霊や物の怪《け》がどれだけ暴れようと、対処せねばならない歳ではもちろんない。

にもかかわらず、件《くだん》の怨霊を取り逃がしたことは、深い悔恨として晴明の胸に刻まれているらしい。幼い頃から、術士として並々ならぬ矜持《きょうじ》を持っていたのが窺《うかが》える。

京を逃げおおせた怨霊が鳴りを潜めてからも、晴明は何十年も弛《たゆ》むことなく捜索を続けてきている。神の規律に縛られ、自由に動くことができない道真にとって、安倍晴明という意欲も方策も備える存在はまさに渡りに船の存在であった。

「国中を旅して回っている俺の眷属《けんぞく》が、奥羽《おうう》で干からびた骸《むくろ》と鵺《ぬえ》が出た話を聞いたのがおよそ半年前だ。女か男か年寄りか童か、まるで見分けがつかない状態だったらしい」

道真の話に、晴明はうなずく。

「鵺はともかく、干からびた骸はかつての祟りの際と同じだな。まず、件の怨霊の仕業とみていいだろう」

晴明の言う〈かつて〉とは、所謂《いわゆる》〈菅公《かんこう》の祟り〉が起こりはじめた頃を指す。無論、道真の仕業などではないが、世間は疑いもなくそうだと信じ込んでいる。

各種の天変地異に続き、道真の冤罪《えんざい》に関わった貴人たちの死、そして延長《えんちょう》八年（930年）の清涼殿落雷に至る約二十年間、京周辺では干からびた骸が度々上がった。検非違使の調べによると、目立った傷がないにもかかわらず、骸はどれも血がそっくり抜かれていたという。検非違使たちも力を尽くしたようだが、結局すべて解決できなかった。

「自分の神域以外を嗅《か》ぎ回るのは難儀でな。以降は足取りがつかめずにいたが……すでに江口まで来ていたとは」

干からびた骸が江口で上がったのは五日前。江口に潜伏していた晴明の式神はその情報と共に、「怨霊を見た」と報《しら》せてきたのである。

まさに、事態を動かす大きな一報だった。件の怨霊は幾度も祟りを為したが、その姿を目にした者は誰もいない。煙のごとく消え失《う》せ、尻尾《しっぽ》の先さえつかませなかった。

だが、半世紀近くを経て、ようやく怨霊の姿を捉《とら》えられた。いよいよもって、長らくの膠着《こうちゃく》が紐解《ひもと》かれようとしている。

「江口の町衆は、死人が出たことを隠そうと躍起になっております。鵺の話が広く出回っているのは、隠れ蓑《みの》としてあえて流しているからです。なんとも愚かしい。危険を隠したところで何になりましょう。人外にとって、乙女の生き血は最上の馳走《ちそう》。件の怨霊の贄《にえ》にされた九人はそろって気持ちの優しい娘ばかりでした。私の目の前で無残に殺された、梓《あずさ》という娘も……」

人外にとって、人は種族を違《たが》える生きものである。人の多くが獣や魚を食べる時に胸を痛めないのと同じく、人外もまた人の死に涙したりはしない。だが、妓女は仮の姿とはいえ、長く潜伏していると情が移るものなのだろう。憐《あわ》れな娘たちの死を悼む睡蓮の言葉に偽りは感じられなかった。

「痛ましいことだ……しかし、町衆が日々の糧を守ろうとするのは仕方がない。ひとたび噂になれば、たちまち客足は遠のく。風聞ってのはいつだって厄介だ」

少し前の三条の屋敷の一件を思い出しながら、道真は嘆息する。

悪いことを隠そうとするのは世の常だ。事情があれば尚更《なおさら》で、いたずらには責められない。だが、そのせいで救われるはずの者が救われないという事態はあってはならない。

「俺の名を騙る怨霊は、かつて数々の災いを起こし、仕上げとばかりに清涼殿に巨大な黒雷《こくらい》を落とした。正体が鬼でも蛇でも、再び人々に累を為《な》そうというなら止めねばならない」

「件の怨霊が京に戻るのはわかっておった。そのための包囲網よ」

「それにしたって、京の入り口にあたる要所すべてに式神を配置するとはな」

噂は耳にしていたが、まさかここまで絶大な力の持ち主であったとは。安倍晴明という存在のすさまじさに、道真は畏《おそ》れ入るばかりだ。

如何《いか》に稀代《きたい》の陰陽師とはいえ、これほどの厳戒体制を敷く負担は軽くないだろう。にもかかわらず、半世紀近く続けてきているのだから、まったく並ならぬ精神力だ。

「そうまでしても、我は件の怨霊を祓《はら》いたいということだ。次こそ絶対に逃がさん」

口調も表情も静かなことが、却《かえ》って晴明の内なる闘志を物語っていた。

「それにつけても、此度《こたび》はよくやってくれた。礼を言うぞ、睡蓮」

晴明の労《ねぎら》いに、睡蓮は少し表情をなごませたものの、すぐに悄然《しょうぜん》と項垂《うなだ》れる。

「有り難いお言葉……ですが、私は忸怩《じくじ》たる思いでございます。恥ずかしながら、件の怨霊の侵入にすぐには気づけませんでした。おそらく、半月近く欺かれていたかと」

睡蓮は切々と苦い胸の内を語る。

「まこと恐ろしき輩《やから》です。闇に潜み、じわじわと水面下で江口を蝕《むしば》んでいき、気づいた時には九人もの娘たちが無残に屠《ほふ》られ……私が為せたことは、悠々と江口を去らんとする彼奴《きゃつ》のあとを追うだけでございました」

「そのとき、姿を見たのだな？」

「はい。江口の水流に乗じ、なんとか追いつきました。ですが、あまりの力の前に為す術《すべ》もなく。むざむざと梓を見殺しに……」

「敵の凶悪さを思えば、やむを得まい。姿を捉えられただけで上々としよう。して、件の怨霊はどんな姿をしておった？」

晴明の問いに、睡蓮は一拍の緊張を置いて、朱の唇を開いた。

「若い僧でした」

「僧……？」

問い返す道真の声はどこか訝《いぶか》しむようであった。

「ええ。見目だけは怨霊とは思えぬほど清らかで……途方もなく禍々《まがまが》しい怨嗟《えんさ》を滾《たぎ》らせながら、いとも涼しげな顔をしていることが恐ろしゅうてなりませんでした」

道真は黙り込む。

その表情には困惑がありありと浮かび出ていた。

「なんぞ、心当たりがあるのか？」

晴明が問いかける。

ややあって、道真はゆるゆると首をふった。

「……いや、なにも。ただ、僧というのが意外で……」

「そうか」

明らかに嘘と知れたが、晴明は強いて問い質《ただ》そうとはしなかった。

いまはそれより、睡蓮の目撃談を聞くのが先決である。

「他は？　何か手がかりとなるような話はあるか？」

「もうひとつ、重要なお話がございます。件の怨霊は鵺を伴っておりました。おそらくは、隷属させているのだと」

睡蓮の話に、道真と晴明は同時に「やはり」とつぶやく。

奥羽でも江口でも、再び動きはじめた怨霊の足跡、即ち干からびた骸のそばには鵺の声を聴いたという話がついて回っている。関連があると考えるのが自然だ。

「だが、かつての祟りの際に鵺の話はなかった。となると、京から逃げたのちに使役したか」

「その可能性が高いかと。件の怨霊は、鵺を〈時平〉と呼んでおりましたので」

晴明と睡蓮のやり取りに、道真は目を見張る。

「時平？　時平とは……あの、藤原時平か？」

「仔細《しさい》はわかりませんが、時平と呼んでいたことは確かです。呪詛《じゅそ》めいた罵声《ばせい》も浴びせる様子から、怨霊《おんりょう》の鵺……時平に対する怨《うら》みは余程深いと察せられました」

「病で殺《あや》めたのち、魂を捕らえ、支配下においたのであろう。どうやら、件の怨霊が最も許せぬ相手は藤原時平らしい」

晴明は淡々と述べ、道真を見やる。

「藤原時平は、菅原道真を冤罪で追い落とした張本人だ。ぬしの身内にすれば、どれほど怨んでも怨み足りぬ相手だろうな」

「……件の怨霊は俺の身内ではないのかと、そう言いたいのか？　晴明、それは暴論というものだ。今日に至るまで、藤原一族がどれだけの政敵を追い落としてきたと思う？

藤原の棟梁《とうりよう》というだけで、怨まれることなど星の数ほどあったはずだ。時平自身はいたずらに策略を巡らす者ではなかったが……」

陥れられた身でこんなことを言うのはおかしいかもしれないが、道真が知る時平は相手の心情を慮《おもんぱか》ることのできる聡明《そうめい》な人物だった。道真にも度々温かい気遣いをくれ、さらには感涙するほどの言葉をかけてくれたこともある。身内や縁者の不幸を思えば許し難い怒りを覚えるが、それでも心底より怨んでいるかと問われれば返事に詰まる。

梅園で秘密を共有してから幾年、次に顔を合わせた時には手古は時平と名を改め、立派な公達《きんだち》となっていた。そうして、やや気恥ずかしそうに道真に囁《ささや》いた。あの夜は大変なご無礼を。いまでも梅の花が咲くたび、菅原の屋敷に向かって手を合わせております

――と。

はじめから憎まれていた訳ではない。いや、もしかしたら最後まで時平自身は道真に含むところはなかったのではないだろうか。ただ、時平は藤原の棟梁だった。一族の繁栄を重んじなければならなかった。だから、道真を排さねばならなかった……独り善がりかもしれないが、いまでも道真は心の一端でそう信じている。

そんな考えに至るほどに、藤原一族の権力に対する執心は深い。娘たちを帝《みかど》の妃とし、次代の帝を産ませる。何を犠牲にしてもこれを徹底し、背後から政《まつりごと》の実権をにぎってきた。そして、もうひとつ。道真の左遷がそうであったように、藤原の専横の邪魔となる有力な他氏を容赦なく排除してきた。

「確かに、藤原の棟梁ともなれば怨みのアテに事欠かんだろう。しかし、だからこそ得心がいかん。自身が怨んでいるのなら、何故わざわざ菅原道真の名を騙《かた》るのか」

「それは……」

「件《くだん》の怨霊は、他ならぬ菅原道真に気づいて欲しいがゆえ、声高にその名を叫びながら怨嗟をふり撒《ま》いている……我にはそう感じられてならん」

反論の余地もなく、道真は唇を噛《か》む。

晴明の言い分は、まさしく道真の憂慮そのもの。もしかしたらと、道真自身も散々考えてきた。

菅原道真の名を貶《おとし》めたいという可能性もなくはない。しかし、それよりも道真のために怨霊になり、かわりに怨みを晴らしているのだと、他ならぬ道真自身に伝えたくて名を騙っていると考える方がしっくりくる。

万が一、身内の者が関わっているとしたら、命にかえても止めねばならない。それから、そこまでさせてしまったことを心から詫《わ》びねば。なにより、巻き込んでしまった無関係の者たちに能《あた》う限りの償いを……しかし、考えておかねばならないとわかっていながら、いつも途中で踏み止まってしまう。そんなはずはないと、必死で打ち消してしまう。

考えるべきことを直視できないなど、情けない限りだが、妻や子たちが怨霊になるとはとても思えないのもまた事実だ。

大宰府に伴った幼子たちこそ悲しい死を遂げたが、他の者は皆、のちの人生を全うしている。時平たちを怨む気持ちもあっただろうが、それ以上に未来を生きることに目を向けていたに違いない。そんな者たちは決して怨霊にはならないはずだ。

ただ、件の怨霊が若い僧だったと聞いて、悪い予感が脳裏に浮かんだ。いや、目を背けているだけで、この恐怖はずっと胸にあった。

まだ人として生きていた昔日、道端で経を諳《そら》んじる童の賢さに感心し、連れ帰って養子にした。期待に違《たが》わず童は学才にあふれていて、研鑽《けんさん》の末に立派な僧となった。

利発にも増して、優しい子だった。己の才知をどうすれば世のため人のために役立たすことができるか、そんなことを一心に考えるような子だった。

やはり、あり得ない。あの子が怨霊になるなど。

道真はゆっくりと息を吐き、晴明を見返す。

「……晴明。おまえの考えもわかる。だが、やはり俺には、俺の身内が怨霊になるとは思えない」

「わかった、いまはこの話はやめておこう。憶測で話を進めるのは危険であるしな」

晴明の言及が止んだことで、道真は肩から力を抜く。

無意識のうちに、随分と緊張していたようだ。

「……睡蓮殿、此度《こたび》は実に有益な情報を齎《もたら》してくれた。感謝するぞ」

「いえ、とんでもございません」

道真は睡蓮に礼を言い、立ち上がると、続けて晴明に話しかける。

「京と江口は目と鼻の先だ。去ったのが五日前なら、件の怨霊がすでに京に入り込んでいてもおかしくはない。俺たちも急ぎ戻った方がいいな」

「京に踏み込んでくれれば、我にとっては好都合だがな」

「……？　どういう意味だ？」

「いや、年寄りの独り言よ。そうだな、京に戻るとしよう。なにやら、そうした方が良い予感がする」

意味深な言葉を重ねながら、晴明もまた腰を上げた。

「睡蓮。今後も油断せず、しかと見張ってくれ」

「かしこまりました。どうかお気をつけて」

睡蓮に見送られて、道真と晴明は堂宇をあとにする。

雨は止んでいたが、空には重たげな雲がたち込めている。

橋の上に出ると、蒸れた風に紛れて微《かす》かに龍笛《りゅうてき》の音色が聴こえてきた。

宵の口の朱雀大路。

雨は上がったものの、ひどくぬかるんだ道に往生しながら、行夜と吉平は肩を並べて歩いていた。

陽が落ち切るまで待ったが道真は戻ってこず、行夜は仕方なく吉平とふたりで羅生門を目指している。

どろりと渦巻く黒い雲が月も星も隠していて、今宵の夜天はひときわ暗い。夜更けにはまだ早い時刻とはいえ、いつまた雨が降り出すとも知れない路上に人影はない。

浮遊する三つの鬼火で足元を照らしつつ、ふたりは夜路《よみち》を行く。傍《はた》から見れば立派な物の怪《け》夜行だ。

もちろん、行夜は普通に松明《たいまつ》を使おうとしたのだが、吉平の『面倒』の一言で不本意ながらも鬼火を出すことになった。どうにか断りたかったが、「俺が一緒なら、晴明の倅《せがれ》がまた気味の悪いことをしているで流されるはずだ」と、言われてしまえば拒む理由は見当たらないし、妙に納得してしまった。

「一昨日《おととい》の晩に、どこぞの公達が門前を通りかかった際に鬼とかち合ったらしい」

「本当ですか？　はじめて聞きました」

少しばかり驚きを交えて、行夜は尋ねる。

京の者たちは兎角《とかく》噂好きだ。怪談の類《たぐい》は恋愛沙汰と並ぶ彼らの好物なので、その手の話は特に広がりが早い。一両日もあれば大内裏中に知れ渡るだろう。

「親父が口止めした。上は臆病《おくびょう》なやつが多いからな。鬼が出たと聞けば、早く退治しろだの、祈禱《きとう》しろだの、ぎゃあぎゃあ騒ぐのは目に見えている。大方、下手にふれ回ればとり殺されるやも、とでも脅したんだろ。親父が神妙面で釘《くぎ》を刺せば、大概のやつはビビッて黙る」

行夜は素直に得心する。比類なき陰陽師が言えば、さぞ説得力があるだろう。

「それにしても、ひとりきりで調伏を任されるとはさすがです。やはり、晴明様の吉平様に対する信頼は厚いのですね」

吉平は天文の算術こそからきしだが、陰陽術において抜群の才を持っている。晴明がそうであったように、修行を積む前から鬼が見えたらしい。その才をもって吉平は入寮から三年足らずで陰陽師の位を得た。天文で学識を評価された吉昌と同じく破格の昇進ぶりだ。

「信頼じゃない。これは罰だ」

「罰、と言いますと？」

怪訝《けげん》な様子で首を傾げる行夜を一瞥《いちべつ》してから、吉平は苛立《いらだ》たしげに話し出す。

「……おまえ、親父が葉っぱで蟇蛙《ひきがえる》を殺してみせた話を知っているか？」

「広沢《ひろさわ》の寛朝僧正《かんちようそうじよう》を訪ねた折の逸話ならば聞き及んでおります」

その昔、僧坊で行き合わせた公達や僧たちから術をみせよと迫られた晴明が、無益な殺生を嫌がりながらも、呪《しゆ》をほどこした草葉で蟇蛙をひしゃげ殺してみせたという。

「少し前に、用があって広沢の僧坊を訪ねた。そのとき運悪く、阿呆《あほう》な公達連中と出くわしてな。案の定、そいつらは昔話を持ち出してきて、倅のおまえも何か殺してみせろとけしかけてきやがった。無視しようと思ったが、申し合わせたように藪《やぶ》から蛇が這《は》い出てきて」

嫌な予感が胸いっぱいに広がり、行夜は顔を歪《ゆが》める。吉平の性格からして、ただおとなしく命令に従ったはずがない。

「おまえの推測通り、ちょっとばかり細工を仕込んだ。落とした蛇の首が、やつら目がけて飛んでいくようにな。大いに見物だったぞ、阿呆共がこぞって腰を抜かす様は」

「ですが、結果的に陰陽寮、引いては晴明様に苦情がいったんですね」

「あの糞《くそ》親父、そんなに力が余っているなら、発散する機会を与えてやる、だと」

「その結果が、此度の鬼退治という訳ですか」

「俺は悪くない！　悪いのは煽《あお》ってきた連中だ！」

吉平は叫び、ぶすりと口を曲げる。

表情や仕草だけでなく容貌《ようぼう》自体も幼いので、下手をすれば行夜よりも年下に見える。見目麗しいという点は通じるが、顔の造りは吉昌とはまるで異なる。吉昌は晴明に似ているという話だから、吉平はおそらく母親の容色を濃く受け継いでいるのだろう。

吉平はしばし黙っていたが、やがてまた不機嫌そうに話し出す。

「……おまえ、兄弟はいないのか？」

「兄弟ですか？　私が知る限りおりません」

故あって、行夜の両親は年中旅に出ている。そのため、行夜は両親とは数年に一度、逢《あ》えるか逢えないかといった状態が続いている。前に顔を合わせたのは三年前。少なくとも、そのときは弟や妹ができたといった事実はなく、また増えそうな様子も見受けられなかった。

「なら、わからんだろうが、兄弟ってのは何かと引っかかる相手なんだよ。俺は吉昌が嫌いじゃないが、先を譲りたくはないし、向こうだけが得をするのも腹が立つ。とりわけ業腹なのが、どちらも悪さをしたのに、自分だけが怒られるって場合だ」

吉平はぐっと拳《こぶし》をにぎり、力説する。

「そりゃ、俺は陰陽術で悪戯《いたずら》をした。けどな、吉昌だって天文を悪用してやがる。知っているか？　あいつ、凶兆だの方角が悪いだの適当なことを言って、浮気相手の夫をまんまと遠ざけて――」

「そのお話はそこまでに！　聞かなかったことにしておきます」

行夜は慌てて止める。上役の悪事などできる限り知りたくない。

「とにかく、親父は吉昌も叱るべきだ。俺だけが仕置を受けるなんて不公平だっ」

何と答えればいいのかわからず、行夜は唸《うな》る。自分にも兄弟がいれば、少しは吉平に共感できたのだろうか。

「こうなったら、吉昌の悪事も絶対にバラしてやる。どっかで機会を作るから、さっきの話をそれとなく親父に話してくれ」

吉平のとんでもない命令に、行夜は目を剝《む》く。

「嫌ですっ。そんなことは自分で仰《おっしゃ》ってください」

「はあ？　おまえ、阿呆か？　そんな真似すれば、おまえは弟を売るのかと、余計に怒られるに決まっているだろうが」

「知りませんっ。とにかく、告げ口なんて──」

抗議を途中で止め、行夜はそちらに目をやる。

吉平もまた、視線を正面に注ぐ。

くだらない言い争いをするうちに、いつの間にか目的地にたどり着いていた。

朱雀大路の南端に位置し、京の玄関としてそびえ立つ巨大な楼門、即《すなわ》ち羅生門である。

その門前で、黒い鬼火が十重《とえ》二十重《はたえ》と渦を巻き、飛び交っていた。

ちり、りりり……黒炎が長い尾を引きながら揺らめき、楼門に不気味な陰影を浮かび上がらせる。

黒炎の渦の中央には、いっそう澱《よど》んだ闇の塊が──否。目を凝らせば、それが人の形をしているのが見えてきた。

距離を詰めていくにつれ、影の正体が明らかになってくる。小柄で痩《や》せた男で、古びた唐様の衣服に頭巾《ずきん》に似た羅紗《らしゃ》布を巻いている。

「鬼というか、幽鬼ですね」

「どっちでも構わん。祓《はら》えば同じだ」

行夜の言葉に、吉平が素っ気なく答える。

幽鬼とは肉体を失い、魂だけの状態で鬼になった存在を指す。時に他に憑依《ひょうい》して、相手の肉体を乗っ取ることもあるが、幸いなことに目の前の幽鬼はそれではない。

「瘴気《しょうき》が薄い……左程強いものではないようですが」

「おそらくはただの雑魚《ざこ》。だが」

最後まで言わずに、吉平は舌を打つ。

身なりから察するに、唐人と思《おぼ》しき幽鬼はその手に何者かの襟首をつかんでいる。

吉平の苛立ちの原因はそれ――幽鬼が引きずっている髭面《ひげづら》の男らしい。口を開き、白目を剝いているが、どうやら死んではいない。ただ昏倒《こんとう》しているだけのようだ。

「結袈裟《ゆいげさ》に鈴懸《すずかけ》、どこぞの法師のようですが、運悪く行き合ったのでしょうか？　人質にされたら厄介ですね」

行夜の懸念に、吉平は興薄く鼻を鳴らす。

「十中八九、偶然じゃない。大方、例の公達《きんだち》が臆病風《おくびょうかぜ》に吹かれて、そのへんにいた野法師を小金で雇い、退治してこいとけしかけたんだろうよ」

吉平は苛立たしげに吐き捨てると、ずいと幽鬼に詰め寄る。

「おまえ、どこから来た？　何故、ここに居つく？」

幽鬼はうつむき加減であった顔を上げ、濁った沼のような双眸《そうぼう》を向けてくる。

「…………」

幽鬼と思しき男は確かに声を発した。

ただし、何と言ったかわからない。

「えっと」

「……漢語だ」

吉平は再び舌を打ち、半ばにらむように行夜を見やる。

「おまえ、漢語はどうだ？」

「どうと言われましても……単語や簡単な挨拶《あいさつ》をいくつか知っているくらいで」

「はあ？　おまえ、十一で漢詩を作った男に育てられたんだろ」

「親が堪能《たんのう》だからといって、子も同じとは限りません。吉平様こそ、渡来の技法に触れる機会が多いはずでは？」

「触れてわかれば苦労はあるかっ。そもそも、俺は書なぞほとんど読まん！」

なんともみっともない責任の押し付け合いを繰り広げる両者に対し、幽鬼がさらに漢語で話しかけてくる。

「……っ。…………！」

幽鬼の語気がだんだんと荒くなっていく。だが、内容はさっぱりわからない。異国語という厚き壁の前に、行夜と吉平は立ち尽くす。

埒《らち》の明かない状況に焦《じ》れたのか、幽鬼は法師の首根っこをつかみ、宙ぶらりんにかかげると、脅すように行夜たちに突きつけてくる。

「要求はわかりませんが……さもなくば、こいつを殺すと恫喝《どうかつ》されている気がします」

「勝手にしろと、言ってやれないのが残念だ」

「ちょっと待ってください。まさか、見殺しにしたりしませんよね？」

「さてな。親父に鬼を祓えとは言われたが、阿呆な法師を助けろとは聞いてない」

「吉平様！」

いっこうに話が通じない事態に苛立ちが頂点に達したか、幽鬼が咆哮《ほうこう》を上げる。

すると、貧相だった幽鬼の体がぐわりと歪《ゆが》み、むくむくと膨れ出す。巨大になっていくにつれ、人を保っていた面相も大きく変貌《へんぼう》していく。口が裂け、角と牙《きば》が生え、目が剝き上がり……一寸《いっすん》あとには紛れもない物の怪がそこに立っていた。

「面倒だ。もう祓う」

「いけません！　まず、あの法師を助けねば」

いくら縁や義理がなくとも、見捨てる訳にはいかない。人形のように宙にぶら下げられた憐《あわ》れな法師を指し、行夜は訴える。

「それに、幽鬼の言い分も聞いてやるべきです。ああも必死に訴えるからには、何か抜き差しならない事情があるのやも」

「それが理解できないから、こうなってんだろうが。やれと言うなら、おまえが訳せ」

痛いところをつかれて、行夜は窮する。昔から座学は得意ではない。

陰陽寮で用いられている知識や技術は大陸由来のものがほとんどで、そのため要職に渡来人が就くことも多い。官職に漢語は必須《ひっす》だと道真から言われ、指導を受けたものの、煩雑な決まり事の多い語学を覚えることは行夜には至難で、耐え切れずに放り投げてしまった。

そもそも、行夜の係累は武人が多い。実父と父方の祖父は衛門府《えもんふ》に仕え、母方の祖父も内裏の警護を務める滝口の武者だった。身内贔屓《びいき》抜きで、誰も彼も武芸者として相当な腕利きだったらしい。

血脈のおかげか、行夜もまた子供の頃から喧嘩《けんか》は負け知らず。のらくら者の倅《せがれ》は女々しい面をしていると、近所の悪餓鬼たちに揶揄《やゆ》されるたびに叩《たた》きのめしてきた。

もちろん、鬼火の力を封じた純粋な拳での勝負だったが、どうであれ力で相手を屈服させるやり方を道真が許容するはずもない。あるときバレて、こっ酷《ぴど》く叱られてからは控えるように努めている。腕を磨くことを怠ってはいないが。

とにかく、元々の資質で考えれば、陰陽寮より、宮城警護を務める六衛府《ろくえふ》の方がはるかに向いているのだろう。無論、行夜自身も重々承知しているが、どうしても武芸で身を立てる気になれないのだから仕方がない。

武門が嫌というより、母方の祖父と同じ道に進む気持ちになれないのだ。だから、不得手な面を知りつつも陰陽寮を選んだ。しかしながら、この有り様。こんなことならもっと根気強く学ぶべきだったと、後悔がどっと押し寄せて来る。

だが、一方では、このところの不満と合わせて、道真がそばにいないことに腹を立てている自分がいる。いっそ、飛虎に告げ口をしてもらえば良かった。そうすれば、道真は一目散に駆けつけてくれたかもしれないなどと、馬鹿げた考えまで浮かんでしまう。

「……義父上《ちちうえ》」

どうして、ここぞという時にいてくれないのか。つい拗《す》ねたような口調で行夜がつぶやいた、そのとき。

「ほいほい。呼んだか？」

慣れ親しんだ声が降ってきたことに驚き、行夜は頭上を仰ぐ。

見上げた楼閣の軒先に、天満大自在天神こと菅原道真が立っていた。

「待たせたな、行夜。義父上、ただいま参上だぞ」

のんきに手をふる道真を、行夜は啞然《あぜん》として眺める。

何故、ここにいるのか。そして、どうしてやたらと高い場所に登りたがるのか。咽喉《のど》まで出かかった疑問はしかし、朗らかな声に止められた。

「行夜さまー。これこの通り！　無事、道真さまをお連れしましたあ」

頭上から足元。行夜は忙《せわ》しくなく視線を動かし、地面からぽよんと飛び出してきた飛虎を慌てて抱き止める。

「どうです？　早かったでしょう？　すごいでしょう？　褒めてくださぁい」

「あ、ああ。よくやった」

行夜は道真に視線を戻しつつ、飛虎の頭をなでてやる。

確かに驚いた。地中を駆けられる霊獣の足は速いが、道真は生身の人と変わらない。順調に探し出せたとしても、そこから羅生門にたどり着くには時間が要る。居場所にもよるだろうが、どんなに早くても夜半は過ぎると思っていた。

「京を出てすぐ、桂川《かつらがわ》の船着き場でお会いできたんですぅ。道真さまも、ちょうどお連れの方と一緒に帰ってくるところだったみたいで」

「お連れ……？」

外出に共連れがいたとは聞いていない。行夜が眉《まゆ》を寄せた次の瞬間、数多《あまた》漂う鬼火の合間から堂々たる体軀《たいく》の男が歩み出てきた。

隆々とした体格もさることながら、なにより山野の獣めいた鋭い眼光に圧倒される。発する冴《さ》え冴《ざ》えとした威風は虎が相応《ふさわ》しいようであるのに、行夜の目には男の姿が銀毛目映《まばゆ》い狐に見えた。

「……親父」

吉平の呻《うめ》くような声に、行夜はやはりと独りごちる。

一目ではっきりとわかるほどに、現れた男——すなわち安倍晴明は眉目《びもく》に鼻梁《びりょう》、唇の形に至るまで、吉昌とよく似ていた。

知らないうちに詰めていた息を吐き出しながら、行夜は改めて晴明を眺める。

顔かたちこそ同じだが、吉昌が備える優美な柔らかさは欠片《かけら》もない。立烏帽子《たてえぼし》に桔梗《ききょう》色の狩衣《かりぎぬ》と、着衣こそ官人のそれだが、そこらの武人など及びもつかないほど猛々《たけだけ》しい覇気を放っている。腰に佩《は》いた大ぶりの太刀もおそらく飾りではないのだろう。

はじめてまみえた安倍晴明は、想像とかけ離れていながら、それでも期待を違《たが》えぬ超越感を発している。行夜は思わず見入ってしまったが、状況がそれを許さない。

巨大化した幽鬼が背を反らし、何事かを叫ぶ。飛虎はピャッと飛び上がると、行夜の首元にかじりついた。

「珍しい。渡来の幽鬼か」

道真は軒から軒をぴょんぴょんと身軽に飛び移り、路上に降りてくる。

「義父上っ」

「行夜、久しぶりだな。どうだ、元気にしていたか？　飯はちゃんと食っているか？」

「そんな話、いまはどうでもいいでしょう！　それより、あの幽鬼――」

「吉平。いい歳をして、調伏《ちょうぶく》ひとつ静かにできんのか？」

晴明が呆《あき》れた声で言いながら、こちらに近づいてくる。

凪《な》いでいながらも苛烈《かれつ》な霊圧に、行夜の肌がぞわりと粟立《あわだ》つ。飛虎もたてがみから尻尾《しっぽ》の先まで毛を縮込ませると、止める間もなく影の中に隠れてしまった。

一方で、吉平は慣れたもので、傲然《ごうぜん》と腕を組み、晴明をにらみつける。

容姿に似たところはないものの、視線を交える親子の双眼に宿る複雑な色彩は同じ、まさにうりふたつだった。

「俺のせいじゃない。あいつが勝手に騒ぎ出した」

「ほう？　あの様子を窺《うかが》うに、そうとも思えんがな」

「うるさい。物見遊山帰りに説教される筋合いはない。しかも、道真も一緒だったのか。足せば二〇〇歳羽の爺《じい》さん共が元気なこった」

吉平の発言に行夜は我に返る。いまの言葉の中には聞き流せない一句があった。

「義父上。今回の遠出、晴明様とご一緒だったのですか？」

「え？　あ、ああ、うん。まあ、曖昧《あいまい》に答える。

道真は視線を泳がせながら、曖昧に答える。


歯切れの悪い返答に、行夜はじわじわと眉間《みけん》のしわを深くする。

「おふたりでどこへ？　船までお使いになったようですが？」

声の端々に不穏な空気を漂わせながら、行夜は尋ねる。

詳細は秘密という態度がはじめから気に喰《く》わなかったことに加え、自分の知らないところで晴明と誼《よしみ》を通じていたとは。黙っていて済むことと、済まないことがある。

「行夜、その件についてはあとで話そう。いまはあの幽鬼をなんとかするのが先――」

「ぐだぐだと説く必要がどこにある。老爺《ろうや》同士肩を並べ、江口《えぐち》に出向いておったと言えば済む話だろう」

割って入ってきた晴明が事もなげに言う。

「晴明、おまっ……喋《しゃべ》んなって、あれほどっ」

「……江口？」

行夜の眉がぴくりとつり上がる。

江口とは淀川を上った先、艶《つや》やかな妓女が集う町を指す。長《た》けた容姿と技芸、そしてなにより色香で男衆を喜ばせる花の園。そこに赴く理由など無論問うまでもない。

「……なるほど。そういうことですか」

地を這《は》うような行夜の声に、道真の額にどっと汗がふき出す。

「違う、違うぞっ。多分、おまえは何か、決定的に思い違いをしている！」

「思い違い？　遊里に出向かれる理由など、ひとつしかないでしょう？」

「だからっ、そうじゃない！　頼むから、俺の話を――」

「――――ッ！」

ごうと、羅生門が倒壊しかねない怒号が響き渡る。話を聞かない者がさらに増え、幽鬼の我慢もいよいよ限界らしい。

が、しかし。

「うるせえっ！　こっちは取り込み中だ！」

形相も凄《すさ》まじく、道真が幽鬼をも凌《しの》ぐ剣幕で怒鳴り返す。なお、漢語で。

「そもそも、さっきから聞いていればなんだ？　聞けだの答えろだの、こいつを殺すだの、それで会話が成り立つと思っているのか？」

道真は幽鬼に指を突きつけながら一息に言い渡す。

いきなり流暢《りゅうちょう》な漢語が返ってきただけでなく、思いも寄らない怒気までぶつけられて気圧《けお》されたのか、幽鬼は声を失ったかのようにはくはくと口の開閉を繰り返す。

「さては、おまえたち。漢語がわからず、あの幽鬼を怒らせたか」

晴明はからかうように吉平と行夜を交互に眺める。

「……勝手に郷に入ったくせに、郷の言葉で話さぬやつが悪い」

「……以後、精進します」

吉平は不貞腐れて、行夜は情けなさに視線を下げながら答えた。

「ったく。いまはそれどころじゃないって言いたいところだが、仕方ない。おまえの言い分はなんだ？　行き合ったのも何かの縁。聞いてやる」

道真が重ねて言えば、今度は幽鬼も呑み込めたらしい。話が通じたことで随分と落ち着きを取り戻したらしく、幽鬼は打って変わって静かな声で話し出した。

「ようし……。ならば、聞け。我は唐国《とうごく》、江州《こうしゅう》の者。眠りより覚めたかと思えば、何故かここ、和国《わこく》におった」

「江州……寺院や偉人の廟堂《びょうどう》がひしめく聖地廬山《ろざん》か」

「おお、そうよ。香鑪峰《こうろほう》の雪は簾《すだれ》を撥《は》ねて看《み》る、匡廬《きょうろ》は便《すなわ》ち是《こ》れ名を逃るる地、司馬《しば》は仍《な》お老いを送る官為《かんた》り……」

「心泰《やすら》かに身寧《みやす》きは是れ帰処《きしょ》、故郷は独り長安《ちょうあん》に在る可《べ》けんや……また白居易《はくきょい》。このところ妙に縁がある」

道真が笑い、詩の続きを諳《そら》んじてみせると、幽鬼は目を見張る。

「ほう、この詩を知るか。語に通ずるのみならず、そこの非礼なる若造共よりはるかに道理を踏まえているらしい。さすれば、和国の者よ」

ずいと、幽鬼は道真に手中の法師を突き出す。

「我が名を当ててみせよ。問答は無用。無下にするなら、この者をひねり潰《つぶ》す」

「名を当てろ？　なんでまた？」

「問答は要らぬと言うたはずっ。さあ、答えるか、答えぬか？」

「ああ、わかったわかった。受けて立つから、そいつをふり回すのをやめろ」

ぶんぶんと、法師を左右に大きくふる幽鬼を止め、道真はふうむと腕を組む。

問答の合間を突き、晴明は道真に近づくと、声をかける。

「随分と変わった幽鬼だな。己の名を当てろなどと」

行夜たちと違い、晴明は漢語を解せるらしい。

さすがと尊敬しながらも、行夜は幽鬼の不可解な要求に首を傾げた。

「名など……何故、あの幽鬼はそんなおかしなことを」

気持ちは同じらしく、吉平も納得がいかないといった顔をしている。

一同が不思議かるのは当然で、名は人にとっても意義深いが、鬼、物の怪《け》、果ては精霊や霊獣といった、人知から外れたものたちにとってはいっそう重い意味を持つ。

人外にとって、名は魂そのものと言っていい。名を捕らえられれば、その瞬間にすべてを支配されてしまう。人外が調伏を恐れるのは、それが人外の魂の蓋《ふた》をこじ開け、隠された名を奪い取る所業だからだ。

飛虎の場合、自ら進んで名を明かすという、人外にとって最上の忠誠を示して行夜の従僕となった。もちろん、行夜にとっても飛虎の真名《まな》は秘事中の秘事であり、たとえ道真にも口外できない。普段口にしている〈飛虎〉という名は別につけた呼称である。とにかく、人外をよく知る行夜たちにとって、「己の名を当てろ」という幽鬼の言動は真意を図りかねるものだった。

「ま、いいさ。ひとまず探ってみるとしよう。何故、そんなことを望むのか」

「義父上《ちち》、気安く決めないでください。ひょっとしたら、罠《わな》かもしれませんのに」

「そもそも、面倒だろうが。おい、道真。あの幽鬼にそんな手間暇をかけてやる義理はないぞ」

反対を口にする行夜と吉平に対し、道真は無邪気な笑みを浮かべる。

「虎穴に入らずんば虎子を得ず。なにより、奇妙に感じることの大概にはちゃんと理由があるもんだ。俺は昔から、それを解き明かすのが好きなんだよ」

道真は進み出ると、再び幽鬼と対峙《たいじ》する。

「待たせたな。これより望み通り、おまえの名を当ててやろう」

「確かか？　ならば早速――」

「ちょっと、待て」

道真は手を上げ、幽鬼を制す。

「答える前に証拠を用意してもらおう。ほれ、あの柱。あらかじめ、あそこにおまえの名を刻め」

道真が羅生門の柱を指さした途端、幽鬼がくわっと目を剝《む》く。

「ふざけるな！　そんな真似をさせて、盗み見ようという魂胆か！　そのような口車には乗らぬぞ！」

「心配なら、刻んだあとは柱の前に立ち塞《ふさ》がるなりなんなり、好きにすればいい。わかったら、刻め」

「断じて否！　詭《き》弁《べん》を弄《ろう》す暇があるなら、早《はよ》う我の名を言え！」

「できんのか？」

「なっ……、なにをっ」

不意打ちのような道真の問いに、幽鬼は大きく身じろぐ。

「ひょっとして、おまえは自分の名を忘れてしまったのではないか？」

「馬鹿な……そのような世迷言《よまいごと》、あるはずなしっ……」

傲然《ごうぜん》と言い放ちながらも、幽鬼の声の節々には不自然な揺らぎがあった。

「ふうん、ならいいが。どれだけ知恵を絞ったところで、自身さえ知らぬ名をあてることはできないからな」

作為的な皮肉を織り交ぜた視線を送りつつ、道真は穏やかに、ただし一歩も譲らぬという意思を示しながら通告する。

「なんにせよ、おまえが名を刻まぬ限り俺も答えぬ。わかったら、さっさとやれ」

「ぐっ……おのれ！」

幽鬼が再び、法師を突きつけようとする。

すると、道真は表情を一変させ、先んじて言い放った。

「殺すという脅しなら、無意味だぞ。法師が誰にとっての盾か、言わねばわからぬほど愚かではあるまい？」

幽鬼がぐうと息を呑《の》む。

只人《ただびと》という殻をかぶっているとはいえ、本質は神。少しばかり本気を加えた一言一句には底知れぬ気迫がある。

人外は力の強弱に聡《さと》い。道真から並々ならない何かを感じ取ったのか、幽鬼はぎりぎりと歯噛《はが》みしながらも腕を下げた。

道真と幽鬼。向かい合う者たちの間に沈黙が降りたのを境に吉平が口を開いた。

「なんだ？　道真は幽鬼に何をしろと？」

「どうやら柱に名を刻めと言ったようだな。幽鬼が言い逃れできんように」

「なんだそれ？　言い逃れも何も、人外が魂そのものである名を偽れるはずがない」

吉平の言う通りだと、行夜も晴明を見る。

どういうつもりで、道真はそんな意味のない要求をしたのか。そもそも、幽鬼がそれに対し何も言わないのがおかしい。

「あの幽鬼は鬼であって鬼にあらず」

「……己が鬼だという自覚がない、ということですか」

禅問答めいた晴明の言葉に、行夜は答える。

正解という意味だろうか、晴明が口角を上げた。

「あの幽鬼の意識は人のまま。己が鬼になったなど夢にも思っておらん。おそらくは忘れているのだろう。鬼と化した理由も、海を越えた経緯も。そして、己の名さえも」

あれほどまでに幽鬼が荒ぶっていた理由を知り、行夜の背に冷たい震えが走る。

魂そのものである名を忘れることは、己にまつわるすべてを失うのと同じことだ。自分という存在がここにあるのに、己が何者で、いまに至るまで何をしてきて、そして何故ここにいるのか、なにひとつわからない。そのうえ言葉の通じない異国に置かれては、恐怖と混乱に陥るのも当然だろう。

「知らぬままだから、あの幽鬼は人外の理《ことわり》を弁《わきま》えておらんのだ。だが、本能で悟るところがあるのだろうな。名を取り戻せば、少なくとも己が何者かわからぬ恐怖からは逃れられるはずだ、と。だから、道真はわざわざ手間をかけ、あの幽鬼の名を探り出してやろうとしているのだ。さても慈悲深い。だからこそ、神にならしめたのだろうが」

「……よく存じております」

道真がどれほど慈愛にあふれているか。我が身ほど知り抜いている者はいない。そんな自負の下、行夜はうなずく。

神は瘴気《しょうき》を厭《いと》う。穢《けが》れに対する嫌悪は本能であるため、どうしても抗《あらが》えない。

行夜の瘴気の根源、魂に根づく怨嗟《えんさ》に対する神力の包囲を完成させるために、道真は六年以上の歳月を要した。以降はともかく、それ以前、特にあたり構わず瘴気をまき散らす赤子だった頃の自分を想像するとゾッとする。道真にとって、瘴気を発する行夜と共に過ごす日々は腐った肉を喰《は》むような、はたまた毒虫が背中を這《は》い回るような、命に関わらずともとにかく耐え難い不快を伴うものだったに違いない。

それでも、行夜の記憶にある限り、道真から嫌悪や拒絶を受けたことは一度もない。いつも、どんなときも、その手や声、ほほえみが与えてくれたのは情愛と寛容だった。

「ああ、おぬしは道真の慈愛の賜物《たまもの》であったな。では、しっかり見張っておれよ。あやつが己の慈しみに足をすくわれんように」

「え……？」

「おっと、見よ。いよいよ佳境だぞ」

いまのは一体どういう意味か。気になったが、晴明はすでに興味を向こうに移してしまっている。仕方なく追及を諦《あきら》め、行夜もまた道真たちに視線を戻した。

「どうした？　刻まんのか？　名を当てて欲しいのだろう？」

「……ぐ、ううう……」

「それにしても、江州に白居易か。懐かしい。昔々、江州の学士が手掛けた白居易の写本を読んだことを思い出す。潯陽《じんよう》に到らんと欲して思い窮まり無し、庾亮楼《ゆりようろう》の南、湓口《ぼんこう》の東」

幽鬼は瞠目《どうもく》すると、まるで操られるかのように続きを繰り出す。

「……樹木は凋疏《ちようそ》、山雨《さんう》の後、人家《じんか》は低湿、水煙《すいえん》の中」

「ほうほう。じゃあ、これはどうだ。愁えず、陌上《はくじょう》に春光尽くるを、亦《ま》た任す、庭前《ていぜん》に日影《にちえい》斜めなるに」

「面は黒く眼は昏《くら》く頭は雪のごとく白し、老いは応《まさ》に更に増加すべきこと無かる可《べ》し」

「ならば、人生変改して故《もと》より窮まる無し、昔は是《こ》れ朝官、今は野翁《やおう》」

「久しく形を朱紫《しゅし》の内に寄せ、漸《ようや》く身を抽《ひ》きて蕙荷《けいが》の中に入《い》るっ……お、おおっ……」

道真の詩の投げかけに、幽鬼は喰《く》らいつく勢いで応《こた》えていたかと思うや、突如として狂おしげに左手で胸を掻《か》き毟《むし》りはじめる。

「……そうか、おまえが。まさかとは思ったが」

道真のつぶやきは和語で、行夜の耳にも届いた。ただし、意味するところはわからない。そうするうちにも、幽鬼は胸郭を震わせ声をしぼり出し、道真に問いかける。

「何故だっ。香山居士《こうさんこじ》の詩を耳にするたび、口にするたび、杭《くい》を打たれたかのごとく胸が痛むっ……何故だっ、何故っ……」

「それほど大きな支えだったのだろう。自我を失くしてなお、離れ得ぬほどに。おまえにとって、白居易の詩は自身より自身を示す存在だったのかもしれんな」

決して揶揄《やゆ》ではなく、道真は笑う。

「まったく、とんでもない詩狂いだ。けど、俺はそんな酔狂者がなんとも好ましい。あの江州の学士もそうだった。死ぬときまで白居易の詩を手放さなかった」

道真は幽鬼を見上げ、ゆっくりと話し出す。

「その男を知ったのは、俺が青臭い若造で、唐がゆるゆると滅びかけていた頃だ。勉学の師が、友が唐より持ち帰ったという写本を見せてくれた。聞けば、幾度も科挙《かきょ》に落ち、これが最後と思い定めた試で名を記すのを忘れてしまった学士の遺品だと」

話が進むごとに、幽鬼は両手で咽喉《のど》を押さえ、ひときわ苦しげな呻《うめ》きを漏らす。

だが、決して止めようとはしない。むしろ、続きを促すように道真を見据えていた。

「学士は最後の科挙にも落ちた。だが、どうしても納得することができなかった。名を記せていれば、あるいは……そんな悔いに憑かれ、とうとう学士は首をくくった。その懐中に抱かれておったのがこの写本だとまあ、そんな話だ。その頃、俺は得業生試と呼ばれる対策を控えていた身の上でな。選《よ》りにも選ってこの時機に、師がそんな縁起の悪いものを勧めてくる理由がさっぱりわからなかった。冗談まがいの嫌がらせかと疑ったくらいだ」

道真はぐっと力を込め、幽鬼の目を覗《のぞ》き込む。その眼差《まなざ》しには、嘘偽りなど欠片も感じさせない真摯《しんし》な光が宿っていた。

「読んでみれば、師の心がわかった。これを書いた者がどれほど白居易の詩を敬い、学問を愛し、救国の志を抱いていたか。手蹟《て》の端々に想いがあふれていた。同じ学徒として俺は、一句追うごとに震えるほどの感激を覚えたものだ」

「あ、ああ、そうだっ。我は心より白居易の詩を……士大夫《したいふ》のみならず、万民が意を介し、口ずさめる。学、平易暢達《ちょうたつ》であるべしと謳《うた》った香山居士を敬愛しておった。我もまたそんな世たらしめる一滴たり得たいと願い、科挙に……だが……」

凝《こご》った闇のようであった幽鬼の両眼に活力が灯《とも》ったのも束《つか》の間、すぐさま肩が落ち、両腕がだらりと下がる。

力の抜けた手から、法師がぼたりと地面にこぼれ落ちたが、もはや幽鬼の意識からは消えてしまっているようだった。

「我にとって、あの科挙は最後の希望だった……文字通り命を賭《か》け、魂を削り……しかし、奮迅に没するあまり、名を……」

「努力を重ねても報われぬことがある。絶望の底に落ちれば、すべてを失った気持ちにもなるだろう。だが、千の挫《ざ》折《せつ》に打たれ、万の失意に斬られようと、想いが死ぬことはない。志半ばに果てたとはいえ、学士の想いは海を越え、はるか和国にいた俺に届いた。あれから百年、いやもっと。随分な時が流れたが、それでもよく覚えているぞ。手《て》蹟も、一筆一筆に宿る志や熱意も、写された詩編の数々も。そして、悔いの証《あかし》か。竹簡に切々と刻まれていた名も」

道真は真っ直ぐに幽鬼を見上げると、一呼吸置いてそれを口にした。

「なあ、江州の文浩原《ぶんこうげん》」

明瞭《めいりょう》に放たれた名が夜の静寂を波紋のように広がっていく。

音の波立ちに共鳴するように、幽鬼が小刻みに震え出す。かと思うや、突如としてカッと大きく目を見開いた。

「文、浩……おお、おお、おおおおおぉっ……」

咆哮《ほうこう》のあと、幽鬼は両手で頭蓋《ずがい》を抱え、激しく身悶《みもだ》えはじめる。眼球から滂沱《ぼうだ》の涙を流し、幾度も幾度も〈文浩原〉の名を叫ぶ。体を揺らすたび、己が名を叫ぶたび、ごうごうと風は吹き荒れた。

いきなり大嵐に巻き込まれたような状況に行夜たちは往生する。

しばらくすると、風が鎮まり、一緒に幽鬼の巨軀《きょく》も萎《しぼ》んでいき……やがて、じゅわりという瘴気の燻《くすぶ》りと共に幽鬼の姿は消え、一軸の巻子本《かんすぼん》だけがぽつんと残った。

「やれ。収まったか」

一体、どうやってやり過ごしたというのか。あれだけの強風に曝《さら》されたというのに、晴明は平然とした居住まいのまま、髪の一筋さえ乱していない。吉平でさえ、辟易《へきえき》した様子で身なりを正しているというのに。自身もずれた頭巾《ずきん》を直しながら、行夜は密《ひそ》かに慄《おのの》いた。

「幽鬼は道真の旧知であったか」

歩み寄った晴明が声をかける。

拾い上げた巻子本を手に、道真は「ああ」とうなずいた。

「俺も驚いたぞ。まさか、文浩原と直《じか》に顔を合わせる機が巡ってこようとは。こんな偶然あるものではない」

感慨に耽《ふけ》る道真に、今度は行夜と吉平がそろって尋ねる。

「義父上《ちち》。これは一体、どういうことですか？」

「さっぱりわからん。ちゃんと説明しろ」

こちらはこちらで嘆かわしい。道真は沈痛な面持ちで首をふる。

「おまえら、いくらなんでも酷過《ひどす》ぎるぞ。そりゃあ、過去に国学隆興を唱え、遣唐使《けんとうし》廃止を建議したのは他ならぬ俺だが、漢語が不要とは言っていないからな。もう少し真面目に学べ」

「……それに関しては反省しております」

「その説教は親父からも聞いた。いいから、さっさと話せ」

「まったく、いまどきの若い者ときたら」

道真は深々とため息を吐くと、行夜たちに対し巻子本を軽くかかげる。

「これは百年ほど前、俺の師のひとりが手に入れた写本だ。まったくの偶然だが、若い頃に目にしたことがあってな」

「それで幽鬼の名がわかったのですね」

「ああ。手がけた者の名は文浩原。唐の時代、江州の学士だ。高い志を持ち、科挙の合格を目指したが、最後の最後で名を書き忘れ、落第を苦に自死してしまった。そのときの悔いがあまりに大きかったために、自分の名が記憶から抜けてしまったんだろう」

道真は竹簡に彫られた名を指し示す。

行夜は痛ましげに眉《まゆ》を寄せる。浩原の身上は先日の大学寮の騒動を髣髴《ほうふつ》とさせた。

「……では、悔いが恨みにかわり、幽鬼になったと？」

「おそらくな。ただ、百年近く何事もなかったところをみるに、元々はそこまでの力はなかったはず。なのに、いまになってああなってしまったのは……多分これのせいだ」

道真は巻子本の右端についた、赤黒いシミのような跡を指す。

「これは……血ですか？」

「そうだ。この血が贄《にえ》となり、文浩原は幽鬼となった。師は夢破れた浩原を憐《あわ》れみ、せめて学びの息づきの中で眠らせてやろうと、図書《ずしょ》寮ではなく大学寮の書庫に収めたんだが……なんでまた、こんなことになったのやら」

道真のつぶやきに、行夜は気づき、口を開く。

「義父上。実は、三日前に大学寮の書庫で自死騒ぎがあったんです。五度目の得業生試に落ちた文章生が世を儚《はかな》み、首を掻《か》き切ろうとした、と。おそらく、その文章生の血ではないでしょうか」

「ま、文浩原とは違って、そいつは死に損なったがな」

行夜と吉平の話に、道真は軽く目を見張る。

「……そうか。そんなことが。誰よりも、その文章生の哀切に添うてやることができたばかりに……浩原、おまえは本当に愚かしいほど純粋な男だな」

道真はいたわるように巻子本に触れてから、ひょいと晴明の方を向く。

「晴明、浩原の世話を頼まれてやってくれないか。名を取り戻し、人だった頃の記憶も思い出しただろうが、鬼になってしまったことまでは把握できていないはずだ。おまえのもとには渡来の人外もおるだろ。言葉が通じるやつらと話せば、浩原も理解していくに違いない」

「別段構わんが」

「おい、親父。適当に引き受けんな。無自覚に鬼になったやつを生き存《なが》えさせてやってどうする。元々、とっくの昔に死んでるんだ。何も彼《か》もわからぬうちに終わりにしてやった方が親切ってモンだ」

吉平の言葉にじくりと疼《うず》いた胸の痛みに耐えるよう、行夜はぐっと拳《こぶし》を握る。

いささか乱暴な言い分だが、間違ってはいない。鬼になってしまったことなど、知らないままの方が幸せかもしれない。だが……。

「生きとし生けるものはおしなべて、知る権利と義務を持つ。たとえどんな事情があったとしても、前者を奪い、後者から目を背けることは許されない」

穏やかだが、はっきりとした口調で道真が言う。

行夜は顔を上げる。そのとき、無意識のうちに視線を下げていた自分に気づいた。

「大体、鬼だから悪、鬼だから不幸などと誰が決めた？　化け物より化け物めいた人がいるように、人より人らしい鬼もいる。何者であるかが、善悪や幸不幸を定めるんじゃない。心の在り様こそがそれらを決めるんだ」

道真は笑い、手の中の巻子本を軽く叩《たた》く。

不意に涙ぐみそうになり、行夜は慌てて唇を噛《か》み締める。道真の言葉は浩原だけでなく、行夜にとってもまた救いだった。

「浩原が終わりを望めば、そのときは祓《はら》ってやればいい。どの路《みち》を選ぶにせよ、決めるのは浩原自身だ」

道真から再び視線を向けられ、晴明は同意を示すよう太く笑う。

「わかった、引き受けよう」

「よろしく頼む。なに、仮に存えを選べば、程なく和語に事欠かなくなろう。なにせ相当な学び好きだからな」

「唐用の古詩故事に詳しく、和語にも通じる幽鬼か。確かに、役に立ってくれそうだ」

「それならひとつ、とっておきの役目があるぞ」

晴明に浩原が宿る巻子本を手渡しながら、道真はなにやらあくどい笑みを浮かべる。

「浩原が和語に長じたら、吉平のもとに遣わして、みっちり漢語を叩き込ませろ」

「は？　なにを勝手にっ……つうか、漢語が必要なのはあっちも同じだろ！」

吉平に指されて、密かに矛先が向けられるのを恐れていた行夜はびくりと肩を揺らす。

「行夜の方は俺がやる。今回の件で、行夜も如何《いか》に漢語が重要かよくわかったはず。次は投げ出さず、ちゃんとやれるな？」

「う……ですが」

「行夜、返事は〈はい〉だ」

　道真に詰め寄られ、行夜は半ば項垂《うなだ》れるようにうなずく。

　その様子に、晴明は「ほう」と感心めいた声を上げた。

「随分と素直だな。吉平も吉昌も、こうなるように育てたつもりであったが。はて、どこで手順を間違えたのやら」

「……よくも言う。式神任せで、ロクに世話などしなかったくせに」

　毒づく吉平に、晴明は咽喉《のど》を鳴らす。

「それについては抗弁できんな。だが、道真の言葉を借りるでもないが、銀葉《ぎんよう》は齢《よわい》二百の蜘蛛《くも》の化生というだけで、思慮も情も深く、まさに乳母の鑑《かがみ》のような者ぞ。まあ、赤子のおまえがあまりに美味《うま》そうで、喰《く》い気を抑えるのが大変だとこぼしておったが」

　銀葉なる化生の資質はともかく、美味そう云々《うんぬん》は乳母として相当問題のある発言ではなかろうか。口に出せないものの、行夜は幼い頃の吉平に同情を送った。

「しかも、新たに得た漢学の師もまた鬼ときた。考えてみれば、おまえとやっていける世話役は鬼くらいしかおらぬやもな」

　晴明はしゃらりと述べて、巻子本を懐にしまい込む。

　いっこうに悪びれない父親に、吉平はさらに目を怒らせた。

　一方で、道真は他所《よそ》の親子喧嘩《げんか》なぞ知らぬといった態《てい》で両腕を頭上に伸ばす。

「なにはともあれ、一件落着だな。さて、行夜。帰るとするか」

「ええ、はい。ですが、義父上。晴明様との遠出の件については、帰る前にきちんと説明してもらいますからね」

「ん？　ああ、いや。その件については日を改めて――」

「いますぐ話せますよね？　まっとうな理由があるのでしたら」

「……あのな、行夜」

「なんです？」

「大人にはいろいろあるんだよ」

言い逃れの見本のような文句を口にすると、道真はひらりと身を翻し、駆け出す。

「ちょっ……、義父上！」

「とにかく、続きはまた今度だ。晴明、吉平、俺たちは帰るからな。あ、そこの法師の世話も頼む。じゃあな！」

「お待ちください！　話はまだ済んでいません！　晴明様、吉平様。今日のところはこれで失礼させていただきます！」

挨拶《あいさつ》もとりあえず、行夜は猛然と道真を追う。

あとには、行夜が熾《おこ》した鬼火だけがふよふよと漂いながら残った。

「道真の野郎。ドサクサに紛れて阿呆《あほう》の後始末を押しつけていきやがった」

「それくらいはしてやればよかろう。幽鬼と話をつけてくれたのだから。そもそも、道真はいまもって右大臣。従《じゅ》二位の命令とあらば、宮仕えの我らは従うしかあるまい」

吉平は舌を打ち、「鈌羽根《つくばね》」と影に潜む式神を呼ぶ。

主《あるじ》の命令に応じて、しゅわりと雑色《ぞうしき》姿の偉丈夫が夜陰に現れた。

遠目には人に見えるが、毛に覆われた顔は獣そのもので、平たく突き出た鼻が獺《かわうそ》によく似ていた。

「鈌羽根、御前に」

姿勢正しく立礼する鈌羽根に、吉平は顎《あご》で路上をしゃくる。

「あそこに転がっている法師を七条《しちじょう》の中納言《ちゅうなごん》屋敷まで運べ。適当で構わん。庭先にでも放り込んでおけ」

「畏《かしこ》まって候」

鈌羽根は端的に応じると、すぐさま法師を抱え、音もなく楼門の屋根に飛び移る。

瞬く間に、たくましい巨軀《きょく》は闇の向こうに消え去った。

「さて、よろず済んだところで、我らも帰るとするか」

「……親父、ひとつ教えろ。江口の鵺《ぬえ》騒動だが、やはりアレ絡みだったのか？」

吉平の尋ねに、羅生門に背を向けて、歩きはじめていた晴明がふり返る。

「……吉平。近々、京が騒がしくなるやもしれん。努々《ゆめゆめ》緩むな。吉昌にも伝えよ」

「わかった」

吉平はいつになく神妙にうなずく。普段の晴明の物言いとは明らかに違う。不吉の到来はもはや確実なのだろう。

吉平は飛び交う鬼火のひとつを指先でつまむ。常人なら触れただけで大火傷《やけど》を負うところだが、強い力をまとう吉平にはただの灯《あか》りに過ぎない。

「道真はあいつに、自分が何を追っているか教えていないんだな。知る権利と義務、てめえは子から取り上げておいて、偉そうに言ったものだ」

「聞けば、こう答えるのではないか。隠すと奪うは似ているようで異なる、とな」

「身勝手な言い分だな。まあ、綿でくるんでおきたいなら好きにすればいい。ただ、あとで厄介なことになるかもな」

吉平はくるくると指先で弄《もてあそ》んでいた鬼火を放つ。

解き放たれた鬼火はひゅうと長い尾を引き、静寂で覆われた朱雀大路を淡く照らした。しかしながら、闇の帳《とばり》はあまりに長く深く、果てまでは到底見通せなかった。

脱兎《だっと》のごとく逃げ出したものの、道真はあっという間に行夜に捕まった。

「……なあ、行夜。そろそろ下ろしてくれないか」

「お断りします。どうせまた、逃げ出すつもりでしょう」

「しないしない、絶対しない。約束する」

「義父《ちち》上のお約束は信用できません。何と仰《おつしや》ろうと、晴明様と江口に出向かれた理由を聞くまで許しませんから」

断固たる拒絶に、道真はため息を落とす。

追いつかれるや否や、まるで米俵のごとく行夜の肩に担ぎ上げられた。腰にがっちり回された腕からも、決して逃がさないという強い意志がひしひしと伝わってくる。

「そんな無理して腕が疲れたら、明日の写本に障るぞ？」

「甘く見ないでください。義父上くらい、一晩中運び続けたって何の影響もない。狸を担ぐようなものです」

「狸って……まったく、いつの間にそんな力持ちになったんだか」

「なにを今更。とうの昔から、私は義父上よりはるかに力持ちです。追い抜いたのは背丈だけじゃありません」

人の域で比べれば、腕力だろうと足の速さだろうと、身体能力で道真が行夜に敵《かな》うものなどひとつもない。武芸の面で唯一手ほどきを受けた弓術とて、いまでは行夜の方がはるかに上手だ。

「義父上には義父上のお考えがある。それはわかっております。ですが、私だってもう小さな子供じゃありません。大事の際には、必ず助けになってみせます。だから、隠し立てせずに話してください」

「行夜……」

道真はしばしの沈黙を置き、深々と息を吐く。

「本当に大きくなったなあ。つい昨日まで、あやしていたような気がするってのに」

「昔話で誤魔化そうとしても、そうはいきませんよ」

「違う！　どうしてそんな疑い深い物言いをするようになったんだ。小さな頃はあんなに純真で可愛らしかったのに！」

「私の物言いは昔からこうです。そんな風に聞こえるのは、義父上が隠し事ばかりしているからでは？」

「だから、それはだなー」

道真はむうっと唸《うな》り、渋々と話し出す。

「……晴明と江口に行ったのは、気になる噂を聞いたからだ。ほら、いつか芳男たちが話していただろ。江口の者が鵺の鳴き声を聞いたって」

「ああ、そういえば」

行夜はぼんやりと思い出す。夏のはじめ頃、写本そっちのけでそんな話をしていたかもしれない。

「あれからもポツポツと、似た噂を耳にした。それが妙に気になってな。ちょいちょいと噂の元を追っていたら、晴明に出くわした」

「晴明様も鵺の噂を追っていたと？」

「まあな。で、これも何かの縁ってことで、一緒に行くかって話になって」

行夜は目を剝《む》き、思わず声を荒らげる。

「そんな子供じみた理由で、おふたりそろって江口まで出向いたんですか？」

「だって、もし本物の鵺がいたら一大事だろ？」

「それはそうですが……で？　いたんですか？」

「うーん。いろいろ話を聞いて回ったんだが、鳴き声を聞いたって話ばかりで……あ、それにしても、江口のにぎわいが大層なものになっていて驚いたぞ。細やかに練り上げられた遊里には、あるがままの山野とはまた異なる趣きがあってだなあ」

鵺そっちのけで、久しぶりに赴いた江口で受けた感銘について道真は滔々《とうとう》と語り出す。

結局、ただの物見遊山になっているではないか。行夜は盛大にため息をつく。

「……わかりました」

苦い逡巡《しゅんじゅん》を挟んだものの、行夜は足を止め、道真を肩から下ろした。

「うん？　行夜？」

唐突な解放に、道真は瞬《まばた》きながら行夜を見上げる。

「今日のところは、許して差し上げます。ただし！　納得はしておりませんから。義父上のお気持ちを尊重するために、いったん退《ひ》くだけです」

許すと聞いた途端、ぱあっと顔を輝かせた道真に釘《くぎ》をさすように、行夜は間髪を入れずにぴしりと言い渡す。

「義父上の話が嘘でないのはわかります。ですが、すべてでもないでしょう？」

「それは――」

「比翼の櫛《くし》の一件でよくよく学びました。相手の心を汲《く》んでこそ、思い遣《や》りはまことの意味で思い遣りとなる。いくら心配だからといって、ここで何も彼も明かせと喰《く》い下がるのは私の意地の押し通しに過ぎない。だから、いまは我慢します。ですが」

行夜は一度言葉を切り、真っ直ぐに道真を見つめる。

「どうか、これだけは約束してください。なにがあろうと、私を置いていかないと」

子供ではないと言いながら、行夜の懇願はまるで幼子のそれだった。

このところ、すっかり耳にしなくなっていた稚《いとけな》い物言いに道真は目を見張る。

しかし、すぐさまいつもの温かいほほえみを浮かべた。

「何を言い出すかと思えば。俺がおまえを置いていくはずないだろ。むしろ、俺の方がいま以上に構われなくなるんじゃないかと、日々戦々恐々だっていうのに。心配せずとも、俺はおまえのそばにいる」

「本当ですか？　お得意の方便ではありませんよね？」

「だからー、ここは昔みたく、良かった嬉《うれ》しいですって答えるところだろー」

道真はやれやれと苦笑しながら、何かに気づいた様子で頭上に目を向ける。

「明るくなったと思えば。行夜、見ろ。月が出てる」

道真の視線を追い、行夜は夜天を仰ぐ。

流れる雲の合間から、望月まであとわずかまで膨らんだ月が覗《のぞ》いていた。

「懐かしい。あれはまだ雪深い季節だったが……瀬織津姫様がおまえを連れて来られた日もあんな月が出ていた」

道真は月を眺め、しみじみとつぶやく。

もちろん、赤子だった行夜はその月を覚えていない。

だが、こうして道真の口から、繋《つな》がりのはじまりを聞くことは密《ひそ》かに好きだった。

「その話なら、耳にタコができるほど聞きました」

いまもまた憎まれ口を叩《たた》きつつ、行夜はそっと口元をほころばす。

これから先、どれだけ年を重ねても、きっと同じやりとりを繰り返すのだろうと、このときの行夜は信じていた。愚かしいほど、疑いもなく。

「いい加減、帰るとするか。夜が明けちまう」

「そうですね」

道真に促され、行夜も歩き出す。

雲間から漏れる寂々とした月明かりだけが、ふたりが並び行く路《みち》を照らしていた。

第三話　われても末に

いまは昔。

道真が土地神となって、六十年近くの歳月が経った応和《おうわ》三年（963年）、師走《しわす》の出来事。

凍風が吹き荒《すさ》ぶ中、穢《けが》れを浄《きよ》める水の女神である瀬織津姫《せおりつひめ》は月光の路を通り、雪に包まれた大宰府の社殿の前に降り立った。

神域から神域、または高天原から神域など、人の世を行かねばならない時に神は陰陽五行に乗じる。

風や水の流れ、いまの瀬織津姫のように月光といった森羅と一体化することで五行の乱れを防ぎ、人の世に累を及ぼすことを防ぐ。土地神や眷属《けんぞく》も、そうすることで自身が管轄する領域の見回りをしている。

樹黒の垂髪に貫頭の白衣と布帯、飾りは玉と金の頸珠《くびたま》と、雪の上に立つ瀬織津姫の装いは随分と古式ゆかしい。

中背のふくよかな肢体、小ぶりな眼に丸い鼻と凡庸な容姿だが、諸々《もろもろ》の禍事《まがごと》、罪穢れを受け止め、浄める女神は凜《りん》と清廉で、高位神に相応《ふさわ》しい威厳を放っている。

「遠路はるばる、ようお越しくださいました」

社殿の前で、迎えの者が丁重に頭を下げる。

瀬織津姫は目元を寛《くつろ》げ、赤い唇を開いた。

「出迎えご苦労。どうじゃ、道真。息災にしておったか？」

「はあ、まあ」

瀬織津姫に答える道真は、見た目こそ二十歳そこそこだが、その佇《たたず》まいには随分とくたびれた雰囲気が漂っている。

西海の土地神、菅原道真の無礼かつ愛想のない返答を瀬織津姫は平然と受け流し、頭上を仰ぐ。雲ひとつない夜天には満ちる寸前の月が輝いていた。

「今宵の月は殊更見事じゃの。風も清く、血の臭いがまるでせぬ。瀬戸内から起こり、大宰府まで焼き払った戦から左程には過ぎておらぬはずじゃが」

「先の戦より、すでに二十余年が経っております。血臭が薄らぐのも当然かと」

話に上った戦とは、平将門《たいらのまさかど》のあとを追うように藤原純友《すみとも》が起こした乱を指す。

都を挟んで東と西、朝廷を震え上がらせた、後の世で承平天慶《じょうへいてんぎょう》の乱と呼ばれるふたつの戦から二十年以上が過ぎた。悠久を生きる瀬織津姫には昨日と変わらないかもしれないが、いまもって人の意識が強い道真にすればそれなりに昔のことだ。

「たとえ法外な信心を集めようとも、土地神としておぬしは小童《こわっぱ》同然。あれほどの血と憎悪の澱《おり》を二十余年で浄めるのは生半《なまなか》の苦労ではなかったはず。大義であったの」

「浄めは土地神の務めですので。一方的に押し付けられたとはいえ、果たして当然の責務に慰労なぞ無用にございます」

労《ねぎら》いさえも礼を欠いた返答で突き返し、道真は踵《きびす》を返す。

「立ち話もなんでしょう。まずは中に」

道真は社殿の奥へ進んでいく。

瀬織津姫もあとに続いた。

いくらも進まぬうちに、周囲の景色が歪《ゆが》み、一瞬すべてが闇に包まれる。次に視界が開けた時には、両者は別世界ともいうべき新たな空間に足を踏み入れていた。

簡素な門を潜《くぐ》った向こう、野趣味が強い庭が天神菅原道真の神域のはじまりである。

時刻や気候は外に合わせてあるらしく、空には真円間近の月が昇り、庭は真っ白い雪に埋もれている。奥には住まいと思《おぼ》しき小ぶりな建屋があり、周囲を憚《はばか》る必要がないためか、塀や堀は見当たらない。

瀬織津姫はさくさくと白雪を踏み、門を潜《くぐ》る。踏み入った先、眼前に広がる人の世さながらの風景を眺め、袂《たもと》で覆った口元をふくりとほころばした。

「神域までわざわざ雪に埋もれさすとは。酔狂じゃな」

「梅は寒苦を経て清香を発し。厳寒あってはじめて、醸せる情緒がございますれば」

「花に対するこだわりは相変わらずじゃのう。龍神《りゅうじん》が宿る白梅に押しかけられ、居座られるのもうなずける」

瀬織津姫から揶揄《やゆ》され、道真は盛大に顔をしかめる。

大宰府の社の前に飛梅が現れたのは死後、神にされてからほどなくのことだった。

最初は何が起こったのかわからず、唖然《あぜん》とするしかなかった。

神となったおかげで、道真は飛梅に宿る龍神を目にすることができた。白銀の鱗《うろこ》を持つ龍を前にして、本当にいたのかと、ただただ驚いた。

しかしながら、瀬織津姫はああ言うものの、飛梅が自分を慕って京の屋敷から飛んできたのかどうか、正直なところ道真にはよくわからない。

なにせ飛梅は寡黙で、ここに来た理由を語ろうとしない。他の問いかけにも答えず、いくら誘っても神域に入ろうともしない。無言のまま社の前に陣取り、門番よろしく根を下ろしている。嫌われてはいないのかもしれないが、とにかくその胸中は謎だ。

「しかし、相変わらずの体たらくじゃのう。その崩れた風体も情緒と抜かすか？」

瀬織津姫が皮肉で刺した通り、無造作に萎烏帽子《なええぼし》を引っかけ、檜皮色《ひわだ》の直垂《ひたたれ》に括袴《くくりばかま》を穿《は》いた道真の恰好《かっこう》はあまりにくだけている。一介の土地神としての体裁はもちろん、それ以上に尊き女神を迎えるにあたって難があり過ぎる。

「何故に神像を取らぬ。仮に他神がおれば、不敬不《ふ》遜《そん》と怒り狂うぞ」

「御免こうむります。神像なぞ、想像だけで肩が凝りますゆえ。そもそも、相手が貴女《あなた》だからこそ、諸手《もろて》を挙げてお迎えしているのです。他なら居留守を貫きます」

「ほんに傲岸《ごうがん》な。まったく、困った土地神じゃ」

瀬織津姫は苦笑こそ漏らしたものの、本気で怒っている様子はない。応酬が途切れたのを潮に、道真が先導する形でふたりは雪の庭を歩き出す。

「日々思うことですが、土地神とはまこと不甲斐《ふがい》なき生きものでございますな」

「おぬしを神に昇らせたのは妾《わらわ》であるのを忘れたか？　さすがに言葉が過ぎよう」

「お怒りならば、お詫《わ》び申し上げます。ですが、これだけは偽れません」

言葉の末尾、道真が足を止める。

合わせて、瀬織津姫もゆるりと立ち止まった。

孤高の月を見つめながら、道真は誰にともなくつぶやく。

「親を失い、子を失い。家屋を焼かれ、田畑を荒らされ。今日の糧も、明日の希望も奪われて。せめてもの救いを求めてやって来る人々を前に、土地神ができることは切々たる訴えに耳を貸す、それだけだ」

望んで神になった訳ではない。気づけば後戻りの利かない場所に立たされていた。

ならばせめて、祈りを捧《ささ》げてくれる者たちのために働きたい。

官職に在った頃には果たせなかった志の数々も、神となったいまならば為し遂げられるかもしれない。

そう思い定めておよそ六十年。人として生きた歳月とほぼ同じ刻《とき》を過ごしたが、生前以上に何事も為せずにいる。どの命も、どの願いも、ことごとくが指の隙間よりこぼれ落ち、血なまぐさい風にさらわれて消えていく。

道真の独白めいた自虐に、瀬織津姫は嘆かわしげに首をふった。

「おぬしは土地神としてあまりに若い。焦らず精進せよ。さすれば、いずれ悟ろう」

道真は敢《あ》えて答えず、月から視線を戻す。

「詮ないことを申しました。さ、どうぞ。侘《わび》しき屋でございますが」

簀子縁《すのこえん》の向こう、開け放たれた蔀戸《しとみど》の奥は遮蔽《しゃへい》物がなく、火桶《ひおけ》も置かれていない。雪まみれの庭と変わらない寒さであったが、道真が手を打ち鳴らせば、途端にぬくもりと白梅の薫香が隅々まで行き渡る。

瀬織津姫はするりと進み行くと、優美な仕草で浅沓《あさぐつ》を脱ぎ、階《きざはし》から簀子縁に上がった。

「ところで、供がおいでのようですが」

瀬織津姫は段上からふり返ると、感心した風に眉を上げる。

「いつもながら、目敏《めざと》いのう。隠していたつもりじゃったが」

「弱い犬ほど鼻が利くものでございますよ」

「ふふ、弱い犬か。おぬしが真に弱ければ、妾も苦労せぬ」

瀬織津姫の紅唇が苦い微笑を象《かたど》る。

天満大自在天神、菅原道真は短い歳月で良くも悪くも強くなり過ぎた。

神は人の世に干渉できないために、戦が起こっても看過するしかないが、その後の血の浄めは驚くほど迅速で人々への害を最低限に留《とど》めた。信心を失い、多くの土地神たちが役目をまっとうできない中、己《おの》が領域外まで浄め尽くしたことは高天原でも大いに賞賛《きょ》された。

しかし、そんな道真の奮迅に眉を顰《ひそ》める神たちもいる。いつの世も、勢いのあるものは頼もしさと同時に恐れを齎《もたら》す。お世辞にも従順とは言えない態度と相まって、いつか謀反を起こすかもしれないと疑う天津神や国津神が現れ出している。中には、御せるうちに処分するべきではないかといった、過激な意見まであるくらいだ。

どうしたものかと頭を痛めつつ、瀬織津姫は再び口火を切る。

「実を申せば、連れて参った者たちには穢《けが》れの障りがあってな。神域には相応しくなかろうと思い、門外に留め置いた」

「構いませぬ。お呼び下され」

「瘴気《しょうき》は神の体に障る。おまけに、自ら招いたと他神に知られれば、崩れた身なり以上に誹《そし》りを受けるぞ」

「この道真が今更そんなことを気にするとお思いか？　なにより、どのような悪評も赤子を寒空に放り出す恥には勝りませぬ」

道真の言い様は相変わらず無礼であったが、瀬織津姫は至極満足したようにほほえむ。

「さすがは天満大自在天神、菅原道真。妾が見込んだ者じゃ。おぬしなら、あの者たちを受け容《い》れてくれると信じておった」

外《と》つ国より仏が渡ってきて四百余年、新しい信仰は瞬く間にこの地に浸透し、人々を魅了した。

古来、この国に根づく土地神とは人々の信心から生まれるものである。柱のない屋が建たないのと同じように、祈念という支えがなければ土地神は生きてはいけない。

人からの信心を失い、衰え弱った土地神の末期はむごたらしい。潰《つい》えて消え去れば救いもあるが、多くは恨みを募らせた挙げ句、祟《たた》り神と化してしまう。人が鬼と呼ぶもののいくらかは狂った土地神の成れの果てだ。

かつては人々を慈しんでいた土地神たちが、次にはその手で人々を屠《ほふ》る。永らくこの国を見守ってきた瀬織津姫は、古《いにしえ》より続いてきた絆《きずな》の破綻《はたん》に心を痛めてきた。

いま一度、土地神と人の心を結ばねばならないと、瀬織津姫は冥府《めいふ》に下ろうとしていた道真の魂を手繰り寄せた。非業の才人は比類なき素質を備えている。きっと、人々の信心を取り戻し、他の土地神たちを救う存在となる——そんな確信のもとに神に昇華させた。

「おぬしはまこと見事に妾の期待に応《こた》えた。天満大自在天神の名のもとに信心を集めたおかげで、人々の心に神という存在が甦《よみがえ》りつつある。この流れが続けば、衰えた土地神たちも救われよう」

「……幾許《いくばく》かは憂さが軽くなる話ですな。もっとも、それが気に喰《く》わぬ方々も大勢おられると聞きますが」

「承知しておるなら、いま少し態度を改めよ。先の神議のような偏屈なふるまいが続いては妾とて庇《かば》い切れぬ」

瀬織津姫の嘆きに対し、道真は無言を貫く。

尊敬する女神を困らせたくはないが、端《はな》から守るつもりのない約束は結べない。人だった頃から、御託を垂れるばかりの連中とは反りが合わない。高みから降りようともしない者たちの御機嫌うかがいなど、とうに死んだ身でも御免だ。

「妾は神と人が深く交わっていた太古より、無数の土地神を見てきた。しかし、膨大な年月を経てなお、おぬしほど高らかに昇華したものを目にしたことがない」

くつくつと、道真は自嘲《じちょう》混じりの笑みを漏らす。

「私の神威を上げた最大の要因は、間違いなく祟りに対する畏怖《いふ》でしょう。冤罪《えんざい》で追いやられた者が、冤罪で祀《まつ》り上げられる。なんとも皮肉で滑稽《こっけい》な話でございますな」

「そのように己を貶《おとし》めるでない。恐れを敬いに転じられたことこそ稀《まれ》なる才の証《あかし》。人々はおぬしの中に〈理《ことわり》〉を見出《みいだ》しているというのに」

瀬織津姫は悲しげに肩を落とす。

死後からいまに至るまでずっと、道真は己を許したことがない。神になったことも、いまだ受け容れてはいない。人々から寄せられる信心が自責を解きほぐしていくと考えていたが、怒りの鎮まりを祈られるごとに頑《かたく》なになっていく。神と祀られたおかげで、息子たちが都に帰還できたことは慰めになったが、それとて自分を許す理由にはならないようだ。

信念を曲げられない性質もあるとはいえ、上位の神たちに対する不遜な態度は無意識のうちの破滅願望かもしれない。そんな危うげな衝動がふとした弾みに垣間《かいま》見える。

やはり、何かしら手を打つ必要があると、瀬織津姫は門の向こうに視線を馳《は》せる。

「詮議《せんぎ》は置いて、まず言葉に甘えるとしよう。妾も赤子を凍えさせるは忍びなかった」

今度は瀬織津姫が手を鳴らす。

水の女神の指先から、象徴たる桜の花香が放たれた。

瑞々《みずみず》しい桜香が寒気と混じり舞い踊る中、門の向こうからふたつの影が現れた。

大きな影が先に門を潜《くぐ》り、小さな影がしずしずとあとに続く。

ふたつの影が神域に踏み入った途端、瘴気の影響で道真の首筋に緩い痛痒《つうよう》が広がる。

おそらく、瀬織津姫も同様の不快を覚えているだろう。

道真は軽く頭をふって不快を散らすと、改めて門前に立つ者たちを眺めた。

背の高い方は若い武者だ。紺の褐衣《かちえ》、白の括袴《くくりばかま》に草鞋《わらじ》。腰に漆黒の太刀を佩《お》びている。

武張った身なりとは対照的に、体はひょろりと細く、顔つきもぼうっとしていてどこか頼りない。だが、眼光だけは妙に鋭い。うっかり近づけば喉笛《のどぶえ》を食いちぎられる。心得のある者ならば、男が只《ただ》ならぬ使い手であることに気づくだろう。

小さな方は華奢《きゃしゃ》な女だった。薄墨色の衣を頭から被《かぶ》っているので顔は見えない。ただ、胸元に垂れ下がった黒髪の艶《つや》や、ちらりと覗く唇の紅《あか》さ、また大事そうに布包みを抱えた両手の肌から年若い娘であるのが見て取れた。

「このたびは御恩情賜《たまわ》り、まことにかたじけなく。御神域を穢したる非礼、お詫《わ》びの次第もございません。我らは――」

若武者が雪原に手と膝をつき、額《ぬか》づきながら礼を述べようとする。

倣おうとした隣の娘を押し止《とど》めるために、道真は若武者の礼句を遮った。

「挨拶《あいさつ》も、鬼女だからという遠慮も不要だ。早く中へ入れ。産後すぐの体にも、腕の中の赤子にも冷えは毒だ」

道真に正体を看破され、娘が衣の下で息を呑《の》む気配がした。

「瘴気を厭《いと》うなら、はじめから招き入れなどしない。基本、俺は来る者は拒まぬ。ただし、俺の身なりに口を挟まぬ限り、だがな」

態度はどこか物憂げながらも、口調は戯《ざ》れ言《ごと》めいている。

どうやら、この土地神は味方についてくれそうだと確信を得たのか、若武者はふっと肩の力を抜いた。

「……御心、幾重にもありがたく。では」

若武者は素早く立ち上がると、屈《かが》みかけていた娘の背に手をあてる。

背を正した娘は道真に深く頭を下げ、静かに進み出す。

前を通り過ぎる際、道真は娘の腕の中に目を留め、声をかけた。

「男の子か？」

青黛《せいたい》色のおくるみから推して尋ねれば、娘が立ち止まり、小さくうなずく。

「……はい。鬼王丸《おにおうまる》と申します」

鈴を転がすような声が奏でた名に、道真は思わず笑い声をこぼす。

「はは、随分と勇ましい名だな」

「亡き父の幼名でございます。せめてもの形見としたくて」

「そうか……」

俺にもおった。小さく、いとけない幼子……この地で亡くしてしまったが。

声なき声でつぶやきながら、道真はふと気づく。声を上げて笑うなど、一体いつぶりだろうか。

「これは愉快。おぬしがそのように楽しげに笑うところなぞ、はじめて見たぞ。神格を与えてから、いつも苦虫を嚙《か》み潰《つぶ》したような顔をしておったというのに」

笑いを含んだ瀬織津姫の指摘に、道真はバツが悪そうに口を曲げる。

「妾《わらわ》の心算《つもり》はよう当たる。どうやら此度《こたび》も首尾良くいきそうじゃ」

意味がわからない。そう表情で語る道真に瀬織津姫は悠然とほほえむ。

道真には土地神として、まだまだ多くを救ってもらわねばならない。ここからが働きどころだというのに、易々《やすやす》と滅んでもらっては困る。

「そこで、鬼王丸じゃが。この二親——千冬《ちふゆ》と滝夜《たきや》にかわり、そなたが育てよ」

「……は？」

瀬織津姫の突拍子もない命令に、道真は絶句する。

ハラハラと場の成り行きを見つめていた娘こと滝夜は堪《たま》らず声を上げた。

「申し訳ございませぬ。御神域を穢《けが》す非礼のみならず、勝手な申し出までっ……」

「実は、我らはさる事情で旅に赴かねばならないのです。ご明察の通り、妻は鬼女。身内のことごとくを無残に殺された怨《うら》みで外道に墜《お》ちました。そして、仇《かたき》を討つための力を得ようとして……」

若武者、千冬は滝夜の言葉を継いだものの、途中で声を詰まらせてしまう。

おおよその事情を察し、道真は嘆息する。

鬼や怨霊《おんりょう》は人の命を屠ることで力を増す。鬼女と化すくらいだ、滝夜がどれほどの悲運に見舞われたか、想像に難くない。しかし、だからといって無辜《むこ》の命を奪い、報復の糧とした罪は許されるものではない。

「斯《か》くの如き事由から、妾は両名に命じた。国中を巡り、窮地に瀕《ひん》する者たちを救うことで罪を償え、と。いつの日か、魂の穢れが消え去る日までふたりは旅を続ける」

話を引き取った瀬織津姫の説明に、道真は眉根《まゆね》を寄せる。

「善行で魂の穢れをすすぎ、鬼女から人に立ち返る……そのようなことが本当に可能なのですか？」

「さてのう、妾もこれまで目にしたことがない」

がくりと、道真は肩を落とす。

この国の歴史をほぼはじまりから知る瀬織津姫の記憶になければ、そんな奇跡はただの一度も起きていないということだ。

「情けない顔をするでない。何事もやってみねばわからぬ。この者たちも至難は承知のうえで挑むと決めた。その覚悟や天晴《あっぱ》れ。とはいえ、そんないつ終わるとも知れぬ過酷な旅に乳飲み子を巻き込む訳にはいくまい？」

「仰《おっしゃ》る通りですが、しかし――」

「できぬとは言わさんぞ。そなたは子が多く、拾い子まで育てたというではないか」

「あの子の場合はすでに五つで……いえ、それとこれとでは話が違いますっ」

「何が違う？　子は皆、糧と情を与えて大きゅうする。誰も彼も同じじゃ」

「神の規律はどうなります？　人と関わりを持ってはならんと、いつもいつもくどいまでに釘《くぎ》を刺すのは貴女《あなた》たち上位神ではありませんか」

「妾が許す。この件に関して、他神に口は挟ません。それに鬼王丸は半人半鬼、厳密には人ではないから例外じゃ。ほれ、四の五の言わずに抱いてみよ」

瀬織津姫は有無を言わせぬ強引さで話をまとめると、滝夜を促す。

躊躇《ためら》いながらも、滝夜はおずおずと進み出て、おくるみに包まれた鬼王丸を道真に差し出した。

反射的に受け取ってしまったものの、鬼王丸を抱えた道真は困惑する。

生まれながらに背負わされた運命も知らずに、鬼王丸はくうくうと可愛らしい寝息をたてながら眠っていた。

両腕にかかる懐かしい重みは儚《はかな》い。うっかり力をこめ過ぎれば、ほろほろと砕け散ってしまうのではないかと心配になるほど軽く、そして弱かった。

はじめこそ戸惑っていたが、道真は次第に鬼王丸に見入っていく。

母から怨嗟《えんさ》を受け継いでしまっているため、鬼王丸は強い瘴気《しょうき》を放っている。望もうと望むまいと、親から子、そのまた子と、因果の糸は紡がれていく。逃れようもなく連綿と。

鬼王丸の瘴気は疼痛《とうつう》となり、道真の全身に不快をもたらす。だが、無垢《むく》なぬくもりの心地好《よ》さの前では、そんな程度の障りは泡沫《ほうまつ》同然に思えた。

「……わかりました。瀬織津姫様、この御命しかと承りましょう」

「うむ、引き受けてくれるか」

「つきましては、二親も我が眷属《けんぞく》として迎え入れます」

「まさか、そんな……」

「身に余る光栄でありますが、どうかお考え直しを。瘴気を負った眷属など、御名の穢れにしかなりません」

滝夜と千冬は慌てたが、道真の決意は揺るがない。

「終わりの見えない過酷な旅を、何の助けもないまま行けると思うか？　眷属とすることで、俺はおまえたちに寄る辺を与えてやれる」

滝夜と千冬は困り果てたように顔を見合わせる。

有り難くとも、畏《おそ》れ多過ぎる。そんな迷いをありありと覗《のぞ》かせるふたりに対し、道真は語勢を強めて言い添えた。

「たとえ俺が代わりを引き受けようとも、鬼王丸のまことの親はおまえたちだ。どれほど贖罪《しょくざい》の旅が辛《つら》かろうと、道半ばで倒れるような真似は許さん。鬼王丸が実の親を失うことがないように、俺はおまえたちを助ける」

親の責務を果たすためにも、必ず志を遂げてみせよ――道真の言葉を理解すれば、拒む理由は見当たらない。滝夜と千冬は身を震わせながら、深々と頭を下げた。

「やれ、これで一安心。妾も憂いなく高天原に帰れるというもの」

朗らかに笑う瀬織津姫に、道真は軽く肩をすくめる。

「すべて貴女の思惑通り――ですかな？」

「思惑とは随分じゃな。妾はただ、神と人の絆《きずな》を守りたいだけ」

瀬織津姫は道真の腕の中の鬼王丸を覗き込む。

すぐそばの赤子を眺めているようでいて、女神の眼差《まなざ》しはどこか遠い。

「人は変わる、世も変わる。流転が常である中で、神だけが変わらぬ訳にもいくまい。妾は創り出したいのじゃ、新しき神を」

「新しき神……それは一体、如何《いか》なるものです？」

「痴《し》れたことを問うでない。説けぬからこそ、新しいは新しい。しかし、そうじゃな。たとえば、瘴気のある者を眷属とし、なおかつその赤子を育てたりする神など、新しいと呼べるかもしれんのう」

悪戯《いたずら》めいた瀬織津姫の答えに、道真は大きく息を吐いた。

「なるほど。そもそもはじめから、俺は貴女の実験材料だったという訳ですか」

「期待しておるぞ。おぬしならばきっと、新しき神となれる」

「浄化の女神様はいつも無理難題ばかり申しつけなさる。思えば、はじめてお目にかかった折から、貴女の手酷《てひど》いやり口には泣かされ通しでした。すべての発端、勝手に土地神にされた時は心底お恨みしたものですが……」

道真はぶつぶつと恨み言をこぼしながらも、指を伸ばし、眠る鬼王丸の頬をなでる。やわやわと温かい感触はひどく懐かしく、胸の底から愛《いと》おしさがこみ上げてきた。

「神の端くれだからこそ、半人半鬼という難しい立場にあるこの子の一助となれる。瀬織津姫様、俺はいまはじめて感謝しておりますぞ。土地神となった己の運命に」

言葉に違《たが》わず、鬼王丸を眺める道真の顔は曇りのない幸福に満ちていた。

道真と行夜、情で繫《つな》がる親と子はこうして巡り逢《あ》った。

✿　✿　✿

天元元年（978年）節気は大暑、蟬の大音声が響き渡る頃に至った。

夜になればやや息をつけるものの、午中《ひるなか》の暑気はまだまだ強い。太陽はぎらぎらと照りつけ、眼下の者たちを容赦なく焦がす。

行夜はうんざりと色濃く晴れ上がった空を仰ぐ。鴨川《かもがわ》の川岸を歩きはじめて半刻《はんとき》が経った。きつい陽射しを避けるものはなく、川から吹いてくる風もぬるいばかりだ。

「……暑い」

「ですから、出歩かない方がいいと言ったんです」

隣を歩く男のぼやきに対し、行夜はそれ見たことかと言わんばかりの口調で答える。紺の褐衣《かちえ》に白の括袴《くくりばかま》、腰には黒鞘《くろざや》の太刀と、やたらと武張った恰好《かっこう》をした壮年の男の名は檜垣千冬。他でもない行夜の実父だ。

千冬の面相をひと言で表現するなら、おとなしい犬といったところか。のんびりとした面持ちは可愛げがあると言えなくもないが、どことなく眠たげで締まりがない。体つきも同様で、上背があり、肩も胸もそこそこ厚みがあるのに、何故かひょろりと頼りなげに見える。

とはいえ、わかる者にはわかるはず。ただ棒立っているように見えて、千冬にはまるで隙がない。特に双眼に宿る光は鋭く、どこまでも研ぎ澄まされている。

「そろそろ切り上げて、家に戻りませんか？」

「……だが、滝夜に」

千冬は妻の名を口にしたものの、あとはもごもごと口籠《くちごも》る。

ここぞと腹を括《くく》った時は別人のように堂々とふるまえるらしいが、行夜の知る限り千冬はとんでもなく口下手だ。都度都度、話の続きを待っていては日が暮れてしまう。

「確かに、母上から一刻は戻るなと言われましたが、家を出てから半刻は経っております。もう十分でしょう」

「……しかし、滝夜が」

「こういった機会に、ぜひとも父親らしいことをしてやって欲しいと、母上からよくよく請われているのは存じております。ですから、いつも通り、武芸の稽古《けいこ》をつけてくれと言ったじゃないですか」

「……それでも、滝夜が」

「ああ、毎回毎度、太刀で打ち合うだけじゃなく、他のやり方でも絆を深める努力をしてくれと言われたんですね」

「……だから、太刀は駄目だ」

会話と呼ぶにはいささか語弊のあるやり取りを終え、行夜は深いため息を落とす。

行夜の実の両親、千冬と滝夜が京の借屋を訪ねてきたのは今朝方のこと。怨嗟で穢《けが》れた魂を浄《きよ》めるために、夫婦は国中を旅して回り、人々に仇《あだ》なす鬼や物の怪《け》を退治している。

生まれた時から根づいている行夜と違い、後天的に負った怨嗟は浄め落とすことが不可能ではないらしい。救うと奪うは対を成す。他の命を救うことで、魂に沈殿した穢れはわずかながらも落とせるという。

無論、気が遠くなるほどの歳月がかかるだろうし、確実にすべてを浄化できるという保証もない。瀬織津姫によれば、少なくとも自身はそんな例を目にしたことがないという。古《いにしえ》の女神に覚えがないということは、要するにまだひとりもいないということだ。

しかし、たとえ無謀な試みであったとしても、挑まずに諦《あきら》めたくないという想いの下、千冬と滝夜は険しい浄めの路《みち》を選び、いまも歩み続けている。

そのような事情から、行夜が実親と会う機会は滅多にない。また、どこへ行くとも知れない旅の途中で訪ねてくるので、親子の対面はいつも前触れなく起こる。

行夜の母、滝夜は道真に挨拶《あいさつ》を済ませ、ひとしきり息子の成長に涙すると、ではとばかりに夫と息子を追い立てた。邪魔が入らない状態で、道真から息子の暮らしぶりを余さず聞き出したいというのが理由だ。

自分のいないところで、道真に自分のことを好き勝手に吹聴《ふいちょう》されるのは嫌で堪《たま》らない。だが、行夜は基本、両親とは良い関係を築きたいと思っている。だから、滝夜の望みを聞き入れ、こうして外に出てきている。

考えようによっては、怨嗟《えんさ》を継がせてしまうのを承知で生み、挙げ句道真に養育を押しつけた千冬と滝夜は随分と身勝手で無責任である。そんな両親に対し、幾度となく遣《や》る瀬ない怒りや寂しさを感じたものだ。

だが、どうしたって最後は、そんな両親だからこそ道真の義子になれたという、災い転じてなんとやらな思考に行き着いてしまう。たまに恨めしい気持ちがわいてもすぐに折り合いがついてしまうので、いまではもう会えばそれほどこだわりなく話ができる。

しかしながら、明るく活発な滝夜はともかく、千冬の方はどうにも接し辛い。行夜も決して褒められたものではないが、千冬の伝達能力はあまりに低過ぎる。

「このまま歩き回ったところで、母上のご希望には添えません。どうしてもあと半刻戻らないと言うなら、太刀の稽古をつけてください」

「……それでは、滝夜に」

「ご安心ください。父上がお叱りを受けないように、私が太刀稽古を望んだのだと、母上にお伝えします」

「……それなら」

ようやく千冬がうなずいたことに、行夜はやれやれと息を吐く。

昔、滝夜から聞いた話によると、千冬がこれほど口下手になってしまったのは、持って生まれた力のせいだという。

千冬は小さな頃から鬼が見えたせいで、母親から呪われた忌み子と嫌われた。ほどなく母から捨てられた千冬は、宮中の衛士であった祖父のもとで育てられ、長じて同じ役目に就いた。けれど、特異な力のせいで衛士仲間からも孤立し、いつしか表沙汰《おもてざ》《た》にできない物の怪の始末という裏務めを負わされるようになっていった。

家族にも仲間にも馴染《なじ》めなかった千冬は、ただひたすら太刀をふるい、敵を斬ることに専心していった。話す必要はない、ただ斬る。その繰り返しが、千冬の中から会話というものを消し去っていった。

そうやって誰とも口を利かず、十年以上が過ぎた頃だった。千冬が強い怨讐《おんしゅう》のせいで鬼女となった女と巡り会ったのは。

物の怪の始末だけが存在意義であった千冬にとって、鬼女は斬るべき敵であったし、鬼女にとってもまた、千冬は宿願を阻む敵のはずだった。しかし、殺し合うべく対峙《たいじ》したふたりはあろうことか恋におち、結ばれて、一男を生《な》した。それが行夜である。

それにしても、あの千冬がどうやって斯《か》くも多難な恋慕を成就させたのか、行夜にすれば不可能としか思えない。経緯が気にならないこともないが、親の恋愛事情を詳しく聞くのも気が進まないため、あえて触れないようにしている。

「では、場所を移しましょう」

行夜と千冬は踵《きびす》を返し、いま来た道を戻りはじめる。

ふたりの太刀稽古はいささか普通とは異なるので、人目を避ける必要があるためだ。

「三年前の稽古から、私も腕を磨いて参りました。今度こそ、父上と互角に打ち合ってみせますよ」

「……俺より、おまえの方が」

「才があると仰《おっしゃ》るんでしょう。ですが、私が手に入れたいのは守りたいものを必ず守れる強さです。それは才だけでは叶《かな》いません」

「……道真様は」

「わかっております。義父上《ちち》は随身気取りなど望んでいない。それどころか、私をできるだけ危険から遠ざけたいと思っている。昔も今も」

あの夜、道真はそばにいると約束してくれたが、それは行夜が本当に望むものとは少し違う。どんな時でも自分をそばに置いていて欲しいのだ。

己の慈しみに足をすくわれないようにと、晴明が懸念した通り、道真は情に溺《おぼ》れやすい。道真はたとえ命を狙われようと、討つよりまず相手の心情を汲《く》もうとする。それで改心すればいいが、逆につけ込む者も出てくるだろう。そんな時、自分こそが不届き者共を退けなければならないと、行夜は強く思っている。

「強い力を持っていても、使えなければないのと同じ。優しさは美徳ですが、言い換えれば甘いということ。だから、どんな相手も躊躇《ちゅうちょ》なく斬り捨てられる者が必要なんです。義父上がどう仰ろうと、私は太刀となり、御身をお守りせね――うわっ」

背後からいきなり千冬に手を引かれ、行夜は思わず声を上げた。

自分から手を取ってくるなど、普段の千冬からは考えられない行動である。訝《いぶか》しく思いながら、行夜はふり返る。

「いきなり、どうしたんですか」

背後をふり仰ぎ、行夜は驚きに目を見張る。

行夜の手をにぎる千冬はかつて目にしたことがないほど真剣な顔をしていた。

「……おまえの気持ちはわかる」

行夜はさらなる驚きに息を呑《の》む。

こちらを見下ろしてくる、まるで似通った箇所のない顔は昔と少しも変わらない。

行夜に会いに来る際に支障がないよう、神域を自由に出入りする権利を与えるために道真は千冬と滝夜を眷属《けんぞく》として迎え入れた。

穢れを負う者を従えるなど、神の規律が許さない。滝夜も千冬も、道真の神威を傷つける訳にはいかないと相当に固辞したが、道真はすべて行夜のためだと言い、聞く耳を持たなかったらしい。

主神が潰《つい》えぬ限り、眷属は寿命を保つことができる。つまり、主神と同じく不老不死の身となる。行夜が老いて死ぬ時も、千冬と滝夜はいっこうに年嵩《としかさ》を増さないまま、息子を見送るのだろう。

「……俺たちにとっても、道真様は大事だ。でも」

千冬はさらに力を込めて、行夜の手をにぎる。

正直なところ、なかなかに痛かったが、いつになく熱心に語ろうとする千冬を遮るのは忍びなく、行夜は黙って耐えた。

「おまえも大事だ。だから、無茶はするな」

思いがけない言葉に、行夜は目を瞬かす。

普段から愛情を惜しみなく伝えてくる滝夜なら、ここまで仰天しなかった。必要最低限以下しか話さず、また欠片《かけら》も情を覗《のぞ》かせない千冬が、まさかにこんな親らしい言葉をかけてくるとは。明日は矢が降るかもしれないと、若干本気で考えた。

「父上、その……ありが――」

「滝夜が泣くのは見たくない」

感謝を述べようとした行夜の口の端が引きつる。

息子を想う気持ちも嘘ではないだろうが、千冬の優先順位は常に妻が一番で、行夜は二どころか、ゆうに五十は次だろう。

それでも、千冬を責めることはできない。行夜とて、義父と実父のどちらを優先するかと聞かれれば迷わない。詰まるところ、似たもの親子という訳だ。

「わかっております。私も、義父上が泣くのは見たくありませんから」

不思議なことに、千冬は行夜の〈義父上〉と〈父上〉を正確に聞き分ける。

いまもまた、行夜の言う〈父〉がどちらなのか理解したうえでうなずき、手を放す。

「……ならいい。とにかく、死ぬな」

「死にませんよ、絶対に」

確かめるように、行夜は左手で己の右腕をつかむ。

この先、どんな危難が待ち受けていようとも、道真を守り抜ける強さが欲しい。そんな想いを込め、行夜は千冬を改めて見上げた。

「そういう訳ですから、残りの半刻は刃で話し合うことにしましょう」

「……ならば、容赦はせん」

「望むところです」

　行夜が不敵に笑えば、千冬もかすかに唇の端を上げる。

　千冬自身は気づいていないだろうが、太刀の鍛錬に集中した時、千冬は心から嬉々《きき》とした様子で笑う。千冬にとって、斬り合いこそが会話だったのだろう。

「鍛錬だけでなく、その方がずっと父上を理解できるとも思っていますよ」

意味が理解できない様子の千冬にもう一度笑いかけ、行夜は歩き出した。

「まあまあ、京に上ってからそのようなことが」

開け放たれた格子を背に、簀子縁《すのこえん》に腰を下ろした滝夜が感心したように声を上げた。

「ああ。櫛《くし》探しやら幽鬼退治やら、行夜は陰陽寮の学生としていろいろな経験を積んでいる。その都度、悩んだり苦しんだりしているが、すべて立派に乗り越えてきた。育ての親ながら鼻が高い」

奥の間で膝《ひざ》を崩し、脇息《きょうそく》にもたれかかった道真が得意げに語る。

「にぎわい華やぐ京で、おいそれと口外できぬ事情を抱えたあの子が果たしてやっていけるのかと案じておりましたが……安堵《あんど》しました。至らぬ点も多いとは思いますが、行夜も一端の殿御に成長した様子。それもこれも、道真様のおかげでございます」

滝夜は改めて指をつき、道真に感謝を述べた。

雪の肌に濃紺の双眸《そうぼう》、桔梗《ききょう》の花めいた繊麗な面差しは行夜とよく重なる。

鬼女となり、さらには道真の眷属となったことで、老いを止めたその顔は最早《もはや》行夜よりも幼く見える。生きた歳月でいえば、とうに不惑を超えているというのに。

行夜の母、滝夜は承平天慶の乱の首謀者のひとり、平将門の娘として生まれた。坂東《ばんどう》で幸福に過ごしていたが、十五歳の時に起こった争いによって、父と一族郎党は逆賊として朝廷軍に皆殺しにされた。ひとり生き残った滝夜は、怨《うら》みと嘆きを積もりに積もらせた果て、外道に堕《お》ちた。

魂を怨嗟《えんさ》で穢《けが》し、鬼女と化して二十余年。父たちの仇《かたき》を討たんと、滝夜は下総《しもうさ》の地で力を蓄えながら、機を窺《うかが》っていた。人を屠《ほふ》り続ければ、騒ぎが起きる。坂東に蠢《うごめ》く不穏な闇を察した朝廷はひとりの若武者を刺客として差し向けた。

朝廷に命じられ、捨て駒同然にやって来た若武者を滝夜は嘲笑《あざわら》った。

まずはこの憐《あわ》れな若武者を血祭りに上げ、宣戦布告として首を内裏に投げ込む。頭の中には復讐《ふくしゅう》の一念しかなかった。

しかし、どうしたことか気がつけば若武者と恋に落ち、子をもうけていた。父や一族郎党を殺された怒りや悲しみを忘れた訳ではない。だが、それ以上に千冬の手を取り、ひとりの女として母として、共に生きたいと願ってしまった。

敵同士でありながら、こうも惹《ひ》かれ合ってしまったのは、孤独に苦しむ者同士であったからだろうと、滝夜はしみじみと思う時がある。その心身の端々にまで染みついた、声を忘れてしまうほどの孤独を感じ取った瞬間、滝夜は千冬を抱きしめずにはおれなかった。ある意味、母性に近い恋慕だったのかもしれない。

だが、たとえ憎しみを捨てても、鬼女として犯した数々の過ちは許されず、また怨嗟を行夜に負わせてしまった罪はどうしたところで償い切れない。そんな良心の呵責《かしゃく》は滝夜を重く苛《さいな》むが、それでも愛し愛される夫と寄り添い、共におれずとも子が健やかなる成長を遂げている日々はどれほどの痛みを伴おうとも幸福と呼べる。

その後もひとしきり行夜の話題で盛り上がってから、道真はおもむろに被衣《かずき》をかぶった滝夜の頭部に視線を向けた。

「潜め方が上手《うま》くなったのでわかりづらいが、少し瘴気《しょうき》が薄れたように感じられる。角も少し縮んだのではないか？」

「左様でございますか？　己では測れませぬが……」

滝夜はうれしそうにほほえみ、被衣の上からこめかみに手を置く。

人と交わる際に累を及ぼさぬよう、滝夜は瘴気を潜める技の錬磨に余念がない。

「歩み続ければ、いつか必ず志を遂げられる。しかと励め」

「ありがとうございます。険しき路《みち》ですが、わたくしには罪をわかち合ってくれる者がおりますので。傍らに千冬がある限り、歩んでいけるかと」

「その点に関して、千冬は出来た夫だと思うておるがな……」

ただし、あの心配性はいただけんと、道真はうんざりと息を吐く。

己のことは棚に上げているが、自身の粗は自身が一番見えないものだ。

本来なら、風の通りが良い簀子縁に出たいのだが、後生ですからできるだけ妻と離れてくださいと千冬から拝み倒されて、致し方なく奥の間に引っ込んでいる。

ちなみに、自分が縁に出ると言えば、己なぞが奥に収まる訳にはいかないと今度は滝夜から懇願された。もはやどうこう言うつもりもないが、この夫婦、正直面倒臭い。

「……しかし、誰よりも過酷な路を行かねばならないのは、母の因果を負わされた行夜です。元はわたくしの罪科《とが》、何としてでもこの身で償い、また他に縋《すが》るなどあってはならないと重々承知しておりますが……道真様の深い慈しみに、あの子とわたくしたちがどれほど救われたことか。行夜は三界《さんがい》一の果報者でございます」

「いや、果報を得たのは俺の方だ。行夜がいなければ、俺は永遠に土地神である己を受け容《い》れられなかった。きっと、とうの昔に倦怠《けんたい》で身を滅ぼしていたに違いない」

道真もまた顔から笑みを消し、しみじみと述べる。

行夜の養育を託されてはじめて、土地神となった自分に意義が見出《みいだ》せた。瀬織津姫の思う壺《つぼ》と知りつつも、抱いたぬくもりから感じる幸福には抗《あらが》えなかった。

「行夜は負わされた宿命に怯《ひる》まず、己の生きる路を決めた。京に上って、陰陽師を目指したいと言われた時は心の内で泣いたものだ。とうとうその日がきたかと」

「如何《いか》に声高に鳴こうとも、あの子はまだ雛《ひな》でございます。なんと甘い親かと笑われましょうが、何卒《なにとぞ》いましばしの御慈悲を」

「おいおい、おかしな心配をするな。いくつになろうと、行夜は俺の子だ。ただ……行夜が真実俺を必要とする時は終わったのだと、そう思い知った。この先、転ぶこともあるだろうが、それでも慌てて駆け寄って、助け起こしてやらなくてもいいのだと」

道真は寂しげに笑い、肩をすくめる。

「とんだ言いがかりとはいえ、祟《たた》りだ怨霊《おんりょう》だと騒がれ、祀《まつ》り上げられた甲斐あって息子たちは都に帰参が叶《かな》った。そのおかげで孫たちは平穏に暮らせている。人の時分の憂いが消え、そのうえ行夜の手まで離れるとなれば、ますますもって我が身は軽くなる」

「……だから、怨霊を追おうと？」

遠慮を含みながら、それでも思い切った様子で滝夜は道真に問いかける。

少しの間、道真は黙したが、やがて重たげに口を開いた。

「半年前、おまえたちから、奥羽に不吉な影があると文をもらった時から考えてきたことだ。この機を逃せば、俺はきっと後悔する」

「ですが、あまりにも危険です。もし、諸神の知るところになれば」

「いまさらだな。俺はとうに後戻りの利かないところまで踏み出している」

「いいえ。いまならば、まだ」

「滝夜。どれほどの危険を冒そうとも、俺は突き止めたいんだ。菅原道真の仇討《かたきうち》とばかりに祟りをなしたものの正体を」

穏やかながらも断固として言い渡され、滝夜は悲しげにうつむく。

「心配をかけて、すまん。だが、此度の俺の行動は無謀かもしれないが無策ではない。

できる限りの手は打ってある。たとえどのような顚末《てんまつ》になろうとも、おまえたちや行夜を巻き込むような真似だけはしないと誓う。だから――」

「そのような切ないことを仰《おお》せ下さいますな。わたくしたちにとって、大恩ある道真様のお役に立てることは喜びなのですから。特にあの子……行夜にすれば、御身から遠ざけられることこそがなによりも深い傷になりましょう」

「俺に報いたいというのなら、この願いを遂げさせてくれ。実は、ひと月半ほど前に江口で骸《むくろ》が上がった。過去や奥羽と同じ、干からびた骸だ。まんまとしてやられた恰好《かっこう》だが、収穫がなかった訳じゃない」

「と、仰《おっしゃ》いますと？」

「怨霊の姿を捉《とら》えることができた。見たのは晴明の式神で、話によると若い僧らしい」

「なんと、まあ……ついに件《くだん》の怨霊の尻尾《しっぽ》をつかんだということですね」

「ああ。とはいえ、江口で九人の娘を屠ったあとは息を潜めている。京に入ったことは間違いないんだが……」

　不思議なことに、晴明はより間近、洛外《らくがい》の周辺には見張りを置いていなかった。江口で耳にしたひと言が重なり、道真にすれば、まるで晴明が怨霊を京に呼び寄せたがっているように思えてならない。

「あと、鵺《ぬえ》を連れていることもわかった。これがどうも、時平のようだ」

「道真様を陥れた、あの藤原時平でございますか？」

「見てみぬことにはなんとも言えんが、そうだな。件の怨霊が時平の魂を奪ったというのは考えられる。いずれにせよ、怨霊を追えばわかることだ」

真実が白日の下に曝《さら》された時、果たして何がつきつけられるのか。

じわじわとこみ上げてきた不安を払い、道真はあえて軽い調子で滝夜に語りかけた。

「とにかく、心配は無用だ。この件には晴明も乗り出している。怨霊退治において、あれほど頼りになる味方もそうはおるまい？」

「ですが、道真様の名を騙《かた》る怨霊は危険極まる存在です。決して御身を軽んじられることのなきよう。どうかどうか」

「わかっている。俺とて二度目の命を粗末にするつもりはない。ありがとう、滝夜。おまえの心尽くしはしかと受け取ったぞ」

「もったいない御言葉でございます。嗚呼《ああ》、せめて我らが守りにつければ」

「おまえたちは、自身の為《な》すべきことを為せ。それより、行夜たちはまだか？　一刻はとうに過ぎたと思うが」

滝夜は頬に手をあて、憂いを帯びた息を吐く。

「どうせまた、打ち合いに夢中になっているのでしょう」

「あいつらの稽古《けいこ》は加減を知らんからなあ」

「少しは違うやり方で父子の情を交わしてくれと頼んでおるのですが……ほとほと困ったものです。いつもボロ布のようになって、あれでは喧嘩《けんか》と変わりませぬ」

滝夜の嘆き混じりの予想通り。

しばしのち、双方そろって酷《ひど》い有り様となった親子が戻ってきた。

道真と行夜の住まいに一泊したのち、千冬と滝夜はまた旅立っていった。

次に会うのは何年後だろうか。遠ざかっていくふたつの背中を見送りながら、行夜は両親が恙《つつが》なく浄《きよ》めの路《みち》を歩いてゆけるようにと願った。

両親の来訪という突発的な波風があったものの、一夜明ければまた、陰陽寮で講義を受ける日々がはじまる。それから十日ほどは特に何事もなく、少なくとも表向きは平穏無事に過ぎていった。

「このところ吉昌様の講義がありませんね」

ちょうど講義が天文学だったからか、学生のひとりが思い出した風に声を上げた。

「ああ、そうだな。俺も気になっていた」

「長く間を空けることなど、これまではなかったのに」

ささやき合う学生たちの声はどこか沈みがちに聞こえる。

憧《あこが》れの存在である天文得業生はやはり目立つ存在だ。華やかな恋の遍歴がいささか妬《ねた》ましくとも、あの煌《きら》びやかな姿を長く欠くと物寂しくなってくるらしい。

「他の博士たちに尋ねても、さあと首をひねるばかりだしなあ」

「おい、行夜。何か聞いてないのか？」

吉昌から供を命じられることが多かったせいで水を向けられる。とはいえ、期待を裏切って悪いが行夜も何も知らない。

「いいえ、特には」

行夜は答えながら、胸中で不安が靄《もや》のように広がっていくのを感じた。

吉昌と時を同じくして、吉平も見かけなくなった。記憶を遡《さかのぼ》れば……ちょうど千冬と滝夜の訪れがあったあたりを境に、兄弟は陰陽寮から姿を消したように思える。

「おお、そうだ。行夜、頼んでいたアレなんだが……」

先輩学生のひとりがすり寄ってきて、不気味な上目づかいで窺《うかが》ってくる。

「心配されなくとも、ちゃんと預かってきております。どうぞ。あと、道真殿からの託《ことづ》けです。合歓《ねむ》の花を添えろと」

行夜は手荷物の中から木簡を取り出し、渡す。

木簡には流麗な筆遣いで和歌が書き付けられている。

預かる際に、この和歌は春秋《しゅんじゅう》時代の西施《せいし》にちなんだものだの、西施は楊貴妃《ようきひ》と並ぶ傾国の美女で、合歓の花に喩《たと》えられていただの、道真から蘊蓄《うんちく》をたらふく聞かされたが、まるで興味がないのでよく覚えていない。

「いやはや、ありがたい！　合歓の花だな、相わかった」

先輩学生は木簡を押し抱きながら、添削済みの和歌を繰り返している。

察するに、彼もまた合歓の意味合いを知らないようだが、行夜に説明をつけ加えるつもりはない。知識とは己から求めねば得られぬものだと相場が決まっている。

「そういえば、道真殿もしばらく陰陽寮にお見えになってませんね」

誰かのつぶやきに、再び学生たちにそうだそうだの波が広がる。

「こうして行夜を介して添削や回答をもらえるのはありがたいが、やはり直《じか》に教授いただきたい」

「本当にな。なあ、行夜。道真殿の御多忙はまだ収まらんのか？」

「……ええ。どうにも所用が立て込んでいるようで」

行夜は胸の内の不機嫌が漏れ出ないよう、苦心しながら答える。

安倍兄弟のみならず、両親の来訪以降、道真にも妙な動きが増えたように感じる。

不在が続いた折の迷惑と不便を散々訴えたせいか、さっきの歌の添削のように学生たちの依頼はこなしてくれるし、夜は必ず帰ってくるようになった。

だが、陰陽寮に足を運ぶことはなくなった。朝は一緒に家を出るが、いつも途中で別れてそれきりだ。以降は夕刻まで何処でなにをしているか知れない。

「こう誰も彼もいないばかりだと、なにやら不安な心持ちになってくるな」

「不在といえば。ここ七日ほど、芳男も顔を見せていません」

「珍しいこともあるものだ。ひょっとして、生家で何かあったのではないか？」

言われてみればと、行夜はあたりを見回す。確かに、部屋に散らばる学生の中に芳男の姿はなかった。

このところ、道真の挙動が気になって、それ以外が疎《おろそ》かになっている。芳男の不在に気づけなかったほど、他が目に入っていない。

「もっと、集中しなければ……」

己を戒めるようにつぶやき、行夜は部屋をあとにした。


道真や安倍兄弟の動向は気になるものの、まずは己のするべきことに集中しようという決意を胸に行夜は家路を急ぐ。

けれど、朱雀門を出て、洛中《らくちゅう》に向かう通りに出たところで足が止まった。

「芳男殿……？」

行き交う人々の中、偶然にもよく見知った横顔が飛び込んできた。

声をかけようとして、思い止《とど》まる。

芳男の様子は明らかにおかしかった。往来の左右にひしめく屋の軒のひとつに身を潜め、何かを窺うように目を凝らしている。

ひととき行夜は逡巡《しゅんじゅん》する。

遠目にも芳男が何か問題を抱え、思い詰めているのは明らかだった。次第によっては力になれるかもしれないが、芳男が望むかどうか。

誰だって、知られたくないことがあるものだ。芳男のように矜持《きょうじ》が高い者は特に。

迷惑がられるかもしれない。しかし……行夜は迷いを捨て、踏み出す。

道真なら、芳男に声をかけるはず。なにより放っておいてはならないという予感が胸を騒がす。それは警鐘のごとく行夜の背を押し進めた。

「芳男殿」

穏便に声をかけたつもりであったが、かなり驚かせてしまったらしい。声こそ上げなかったものの、芳男は骨ばった肩を大きく上下させた。

「……あ、ああ。行夜か」

「驚かせてすみません。お姿が目に入ったもので」

「あ、いや。こちらこそ、すまん。少しびっくりして……」

芳男はしどろもどろに答えながら、しきりに額の汗をぬぐう。

芳男の顔色は優れない。時節とはいえ汗も酷く、もしかしたら暑気あたりを起こしているかもしれないと行夜は眉《まゆ》を寄せた。

「芳男殿。もしかして、体調が優れぬのでは？　どこかで少し休まれた方が」

「いいや、問題ない。すまんが、いま手が放せん状況でな。悪いが、これで──」

「何かを見張っておいでか？　先程から隠れるように身を潜め、往来の様子を注視していらっしゃる。まるで、誰かが通りかかるのを待ち受けているかのようだ」

言い逃れの隙を封じるように、行夜は一息に言葉を重ねていく。

「勤勉な芳男殿が講義より大事とされる事態が気にかかります。こうして行き合ったのもなにかの縁。お話しいただけませんか？」

芳男は苦しげに唸《うな》ったが、観念したように話しはじめる。

「……女を、小雪《こゆき》を待っているのだ。覚えておるか？　以前、道真殿に文の手助けをしてもらった五条の屋敷の女房だ」

ああと、行夜はうなずく。

陰陽寮で、ようやく返歌を頂戴《ちょうだい》できたと喜んでいた姿は記憶に新しい。

「あれより仲睦《むつ》まじくしておったのだが……先頃、小雪の母御である初殿《はつ》が病に倒れた。その看病のために、小雪は屋敷を下がった。生家には父御と十歳になる弟しかおらんのでな」

芳男の語るところに拠《よ》れば、小雪が生家に戻ったおかげで、以前よりずっと逢《あ》いやすくはなったものの、初の体調はどうにも思わしくない状態が続いた。ここひと月ばかりは身を起こすのもやっとで弱っていくばかり。これでは夏は到底越せまいと、皆で案じていたらしい。

「だが、あるとき、小雪が妙な薬を持ち帰ってきた」

どこで、誰に処方してもらったものか。幾度問い質《ただ》しても、小雪は首を傾げるばかりでいっこうに要領を得ない。しかし、絶対に母に飲ますのだと言って聞かず、とうとう芳男や家族の制止をふり切り、与えてしまった。

「薬どころか毒にでもなったらと、俺も、小雪の父御や弟も気が気でなかったが……どうやら薬自体は本物であったようで、初の容体は目に見えて快復した。

けれど、出処は謎のままであるし、小雪も覚えていないの一点張りだった。疑いたくはなかったが、母を救いたいあまりに、小雪が盗みでもしたのではないかと、芳男は気が気でなかったという。

「問い質そうとも考えたが、そもそも小雪は素直な性質で、嘘や隠し事があれば必ず態度や言葉に出てしまう。しかし、そんな素ぶりはまるで見受けられなかった。挙げ句には、平癒祈願に毎夕と寺に参っておったから、御仏が御慈悲をくだされたのだと言い出してな。父御や弟もついには鵜呑《うの》みにして、ありがたがる始末だ」

芳男は大きく息を吐くと、嘆かわしげに首をふる。

意外に思われがちだが、陰陽寮に身を置く者は現実主義者が多い。特に芳男のように観測や算学に長じた者はその傾向が強い。数字の成り立ちこそが正義で、呪法《じゅほう》や怪異といった曖昧《あいまい》なものよりはるかに信頼できると、そんな風に考えている節がある。

思考の基づきに違いはあるものの、行夜も概《おおむ》ね芳男に同意できる。御仏が薬をくだされたなど、そんな話は到底信じられない。

「納得はできないが、薬のおかげで母御が持ち直したのは事実だ。それで終わるなら俺も忘れようと思った。だが……」

「一度では終わらなかった？」

「ああ、そうだ。翌日、小雪がまた薬を持ち帰ってきた。それもやはり、どうやって手に入れたかは記憶にないと言う。それでも、寺から帰る途中の出来事なのだから、絶対に御仏の慈悲に違いないと。その頃からだ、小雪がはっきりとおかしくなったのは。なんというか……目がこちらを見ていない。母御や家内の世話は滞りなくこなすし、話し掛ければ返事もする。だが、心がそこにない。いつも遠くを見てぼうとしている」

危ない症候だと、行夜は胸中でつぶやく。

小雪は何か良からぬものに憑《つ》かれているのかもしれない。

「どうにも嫌な心持ちがしてな。小雪の弟の竹丸《たけまる》に次は共に行ってくれと頼んだ。しかし、上手《うま》くいかなかった。竹丸が言うには、気が付いたら小雪はいなくなっていたと」

「……戻ってきた小雪殿はまた薬を手にされていた」

「そうだ。竹丸は姉とはぐれぬよう、ずっと隣にいたのにと泣いていた。埒《らち》が明かぬと思い、次は俺がついた。だが、結果は同じ。いつの間にか小雪は消えている。次も、また次も同じ。三度同じことを繰り返して、これでは駄目だと思い知った」

「それで、密《ひそ》かにあとを尾《つ》けようと？」

「ああ。隠れて見張れば、小雪を誑《たぶら》かすものの正体がつかめるかもしれんと思ってな」

一通り話を聞き終えた行夜は考えを巡らせる。

小雪に薬を渡しているのはおそらく物の怪《け》の類《たぐい》だろう。話を聞いた限り、小雪はすでに相当取り込まれている状態にある。早急に対処せねば、命を落とすかもしれない。

芳男も注意深く見張っていたはず。それなのに、欠片《かけら》も隙を覗《のぞ》かせないとは只者《ただもの》ではない。おそらく、高い知能を備えている。

仮に小雪を誑かすものの正体を突き止められたとしても、芳男だけで太刀打ちできるような生易しい相手ではない気がする。もしかしたら、返り討ちに遭ってしまうかもしれない。

「よくわかりました。私から見ても、小雪殿は怪事の只中におられるように思えます。正直なところ、いち早く陰陽寮の方々に相談すべきだったと思いますが、いまそれをここで言ってもはじまりません。ですから、急場の凌《しの》ぎとして私がご一緒します」

「え……？」

行夜さまぁと、影の中から飛虎が呼びかけてきたが、行夜は黙殺する。

飛虎の心配はもっともだ。行夜自身、危ない橋を渡ろうとしている自覚はある。だが、このまま見過ごすことなどできない。

「芳男殿は三度も小雪殿に付き添われている。つまり、向こうに顔を見られている可能性が高く、見張りには不向きです。芳男殿は、小雪殿のそばについていてください。私があとを追います」

「しかし……」

「躊躇《ちゅうちょ》している暇があると？　次こそ小雪殿の命が危ないかもしれないのですよ？」

ぎくりと、芳男は身を強張《こわば》らせる。やはり、その不安は強いらしい。

「私に対する心配は無用です。こう見えて、腕っぷしにはまあまあ自信があります」

事実、行夜の太刀の腕前はいまや千冬にも引けを取らない。先日の稽古《けいこ》でも、確かな手応《てごた》えを得ている。

助けは請いたいが、後輩を危険に巻き込んでいいものか、どうか。芳男は答えを求めるように視線を彷徨《さまよ》わせていたが、不意に両目を見開いた。

「小雪っ……！」

芳男の視線の先には年若い娘の姿があった。

ふわふわと妙に定まらぬ目をしながらも、娘の足取りは早く軽い。

「行ってください。ぐずぐずしないで！　さ、早く！」

行夜に強く促され、芳男は弾《はじ》かれたように小雪に駆け寄っていく。

隣に並んだ芳男が一言、二言と声をかけたが、傍目《はため》にも小雪の反応は薄い。どうやら症候は悪化している。

間を置き、行夜も軒の陰から通りに踏み出す。

道真がここにいれば、必ず芳男に手を貸したはず。困っている者を見捨てるような真似は断じてできない。

その一心で、行夜は芳男たちのあとを追った。

小雪が向かったのは音羽山《おとわやま》の裾野《すその》にある金剛寺《こんごうじ》であった。傍らにのびる坂をさらに上れば名高い清水寺《きよみずでら》に行き着く。

行夜は一定の距離を置き、あたりに注意を払いながら、芳男と小雪のあとを追った。

相手がいつ現れるかわからない以上、寸分たりとも油断はできない。とはいえ、京きっての名所のそばだけに、通りは老若男女でにぎわっている。これだけ人目があれば、向こうもおいそれと妙な真似はできないはずだ。

ただ、一歩往来を外れれば途端に堆《うずたか》く木々がそびえる林が広がる。万が一、こういった場所に踏み込まれたら厄介だ。一度見失えば、探し出すのは容易ではない。

警戒に神経を尖《とが》らす行夜と芳男を余所《よそ》に、小雪は楽しげな足取りで進んでいく。

やがて、金剛寺にたどり着き、一通り参拝を済ませると、小雪は行きと変わらぬ歩調で帰路につく。芳男の話では、小雪を見失うのはいつも帰り道だというが……こめかみから滴る汗をぬぐい、行夜はいっそう気を引き締める。

そのとき、小雪がつっと角を折れた。小さな足は躊躇《ためら》いもなく、行きと違う小路に踏み込んで行く。竹林に挟まれた狭い道は薄暗く人気がない。

角を曲がる一瞬、芳男が物言いたげにこちらに目配《めくば》せしてくる。

極々小さく、行夜はうなずきを返した。

小雪を引き留めようかとも思ったが、下手な動きは向こうの警戒を呼ぶ。小雪が術にかかっているとしたら、相手をおびき寄せ、その正体を確かめなくてはならない。

来るなら来いと、行夜が目を細めた瞬間——何処から巻き起こったのか、むわむわと重たく立ち込める暑気の合間を縫い、一陣の風が吹き抜けていく。ぬるく湿ったそれは絡みつくような瘴気《しょうき》をはらんでいた。

行夜が異常を察したのと同時に、芳男と並んで歩いていたはずの小雪が忽然《こつぜん》と消えた。遅れて気づいた芳男が大声を上げる。

「小雪？　小雪っ！　行夜、小雪がまたっ……」

「芳男殿、落ち着いてください。小雪殿は消えた訳ではありません。これは目くらまし。さっき風が吹いたんでしょう？　あれは術だったんです」

駆け寄った行夜の話を聞いても芳男は理解が追いつかない様子であったが、いまは詳しく説明している刻《とき》はない。

「とにかく、小雪殿は近くにおります。飛虎、追えるか？」

「はあい、お任せくださーい！」

飛虎は飛び出してくると、早速地面に向かってふんふんと鼻を鳴らす。

「ひゃっ……！　ゆ、行夜。この生きものは一体、なんだ？」

「私が使役している霊獣で、飛虎といいます。頼りになる相棒ですよ」

「へ、へえ……これが式神というものか。はじめて見たが、存外可愛らしいな」

行夜の期待通り、飛虎はいくらも経たないうちにピンッと尻尾《しっぽ》を立てると、「見つけましたぁ」と叫んだ。

「偉いぞ。では、案内してくれ」

「はいはーい！　こちらです！」

飛虎は元気いっぱいに吠《ほ》え、走り出す。

「芳男殿、行きますよ！」

「え、あ。ま、待ってくれ！」

飛虎の先導に続き、行夜は道端の竹林に駆け込む。

芳男も慌ててあとを追った。

生い茂る竹葉をはらいながら、行夜たちはひた走る。

ぎゃあと、上空のどこかで鴉《からす》の鳴き声が不気味に響く。けたたましい羽音が次第に遠ざかっていき——……いきなり竹葉の茂みが途切れた。

竹林を丸く刳《く》り貫《ぬ》いたかのような空間に踏み込んだ行夜たちは、その中心でひざまずく小雪を見つけた。

小雪は頭《こうべ》を垂れ、手をすり合わせながら、前に立つ僧形の男を一心不乱に拝んでいた。

「これはこれは。招かざる客人がお見えのようだ」

ひしめき合う竹々が織り成す影の下で、痩身長軀《そうしんちょうく》の僧がひっそりとほほえむ。

墨色の裳付衣、同じ色の石帯。下には白の小袖《こそで》に脛巾《はばき》。手入れの行き届いた剃髪《ていはつ》に首から数珠《じゅず》を下げている。絵に描いたような遊行の僧だ。

物腰は落ち着いているが、僧は随分と若く見えた。おそらく行夜ともそれほど年齢差がないだろう。ほっそりとした面立ちは端整で気品高く、こんな状況でなければ感じ入るほどに清廉な徳を漂わせている。

だが、しかし——。

「おまっ、おまえが小雪を誑かす者かっ」

荒々しく声を上げ、僧に近づこうとした芳男の肩を行夜は全力でつかむ。

行夜は一瞬で十上がった咽喉《のど》をなんとか動かし唾《つば》を飲む。それで辛うじて声が出せた。

「……芳男殿。あれに迂闊《うかつ》に近づかれるな」

「行夜、どうした？　なにやら顔色が」

「芳男殿、猶予がないので手短に言います。いますぐ小雪殿を連れて、逃げてください。あの僧は私が引きつけます。ですから、その隙に小雪殿を」

「何故だ？　ふたりでかかれば、あのような華奢《きゃしゃ》な僧ひとり――」

「いいからっ。何も聞かず、私の言うことに従ってください！」

行夜の剣幕に圧《お》され、芳男は黙る。

「行く手は飛虎が先導します。飛虎、いいな？」

「ゆ、行夜様ぁ」

行夜と同じく、あの僧が桁外《けたはず》れの化け物だと察しているのだろう、飛虎はぶるぶると全身を震わせていた。

「芳男殿。走り出したら、決してふり返ってはなりません。陰陽寮を目指して、ひたすら駆けてください。着いたら、然《し》かるべき方に小雪殿の処置を託してください。わかりましたか？」

芳男はぎこちなく首をたてにふる。

「あと、飛虎は芳男殿たちを竹林の外に連れ出したら、すぐに戻って来い。間違っても、義父上《ちち》に報《しら》せようとは思うな」

「でも、でもっ」

「駄目だ。力が使えない義父上を危険に曝《さら》すような真似はできない」

頑と言い渡し、行夜は悠然と立つ僧をにらむ。

どこまでも涼しげな顔に視線を据えたまま、行夜は音が鳴るほどきつく、衣の上から右腕をにぎる。

「……走れっ！」

行夜の号令に弾かれ、芳男は小雪めがけて駆け出す。

一方で、行夜もまた僧に猛然と詰め寄る。

走りながら、右腕で空を横薙《な》ぐ。すぐさま凄《すさ》まじい勢いで腕を這《は》い伝った黒蛇が袂《たもと》から飛び出し、虚空に牙《きば》を剝《む》いた。

黒蛇は仄《ほの》かな輝きを放ちながら姿を変えていく。瞬くうちに、行夜の右手にはひとふりの太刀が収まっていた。

反りがある刀身は二尺五寸ほど。柄《つか》の色は行夜の目と同じ濃紺、鍔《つば》の文様は八文字に蜷局《とぐろ》を巻く黒蛇で、燐光《りんこう》を放つ月白の刃は瘴気を纏《まと》いながらも壮麗な威儀を帯びている。

行夜は柄を両手でにぎり直す。鬼火は使えない。読み違えれば、そばにいる小雪を巻き添えにしてしまう。

だとすれば、まずは斬り込むのみ。

行夜は飛ぶ勢いで距離を詰めると、僧と小雪の狭間《はざま》に割り入り、太刀をふるう。

人間離れした跳躍力で、僧は迫りくる刃を難なくかわす。

だが、行夜に動揺はない。

簡単に倒せる相手でないのはわかっている。なにより、端《はな》から斬り伏せることが目的ではない。僧と小雪を引き離せればそれで十分だ。

「芳男殿！」

行夜の呼びかけに、芳男はおおうと雄叫《おたけ》びの様な返事を上げると、残りの距離を詰め、小雪を諸手《もろて》に抱え込む。

「飛虎、ふたりを頼んだぞ！」

「はあぁぁい！　行夜さま、どうかお気をつけて！」

「ゆ、行夜っ。頼むから、死ぬなよっ」

飛虎が走り出し、小雪を肩に担ぎ上げた芳男も続く。

遠ざかっていく足音を背中で聞きながら行夜は腰を落とし、太刀を構え直す。

手間暇かけた獲物を捕り逃がしたことが惜しくないのか、僧は相変わらず平然と笑ったままで、特に悔しがる様子もない。

「おまえ……何者だ？」

答えるはずがないと思いながらも、行夜は問う。

正体を問い質《ただ》さずにはいられないほどに、僧は不気味でおどろおどろしく、なにより底知れなかった。

「何者？　何者とはまた……それはこちらが問いたい。はても奇妙な。おまえが人でないのはわかるが、さりとて鬼とも違う。しかし、まあ……その太刀はまるで角のよう。さては鬼と人の落とし子、大方そんなところか？　半端者とはなんとも憐《あわ》れな」

「そういうおまえはなんだ？　僧のナリを装う狐狸《こり》か？　五行の理《ことわり》からこぼれ落ちた物の怪《け》か？　それとも……恨みを募らせた人の成れの果てか？」

口元では笑みを象《かたど》ったまま、僧の双眸が釣り上がる。

にわかに、頭上から黒い影が差した。

本能で危機を察し、行夜は横合いに飛ぶ。

寸分も置かず、凄まじい轟音《ごうおん》と共に、先程まで行夜が立っていた場所に黒い雷光が落ちてくる。目が眩《くら》むほどの閃光《せんこう》と共に地が砕け、激しい火花が散った。

「ほう、避《よ》けたか。勘だけは良いと見える」

僧は嘲笑《ちょうしょう》混じりにつぶやくと、すっと地面に手をかざし、くいと上げる。すると、見えない糸に引かれたように地面が盛り上がり、赤子ほどの山が三つ築かれた。

「果てろ」

僧のつぶやきに添い、土塊が蠢《うごめ》く。ごばりと耳障りな破裂音をたて、ふたつに割れた土塊の中から現れたのは赤黒い狼。三匹の狼はそろって裂けた口から咆哮《ほうこう》を上げ、行夜に飛びかかってきた。

行夜は突っ込んできた一匹目をかわし、首を狙ってきた二匹目の胴を刃で薙ぐ。裂けた端から狼は塵《ちり》となって散っていく。その合間にも、返す刃で左足に喰《く》らいつこうとした三匹目の頭蓋《ずがい》を叩《たた》き斬り、再び襲いかかってきた一匹目に鬼火をぶつける。

術による攻撃を凌《しの》ぎ、行夜は僧に注意を戻そうとしたが、またも上空から黒影が差す。

「遅い」

にたりと、世にも禍々《まがまが》しく僧が口角を上げる。

轟音を伴う黒雷《こくらい》が行夜を頭から撃とうとした――瞬間。

体の奥底から熱波が駆け上がってくる。そんな未知の感覚に戸惑う間もなく、行夜の体から黄金に輝く雷光が矢のごとく迸《ほとばし》り、襲い来る黒雷を打ち砕いた。

「なにっ……」

余程驚いたのか、僧の表情からはじめて笑みが消え去る。

しかしながら、それは行夜も同様で、我が身に何が起こったのかわからないまま、唖《あ》然《ぜん》と上空を仰ぐ。

黄金の雷光は煌々《こうこう》とした光を引きながら、空で四方に散っていく。あたりに残る仄《ほの》かな白梅の香りに気づき、行夜はようやく事の次第が呑《の》み込めた。

雷光と白梅は道真の神としての象徴である。白梅香《はくばいこう》を醸しながら散っていったあの黄金の光は間違いなく道真の神力だろう。

赤子の頃、行夜は道真の神力を乳がわりに与えられていた。その影響で、いまも行夜の魂には道真の神力の欠片《かけら》が宿っている。おそらく、その欠片が効力を発し、防壁を成してくれたに違いない。

「白梅香……」

僧の咽喉《のど》の奥から擦《かす》れた声がこぼれ落ちる。

一体、白梅香の何がそこまで僧を驚かせたのか。よくわからなかったが、はっきりと見て取れるほどに僧は呆然《ぼうぜん》としていた。

だが、行夜にとって重要なのは僧が驚いた原因ではなく、これが絶対に逃してはならない隙だということだった。

行夜は左手をかかげると、渾身《こんしん》の力で鬼火を放つ。

奇襲は成功。どうっと重たい衝撃音を響かせながら、僧は蒼《あお》い炎の塊と一緒くたになって後方の竹藪《たけやぶ》まで吹き飛んだ。

いまのうちに逃げるか。それとも。肩で息をしながら、思案を巡らす行夜の耳朶《じだ》に信じられない声が飛び込んできた。

「行夜！」

飛虎を引き連れた道真が息を切らせながら駆け寄ってくる。

「義父上、なんでっ……飛虎！」

飛虎はキャンッと怯《おび》えた声を上げ、道真のうしろに隠れた。

「飛虎！　義父上には報せるなと言っただろう！」

「違う違う、飛虎は悪くないぞ。偶々《たまたま》行き合ったんだ」

そんな偶然があるはずないと反論しようとして、行夜は気づく。

飛虎が行夜の言いつけに背き、道真を呼びに行ったとしても、これほど短い刻《とき》で戻って来られるはずがない。

では、本当に偶々なのか。いや違う。道真が近くにいたことが偶然ではないのだ。

僧が倒れ込んでいるはずの、焼け焦げた竹藪をにらみ、行夜は道真に問う。

「……あれが義父《ちち》上の追っていたものなのですね？」

「行夜、まずは話を――」

「あれは何です？　信じられないほど闇深く禍々しい。まるで、怨嗟《えんさ》の化身。涸《か》れることなくわき続ける恨みの――」

行夜は道真の制止も耳に入らず、一方的にまくし立てたが、やがてあることに気付き、言葉を止める。

あの僧は黒雷を呼んだ。

道真の名を騙《かた》る怨霊《おんりょう》もそうだった。疫病、飢餓や天災を齎《もたら》し、道真を陥れた者たちを次々に死に至らしめた果て、清涼殿に黒雷の鉄槌《てっつい》をくだした。

どうしてすぐに思い至らなかったのか。点と点のつながりが導き出す答えはあまりに明白だというのに。

「あれが……義父上の名を騙り、数々の災厄を起こした怨霊なのですね。ならば、いまここで息の根を止めます」

もはや、行夜の脳裏に撤退の念は跡形もない。きつくにぎり締めた柄《つか》が殺気に呼応するように唸《うな》りを立てる。

「行夜、ならん。ここはいったん退け」

「嫌です。逃せば、あれはまた義父上の名を騙る」

「行夜、頼む。向こうはおまえが思うより、ずっと——」

道真の訴えを遮るように、竹藪が荒々しく鳴りはじめる。

かと思うや、乾いた大量の青葉がざあっと渦を巻き、舞い上がった。

「……ああ、ああ。白梅香にその御声。間違いない……」

感極まった僧の声が竹林にわんわんとこだまする。

先刻ぶつけた鬼火がまるで利いていないことに行夜は舌を打ち、道真をふり返る。

いますぐ逃げて欲しいと伝えるつもりだったが、道真の尋常ならない様子に行夜は言葉を失った。

道真は瘧《おこり》のように体を震わせながら、呼吸も瞬《まばた》きも忘れたかのように竹葉の渦を見つめていた。

「義父……」

「そんなはず……だが、その声は……恵俊《けいしゅん》なのか？」

行夜の声を遮り、道真は竹葉の渦に呼びかける。

すると、急速に竹葉が逆巻きだし、頭上高く飛び去った。

「……また、我が名を呼んでもらえようとは」

竹葉をはらい、姿を現わした僧は陶酔に満ちた表情で道真をひたと見つめ返す。

対極に、道真の顔が絶望に塗り潰《つぶ》される。

目に映るものが信じられない。いや、信じたくないと、大きく震え、皮膚を破りかねないほどきつくにぎり込まれた拳《こぶし》が如実に物語っていた。

「……やはり、恵俊」

「お久しゅうございます、道真公。いえ……義父上《ちちうえ》」

行夜は耳を疑う。

どうして、件の怨霊が道真をそんな風に、自分と同じように呼ぶのか。

「こうして再びまみえることをどれほど夢に見たか。いまや天満大自在天神、西海の土地神であられる尊き義父上に、穢《けが》れた身を曝《さら》すなど慚愧《ざんき》に堪えません。ですが……胸を震わす喜悦は偽りようもなく。どうか御目を汚す罪をお許しください。ところで」

恵俊。どうやらそれが名らしい僧はうっそりと目を細める。

「その小童《こわっぱ》が気にかかります。先刻から義父上、義父上と、なんとも耳障りな呼称で貴方《あなた》を呼ばう……。義父上の慈悲深さはようよう存じておりますが、そのような下賤《げせん》な拾いものは感心致しません。御名に障りますぞ」

「黙れっ。おまえ、一体っ――」

「やめろ、恵俊。この子は関係ない」

見え透いた煽動《せんどう》に噛《か》みつく行夜を庇《かば》うように、道真は前に出る。

「これは俺とおまえの問題。そうだろ？」

「義父上、まだそんなっ」

「行夜、下がれ！　おまえは口を出すな！」

かつてなく厳しく制されて、行夜は口を閉ざす。

道真は小さく息を吐くと、恵俊に向き直る。

「恵俊。俺が尋ねたいことはひとつだ。かつて、京を震撼《しんかん》させた祟《たた》りの数々。あれを為《な》したのは……おまえなのか？」

ひとときの間を置いて、恵俊は静かに頭を下げる。

「はい。御賢察の通り、すべて私の仕業でございます」

道真の肩が大きく落ちる。

覚悟していても、到底悲嘆が抑え切れない。そんな様子だった。

「……俺の復讐《ふくしゅう》を果たすために、怨霊となったのか？」

「ええ、そうです。義父上を虚偽の罪で死に至らしめた者共を、どうして許すことができるでしょうか」

「だから、時平の魂を捕らえたのか？」

「そちらもご承知でしたか。ええ、あのような卑劣漢にはいついつまでも、終わることのない苦役を与え続けねばなりませんからな」

恵俊はおもむろに印を結び、呪言を唱え出す。

すると、地中から暗雲がわき出し、瞬く間にあたりを覆いはじめる。

恵俊の足元がぐわりと歪《ゆが》む。雲の闇が一層濃くなったかと思うや、その陰から禍々《まがまが》しい獣が這《は》い出てきた。猿の頭に虎の四肢、狸の胴体、長い長い蛇の尾。ひょうひょうと悲鳴に似た陰気な声で嘶《いなな》く。得体の知れぬあやしきもの、そう。

「……鵺《ぬえ》。やはり、おまえが件《くだん》の怨霊なのか」

追い討ちのごとく突きつけられた証《あかし》を前にして、道真は咽《むせ》ぶようにつぶやく。

残酷な事実に手酷く打ちのめされながらも、道真は必死に背を正し、鵺の赤い面相を見つめた。

どろりと煮凝《こご》った真黒の眼球に、妙に人めいた高い鼻筋。丸い歯を剝《む》き出した口からはキチキチと恨みがましい軋《きし》みが絶えず漏れ出ている。

刹那《せつな》、道真の胸に押し寄せてきたのは既視感だった。己はこの目を知っている。昔、宵闇の梅園でこの昏《くら》い憎悪と向き合った。

ひととき黙し、道真は改めてその名を呼んだ。

「藤原時平……だな」

喉笛《のどぶえ》を突かれたかのように鵺は仰《の》け反り、ひときわ高く嘶くと、苦しげに身悶《みもだ》える。

身をよじって叫び、涎《よだれ》を垂らすたびに、鵺の猿面が大きくひしゃげ、形を変えていく。幾許《いくばく》も経たないぬうちに、鵺の面相は猿から人のそれへと変わった。左右の耳から黒い蛇を垂らした面は憎悪に染まり、苦悶《くもん》に歪んではいるが……見紛《みまご》うはずもない。

おどろおどろしく浮き上がってきたそれは、かつては華々しい貴公子であった藤原時平の顔だった。

「……やはり、時平。なんと、むごい仕打ちを」

道真が痛ましげに声を漏らせば、遮るように恵俊が嘲笑《ちようしよう》を上げた。

「むごいとは聞き捨てなりませんな。これこそが元凶、諸悪の根源だというのに」

「恵俊、もうやめよ。俺を陥れた者たちはことごとく無惨な死を迎えた。もはや、誰もこの世に残っていない。時平とて、ここまで苦しめる必要はないはずだ」

「あの程度で、奴等の罪が許されるはずもありません。特にこの時平は世にも醜悪な手口で義父上を裏切った極悪人。その罪科は計り知れません」

「時平は……」

「私利のためではなく、一族のために策を弄《ろう》したと？　仮にそうだとしても、私は此奴《こやつ》を絶対に許しはしない。義父上、覚えておいででしょう？　まだ私が貴方の義子として共に暮らしていた、あの懐かしくも美しい日々……とある初春、時平がお忍びで菅原屋敷を訪れたことがありましたね。飛梅を見に来たといって」

「ああ……覚えている」

「満開の飛梅の下、ふたりきりで長らく語り合っておられましたな。立ち入るつもりはありませんでしたが、酒宴の支度が整ったとお伝えしにいった際、偶然にも耳にしてしまったのです。あの男が嘯《うそぶ》いた、貴方をもうひとりの父だと思っております、という言葉を」

道真の胸に過ぎし日の思い出が甦《よみがえ》る。

その日、突然の来訪に驚きながらも、時平と一緒に飛梅を眺め、鶯《うぐいす》に手を合わせた。当時、道真は異例の抜擢《ばってき》で次々に位階を上げていた。当然ながら、他の公卿《くぎょう》にとってこれが面白い事態であるはずもなく、反感は日増しに高まっていった。

すでに水面下では反道真の徒党が組まれだしており、時平は周囲からその筆頭に推される立場にあった。にもかかわらず、時平が進んで親交を図ろうとしてくれたことが本当に嬉《うれ》しかった。ましてや、恵俊が耳にしたそのひと言に、誹謗《ひぼう》に疲れ切っていた心がどれだけ温められたか。周囲との軋轢《あつれき》がどれほどになろうとも、時平だけは信じ抜こうと強く思った。

「あのときは、私も感銘したものです。妬《ねた》むしか能のない愚者共と違い、正義を見抜くことのできる人物なのだと信じてしまうほどに。まったく、とんでもなく愚かな思い違いをしたものです。それこそが、此奴の謀略のはじまりだったというのに！」

恵俊は叫びながら腕を伸ばし、ぐっと拳をにぎり締める。

やおら、鵺――時平の足下で黒雷《こくらい》が閃《ひらめ》き、雷震がその身を撃ちはじめた。

聞く者の魂が引きちぎれそうな、怖気《おぞけ》の走る悲鳴を上げながら、時平は地に転がり、激しくのたうちまわる。

「よせっ、恵俊！　それ以上の無体はならん！」

「義父上《ちちうえ》がそう仰《おつしや》るのでしたら」

童のように素直な態度で恵俊が腕を引く。

すると、すぐさま雷撃は鳴り止んだ。

「このようなもの、お見せするべきではありませんでしたね」

恵俊が顎《あご》をしゃくれば、時平の体がずぶずぶと地面に沈みはじめる。

カヒッカヒッと、なんとも憐《あわ》れな残響を残しながら、時平は地中に消えていった。

「あんな言葉をかけられれば、義父上は何があっても相手を信じる。義父上のなにより も素晴らしい心、子を慈しむ優しさに浸《つ》け込み、時平はあのような奸計を弄した」

「違う……のちがどうであろうと、あの日の時平に嘘はなかった。少なくとも、あの言葉は策略などでは――」

「……嗚呼《ああ》、貴方はどこまで慈悲深いのか。その御心に救われた身でも、案ぜずにはいられないほどです。義父上、世には救い難い俗悪というものがございます。この時平が恰好《かつこう》の例。その罪科は一世に限らず、二世三世に渡り贖《あがな》わせねばなりません」

「馬鹿なっ……。幼かった子、生まれてもいなかった孫に何の罪があるという？　そんな謂れなき断罪のために、数多《あまた》の人々を巻き込み、さらには無辜《むこ》な娘たちの命まで奪ったのか?」

「奪う?　義父上、それは酷《ひど》い誤解です。我が糧となった娘たちは皆、自ら進んで身を差し出してきたのです。あれらは不幸に追い詰められ、救いを求めておりました。泣くことしかできない弱者たちを救うために、幾日もかけて説いたものです。おまえたちが苦しいのは世が穢れているため。しかし、その血を捧《ささ》げれば不浄はそそがれ、世は清くなるだろうと……誰も彼も、喜び勇んで我が身を供してくれとせがんできましたよ」

「詭弁《きべん》はよせ。おまえは娘たちの弱った心を利用した。娘たちが本当に望んでいたのは世の浄《きよ》めなどではなく、穏やかな幸福だったはず。俺とてそうだ。復讐など、これっぽっちも望んでいなかった。何故だ、恵俊。世の安寧を願い、仏門に身を捧げたおまえが何故……」

道真は言葉を途絶えさせると、耐えかねたように両手で顔を覆い、項垂《うなだ》れる。

恵俊は道真をじっと見つめ、静かに口を開いた。

「もちろん、わかっておりました。義父上は決して復讐など望まれぬと。しかし、私は罪に踏み切った。あえて義父上の名を騙《かた》り、その耳に届けと声高に呼ばわり続けた。それが何故か……おわかりになりますか?」

道真は黙ったまま顔を上げ、答えを求めるように恵俊を見据える。

にこりと、恵俊はいっそ素直と表せるほどに朗らかな笑みを浮かべた。

「義父上が私を捨てたせい。流刑の御供を許さず、無関係を貫いたからです」

「え……」

「どうして私を受難の道連れにしてくださらなかった？　幼い実子たちはお連れになったというのに！　私は、我が身の安泰など微塵《みじん》も欲しくはなかった！　我が望みは死の際まであなたのおそばに侍《はべ》るっ……それだけだった！」

恵俊は口元に笑みを残したまま、しかし狂気の瞳《ひとみ》で語る。

だんだんと、行夜にも事情が呑み込めてきた。

道真から、行夜と同じように血は繋《つな》がらないが、我が子同然に育てた子がいるという話を聞いたことがある。のちに、その子がひとかどの僧になったことも。

間違いなく、その子が恵俊なのだろう。道真が大宰府に左遷された際、菅原の元服済みの男子はすべて流罪に処された。恵俊は血縁がないことや、すでに僧籍に入っていたことを理由に累を免れたのだろう。しかし、ひとり安全な場所に置かれたという疎外感が却《かえ》って憂憤を煽《あお》り、耐え切れずに怨霊《おんりょう》となった。

ある意味、滝夜と似ている。自分だけが生き残ってしまったという罪悪感と、絶対の孤独という境遇が恨みに拍車をかけたのだ。

「義父上の苦心のおかげで、私は流罪を免れました。京で義父上の死を知った時、私は身も世もなく泣きました。涙が枯れたあとは血を流して嘆きました。西海に赴かれる前、どんなに懇願しても門を開いてくださらなかった時と同じ。最後の最後まで、貴方《あなた》は私を拒んだまま。所詮《しょせん》は他人、息子などではないと突き放し続けた」

何かを言おうとした道真を手で制し、恵俊は何度もうなずく。

「……ええ、ええ。承知しておりますとも。それが義父上の優しさだったと。血がつながらぬからこそ叶《かな》う思い遣《や》りだったのだと。でも、寂しかった、悲しかった……義父上の子の枠外に置かれた我が身が喩《たと》えようもなく惨めだったっ……」

「恵俊……」

「そう、その名……。私が名高き寺院に入門を許された時、義父上は大層喜んでくださいましたな。贐《はなむけ》として恵俊の法名をくださった。ですが、本音では止めて欲しかった。いつまでも我が下で学べと言って欲しかった」

何度も訴えようと思った。請えば聞き届けてくれると信じてもいた。

だが、できなかった……笑みを崩さぬまま、それでも血を吐くような声で恵俊は積年の遺恨を語り続ける。

「義父上にはその血を継ぐ子たちがいた。私は彼らが妬ましくて堪《たま》らなかった。だから、仏門に逃げたのです。御仏の慈悲に縋《すが》り、醜い嫉妬《しっと》を消し去りたかった。だが、邪心は晴れるどころか、離れるほどに募る一方でした。左遷の際、ひとり切り離されたことで私の哀切は限界を迎え……慟哭《どうこく》の果てに、私は怨霊となったのです」

耳が痛いほどの静寂が満ちる。

いま道真がどんな心境にあるのかなど、行夜には到底推し量れなかった。

「皮肉なことに、怨霊となったことで私は義父上が神に昇られた栄華を知り得ました。

さすがは義父上と誇らしかったが、辛《つら》くもありました。互いに世に在っても、御前に罷《まか》るなどできるはずもない。義父上なら受け容《い》れてくれると信じていても、おぞましい怨霊と蔑《さげす》まれるのが恐ろしかった……だから、せめてもの慰めとして義父上の名を騙ったのです。そうすることで、もしや恵俊かと思って欲しかった。怨霊は怨霊なりに身の程を弁《わきま》え、それ以上の望みは抱くまいと戒めておりましたのに……いざ巡り会ってみればどうです？　半人半鬼などをそばに置き、我が子として慈しんでいらっしゃるっ」

恵俊は上辺の笑みをかき消し、まさに鬼の形相で行夜を睨《にら》む。

「血縁という隔たりがあったから、義父上の最愛になることを諦《あきら》められたっ……ですが、そんな卑しき輩《やから》の後塵《こうじん》を拝するなど我慢なりません！　断じて許しませんぞっ……！」

やにわに、恵俊の手が黒い火花を帯びる。

「危ないっ」

考えもなにもない。行夜はうしろから道真の肩をつかみ、横に突き飛ばす。

ほぼ同時に、恵俊の右手から矢に似た黒雷の一撃が放たれた。

避《よ》け損なった雷矢に左肩を貫かれ、行夜は苦悶《くもん》の声を上げる。

衝撃で地面に倒れ込み、続けて襲ってきた激痛に呻《うめ》いた。痛みは元より、とにかく痺《しび》れが酷い。直《じか》に撃たれるよりはマシだろうが、それでも骨を砕こうとする黒雷の威力は壮絶だった。

「行夜さまぁ！」

跳ね飛んでいく飛虎に続き、道真も立ち上がろうとする。

しかし、すうと音もなく、頭上より差した影に動きを止められた。

「申し訳ありません、義父上。つい、激昂《げきこう》に任せて。しかし、まさかあれが身を挺《てい》してくれるとは。さすがは義父上が育てた子だ。卑しき身ながら健気《けなげ》で優しい」

自らの左手で右手を撫《な》でながら、恵俊は昏《くら》いほほえみを道真に向ける。

「恵俊、おまえ……わざと俺を狙って」

「あくまで義父上があれを我が子と呼ぶのでしたら、私も義弟と認めねばなりませんね。先刻、義弟は面白い技を披露してくれました。私の黒雷を身から発した雷光で相殺する。同じ雷光でも、私の穢《けが》れたそれとはまるで違う。比べるのも烏滸《おこ》がましいほど、白梅香をまとう黄金の輝きは美しかった。あれは義父上の御力、でしょう？」

恵俊は右手を伸ばすと、道真の頬にひたりと添わせる。

道真は声もなく、恵俊を見上げた。

「防壁の効力は一度きりだったようですが、さても羨《うらや》ましい。私も貴方の神力が沁《し》むほど愛されてみたいもの。もし、あれがいなくなれば……このように穢れた私でも、かわりとしてそばに置いてくださいますか？」

仄《ほの》めかされた脅しの意味がわからないはずもない。

道真は必死の形相で恵俊の肩をつかむ。

「恵俊、頼む。行夜には手を出さないでくれっ。あの子には何の咎《とが》もない。おまえを追い詰めたのは俺だ。俺の浅慮がおまえを怨霊にしてしまった……本当にすまない」

「詫《わ》びなど……私はただ、義父上《ちちうえ》に必要とされたかっただけ」

恵俊はやんわりと道真の腕を解くと、両手で顔を包み、そっと上向かす。

「未来永劫《えいごう》、そばにいるとお約束ください。私の望みはそれだけです」

「……それが叶えば、おまえは救われるのか？　行夜に害をなさず、この先は無益な殺生をしないと俺に誓ってくれるのか？」

道真の問いかけに、恵俊はうっとりと笑み崩れた。

「はい、もちろん」

「俺と共にこれまで奪ってきた数多《あまた》の命に心から詫び、償うと。そして、時平も解き放つと。このふたつも約束してくれるか？」

「義父上の願いとあらば、なんなりと受け入れましょう」

「よし……ならば、おまえと一緒に行こう」

「……っ、義父上！　なりません！　そんな揺さぶりに耳を貸しては っ……」

雷震に身を蝕《むしば》まれながらも、それでも取り落とさなかった太刀を支えに辛うじて半身を起こし、行夜は声を張り上げる。

脅迫の種にされるなど冗談ではない。太刀となり、道真を守ると大言しておきながら、逆に守られるなどあってはならない。

だが、道真は答えない。こちらを見ようともしない。聞こえているはずの行夜の制止を背中で拒む。

心底からの恐怖に、行夜は震える。

道真はもう心を決めている。恵俊の怨嗟《えんさ》を宥《なだ》めるために身を挺すると。

しかし、果たしてそれで済むのだろうか。あそこまで強大な怨霊となった恵俊が糧を得ずに過ごせるとは思えない。いつか必ず、恵俊は人の血を欲する。そのとき、道真はどうするつもりなのか……考えを巡らすうち、行夜は悟る。

道真は恵俊の積年の孤独を慰め、我が身の至らなさを詫びたのち、犠牲になった人々に対する贖《あがな》いとして、恵俊と共死《ともじに》する覚悟なのだ。恵俊の望みを満たしながら、恵俊にこれ以上の罪を重ねさせないようにするにはそれしかない。

道真に祓《はら》われるなら、恵俊も抗《あらが》わないはず。いや、むしろ本望かもしれない。

だが、そんな顚末、行夜は耐えられない。耐えられるはずがない。

「駄目です！　お願いですから、馬鹿な真似はやめてください！」

声の限り、想いの限り。行夜は死に物狂いで訴える。

けれど、道真は肩を震わすだけ。頑として、ふり向こうとはしない。

「……行夜、どうか聞き分けてくれ。おまえのことは晴明に頼んである。千冬と滝夜も、神域の今後も、瀬織津姫様がきっと良いようにはからってくださる。心配は要らない」

「そんなことはどうでもいいっ……。義父上、私は――」

両親のことも、土地神を失う西海のことも、本来なら案じるべきなのだろう。だが、他の一切が頭から消え去るほどに行夜はただひとつの恐怖に支配されていた。

　このまま行かせてしまえば、永久に道真を失う——それだけに。

「おまえはひとりじゃない。まわりを信じ、そしてまわりから信じてもらえるように生きて欲しい。そうすれば、必ず幸せになれる」

　恐れか焦りか、それとも怒りか。

　正気を失いそうになるほど激しい感情が行夜の中で渦巻き、叫びとなって迸《ほとばし》る。

「嫌です！　嫌です、義父上！　他の誰でもない、義父上がいてくれたからこそ、私は……お願いです、私を置いていかないでください！　あの夜、そばにいると約束してくださったではありませんか！」

「……すまん。許してくれ、行夜」

　最後の最後まで、ふり返らないまま。

　道真は行夜の願いをふりはらい、恵俊と向き合う。

「……ああ。さあ、恵俊。どこなりとこの身、連れていくがいい」

「よろしいので？」

「嬉《うれ》しゅうございます……義父上」

　行夜が止めに入る間もなかった。

　恵俊の全身から漆黒の瘴気《しょうき》が立ち昇り、瞬く間に道真を覆い尽くす。

　ぐうぅぅ……と獣の喚《わめ》き声のような轟《とど》きが響く。しかし、それも僅《わず》かの間。一拍後には道真の姿は消え失《う》せ、恵俊の手の上には雲母《うんも》をまとった珠《たま》があった。

呆然《ぼうぜん》と事態を見つめる行夜の前で、恵俊が突如笑い出した。

拳《こぶし》ほどの宝珠を胸に抱きながら身を捩《よじ》り、咽喉《のど》を震わせる。それは、ようやく飢え渇きが満たされた怨霊《おんりょう》の高らかな哄笑《こうしょう》であった。

嗤《わら》い続ける恵俊の体から黒煙に似た瘴気がしゅうしゅうと湧き出し、次第にその身を覆っていく。

「待てっ……!」

逃がしてなるものか。たとえ手足がもげようと、必ず喰《く》らいつく。

行夜は利かぬ足を力ずくで動かし、地を蹴《け》る。太刀を翻し、もうもうと膨れ上がった瘴気の塊を裂いたが、すでに何の手応《てごた》えもなかった。

「くそっ」

行夜は闇雲に太刀をふるい、残った瘴気を斬り裂く。

無意味だと知りながらも、そうせずにはいられない。怒りが抑えられない。道真を奪った恵俊に、勝手に身を擲《なげう》った道真に。なにより為《な》す術《すべ》もなく無様に這いつくばっていた己に。

「……行夜さま」

しょんぼりと尻尾《しっぽ》を垂らした飛虎が寄ってきて、遠慮がちに声をかけてくる。

行夜は息を荒らげ、あらぬ方向に目を据えたまま、それでも声だけは冷静に告げる。

「飛虎、行くぞ」

「え、え、でも、どこに……」

「決まっている。義父上のもとにだ。あの卑劣な怨霊を斬り刻み、義父上を取り戻す」

左肩の傷から流れ出した血が腕を伝って滴り、ぽたぽたと地に染みていく。

だが、流血も痛みも、行夜の意識の端にもかからない。濃紺の双眸《そうぼう》に映るのは道真と憎き恵俊の姿のみだった。

「許すものかっ……絶対」

自身か恵俊か。果たしてどちらにより強い怒りを覚えているのか。

己でもわからぬまま、行夜は歩きはじめた。

第四話　天神《かみ》のまにまに

「ひどい怪我も塞《ふさ》がりが早い。穢《けが》れを祓う必要もない。半鬼ってのは結構便利だな」

傍若無人の化身と言われるだけあって、吉平の物言いには欠片《かけら》も遠慮がない。

「兄上。行夜は傷心の只中《ただなか》にあるのです。いま少し気遣ってやってください」

混乱の最中でも麗しい佇《たたず》まいを崩さない吉昌が兄を咎《とが》める。

「憐《あわ》れみが役に立つか？　こいつだって、寒々しい真似を望みゃしねえよ。なあ？」

「同情ではなく、わずかなりとも分別を持つべきだと言っているんです」

「おまえはガキの頃から理屈っぽいんだよ。数をかけたり割ったり、そんなちみちみしたことばっかりやっているから頭が固くなるんだ」

「では、私に底の抜けた盥《たらい》になれと？　そんなものがふたつとなれば、たちまち安倍の家門は滅ぶでしょうよ」

「ちょっと待て。底の抜けた盥とはなんだ？　おまえ、どこまで俺を馬鹿に――」

「やめんか。これ以上身内の恥を曝《さら》すなら、ふたりまとめて門外に放り出すぞ」

上座正面、この室内における最上位に座した晴明の一喝に、吉平と吉昌はそろって首をすくめ、黙り込む。

行夜が吉平と吉昌に連れられて、この安倍屋敷にたどり着いたのは一刻ほど前のことである。

恵俊を追って竹林を出るなり、行夜は吉平と吉昌に囲まれた。両名もまた晴明の指示の元より、晴明は道真と共に件の怨霊——恵俊を追っていた。即座に駆けつけて来られた。もと、同じように探っていたのだろう。だからこそ、即座に駆けつけて来られた。

要するに、己だけが蚊帳《かや》の外。その事実に、行夜はもう何も感じなかった。

怒りや自嘲《じちょう》に割く間も惜しく、行夜は吉平の制止をふり切ろうとしたが、抗いを封じるように吉昌が告げてきた。焦るな、すでに我が父、晴明が結界を張っている。あの怨霊はいまから半日、京から一歩たりとも出られない、と。

行夜が耳を傾けた機を逃さずに、吉昌はさらにこう続けた。事態がこうなった以上、おまえにも手を貸してもらいたい、と。

この話に乗るのが最善なのか、そんな迷いはあったが、怨霊に関わることで安倍家の者が嘘をつくとは思えない。なにより、どんな手を使っても恵俊を討ち、道真を取り戻したい行夜にとってこれほどの味方もない。肚《はら》の内で算段した結果、行夜は従う道を選んだ。

一条戻橋《いちじょうもどりばし》の西詰にある安倍屋敷では、主《あるじ》の晴明が待ち構えていた。本来なら礼儀を欠いてはならない相手だが、いまは知ったことではない。行夜は挨拶《あいさつ》もなしに晴明に詰め寄り、説明を求めた。

しかしながら、稀代《きたい》の陰陽師は無礼な若者にも眉《まゆ》ひとつ動かさなかった。

まずは傷の手当てと着替えが先だと、有無を言わせず自身の式神たちを使い、取り計らわせた。おかげで、血まみれの悪鬼のようだった行夜の身形《みなり》はさっぱりと清められた。

「檜垣行夜」

晴明の声にはそれ自体に力がある。

名を呼ばれただけで、行夜は両肩にずしりとした重圧を覚えた。

「まずは心を鎮めよ。吉昌より聞き及んでおろうが、怨霊はしかと閉じ込めてある。いたずらに逸《はや》る必要はない」

「果たしてそうでしょうか？　押し破られる可能性は微塵《みじん》もないと？」

不躾《ぶしつけ》な行夜の問いかけに吉平が鼻を鳴らし、さしもの吉昌も顔を顰《しか》める。

行夜とて、無礼は承知のうえである。晴明の力を疑うも同然の問いだが、万が一でもその危険があるのなら悠長に話し込んでいる場合ではない。

どうしようもなく、気が急《せ》く。こうしている間にも、恵俊が逃げおおせているかもしれない。そう考えるだけで暴れ出しそうになる。

焦燥に苛立《いらだ》つ行夜の前で、晴明が不意に笑みをこぼす。

と、思った瞬間。一陣の風が吹く。目にも止まらぬ速さで晴明が立ち上がり、腰の太刀を抜刀したのだ。

銀毛の狐が襲いかかってくる。行夜は即断で応じようとしたが遅い。

太刀を出現させるまでが精一杯で、首を裂かんとする狐の牙《きば》――晴明の一刀を受けるどころか、構えさえ取れなかった。

「打ち据えられねばわからぬほど、愚かではあるまい？」

あと寸分で切《き》っ尖《さき》が咽喉《のど》を切り裂く。そんなギリギリの位置で白刃を止め、晴明は淡々と告げる。

色彩渦巻く双眼に間近で見据えられ、行夜の四肢は完全に封じられた。狐に首根を押さえ込まれた鼠のごとく、もはや息ひとつまともに吐けない。

「もう一度だけ言う、頭を冷やせ。血気に逸るなど愚の骨頂だ」

「……ご忠告、しかと賜りました」

行夜は固まった咽喉を必死に動かし、返答を絞り出す。呼吸もままならない有り様だが、それでもあるだけの矜持《きょうじ》をかき集めて視線だけは逸《そ》らさなかった。

ふっと、晴明が双眸を緩ませる。

「目は背けんか。胆力があり、反射も悪くない。なればこそ、憤りに囚《とら》われて、無駄に才を散らすなかれ。この場に道真がおったなら、同じことを言ったであろう」

ぎこちないながらも行夜がうなずけば、晴明は納得したのか太刀を鞘《さや》に収めた。

晴明は踵《きびす》を返すと、元の場所に座す。そこでようやく、行夜も息が吐けた。

「あの結界は我が身命を賭《と》して張ったものだ。決して破られることなどないゆえ、安心するがいい。なにせ、あの怨霊……恵俊とやらは、我にとっても因縁深き相手でな。断じて逃がしたくはないという執念はぬしに劣らぬ」

晴明が目で促すと、吉昌が座の中央に進み出て、洛中洛外《らくちゅうらくがい》の地図を広げる。

「図に朱で記した五芒星《ぼうせい》があるだろう。それこそが、我が二十余年かけて練り上げた鬼封じの結界よ。効力は発動から約半日。すなわち、恵俊は明朝まで星をつないだ輪の内側、京から一歩たりとも出られぬ」

「しかし……何故、恵俊が必ず京に戻るとわかったのですか？　晴明様がそこまでの確証を持てた理由がわかりません」

「いまだ怨《うら》みは晴れず。恵俊はそう言っておったのでは？」

晴明の反問に、行夜は目を見張る。

確かに、恵俊は二世三世に渡り、罪を償わせ続けると嘯《うそぶ》いていた。

「怨霊《おんりょう》とはおぞましく、そしてそれ以上に憐れなもの」

誰にともなく、晴明はつぶやく。

感情こそたたえていないが、幾千幾万の穢れを祓ってきた陰陽師の声は深い物悲しさをもって響いた。

「たとえ仇《かたき》のすべてを屠《ほふ》ろうと、怨霊が憎悪の呪縛《じゅばく》から解き放たれることはない。怨みは仇からではなく、怨霊自身からわき出《い》でてくるからだ。それを悟らない限り、怨霊の飢え渇きは癒《い》やされん。故に、やつらは止めどなく彷徨《さまよ》うのだ。そして、何処に逃れようとも、やがては己の怨みに引きずられ、憎しみの根源がある地に戻る。否、戻らずにはおれんのだ」

ここに至り、行夜はようやく気づく。

晴明は人の安寧のためだけに怨霊たちを祓ってきたのではない。怨霊を憎しみの呪縛から解き放つ、その唯一の手立てが祓い浄《きよ》めなのだ。

祓うと殺すは同義かもしれないが、晴明の心の根底には怨みに墜《お》ちた者たちを救ってやりたいという温かな願いがある。それは、まさしく道真の想いと同じだった。

痛みを労《いたわ》ってもらえるだけで、どれだけ心が癒されるか。他ならぬ己自身が、ずっと救われてきたというのに。怒りにかまけて、義父《ちち》の教えの一番大切なものを蔑《ないがし》ろにするところだった。

己の愚かさを思い知れば、体は自《おの》ずと動く。行夜は床に手をつき、深々と頭を下げた。

「晴明様、数々の非礼をお許しください。私は、なんとしても義父の望みを……怨霊恵俊の救済を成し遂げたい。どうかお力添えを」

怒りではなく、情けを以《もっ》て祓う。ひいては、それが道真を救うことになる。だが、その成就には稀《まれ》なる陰陽師の助けがどうしても必要だった。

己の知らず足らずを認め、教えや助力を請うのは決して恥ではない。もっとまわりを信じ頼れ。それもまた、道真の教えだ。

「やはり、道真の子は素直だな。案じなくともよい。我の望むところはぬしと同じだ。

力を合わせ、挑むとしよう。道真から、ぬしの面倒を頼まれてもおるしな」

「……はいっ。ありがとうございます」

改めて、行夜は晴明に礼を述べる。

差《す》し伸《さ》べられた助けに感謝する傍らで、行夜はふと、竹林に置き去りにされた時の心の荒みを思い出す。

恵俊に対する怒りは消せない。けれど、その境遇を思うと胸が疼《うず》く。

怨みで鬼に墜ちたといえば、母——滝夜も同じだ。けれど、滝夜は千冬という伴侶《はんりょ》を得て救われた。しかし、恵俊には縋《すが》る相手がいなかった。ひょっとしたら、手を差し伸べた者もいたかもしれないが、道真以外は誰も救いにはならなかったのだろう。

まったく、腹が立つほど似ていると、行夜は唇を噛《か》み締める。

認めるのは嫌で仕方がないが、行夜には恵俊の絶望の一端が理解できる。

あのときの行夜も同じように思った。他など要らない、道真でなければ意味がないと。

「けどよ、いざ恵俊を祓おうとしても、道真が止めに入ってくるんじゃねえか？」

吉平の言葉に、行夜は弾《はじ》かれたように顔を上げた。

その可能性は十分にある。道真の恵俊に対する親心の深さは想像に難くない。

「自分以外の誰かに、恵俊を祓わせるのは再び見捨てるようなもの。そんな非道はできぬと庇《かば》い立てても不思議はありませんね。そうなったら、どうするか。場合によっては道真殿と争わねばならない事態になるやもしれません」

次ぐ吉昌の言葉に、行夜の胸はますます塞《ふさ》ぐ。

道真が身を盾にしてきたらどうするか。それでも、己は恵俊を斬ることができるのか。行夜の最大の憂慮は、道真の理解もなく恵俊を祓ったところで、道真は救えないということだ。道真が恵俊と共死することを思い留《とど》まってくれないと意味がない。

「我の懸念もそこよ。神に抗われれば、とても敵《かな》うものではないからな」

不安に駆られ、行夜が晴明に視線を向ければ、晴明もまた行夜を見返してくる。

「そこでものは相談だが。行夜、ぬしにひとつ頼みたいことがある」

「……私に、ですか？」

「これが為《な》せるのは、道真の神力で育ったというぬしだけだ。首尾よくいけば、道真も恵俊も救えよう。ただし、必ず果たせるという保証はどこにもない。同時に、ぬしは命を落とすかもしれん危険な策だ。それでも構わぬと、迷いなく言えるか？」

「いまさら迷いなどございません。義父上の願いを叶《かな》えることができるなら、どれほど危ない橋であろうと必ず渡り切ってみせます」

すでに肚《はら》は決まっている。いっそ淡泊ともいえるほど、行夜は静かに答えを返した。

「良い返事だ。こちらまで胸がすく」

晴明は頼もしげに目を細め、立ち上がる。

「出立は払暁だ。各々心してかかれ」

「張り切るのはいいけどよ。肝心の居場所は知れているのか？　まさか、京中を探し回れとは言わないよな？」

混ぜっ返すような調子で、吉平が再び口を挟む。

黙ってはいるものの、物言いたげな表情を窺《うかが》う限り吉昌も同意のようだ。

「そのことならば心配は御無用。恵俊の居場所は私が突きとめます」

行夜は毅然《きぜん》と顔を上げ、宣言する。

たとえ、恵俊がどれほど深く隠そうとも、道真の神力を宿す己なら、道真の居場所を必ず突き止められるはずだ。

行夜はそっと、狩衣《かりぎぬ》の上から懐中の木札に触れる。

揺るぎない想いに応《こた》えるように、かすかに白梅が香った。


夜明けまで少し残した暁闇《ぎょうあん》の辻《つじ》。

野草生い茂る荒れた行路に彼《か》の怨霊、恵俊は立っていた。

ここは鳥辺野《とりべの》。あたり一面には風葬鳥葬に付された骸《むくろ》が転がり、なんとも形容し難い腐敗臭に満ちている。

そのような場所に隣する六道の辻は古《いにしえ》より冥途《めいど》の入り口、あの世とこの世の境とされる。怨霊に身を堕とした恵俊がこの場所に足を運んだのはおそらく偶然ではない。

「小賢《こざか》しく結界を巡らすなぞ……忌々しい」

ひとまず近江《おうみ》に出ようとした恵俊であったが、晴明の結界に阻まれ、立往生を余儀なくされた。大いに憤慨したが、とても破れる代物ではない。だが、おそらく効力は精々明朝までといったところだろう。ならば、下手に騒ぐより時機を待つのが賢明というものだ。

始終、死臭が漂うこのあたりは鬼や物の怪《け》の気配も濃く、瘴気《しょうき》を隠すには打ってつけの場所である。おいそれと見つけ出せるものではない。

「何も案じることはありません。夜が明ければ京を抜け遂《おお》せますゆえ」

恵俊は僧衣の上から懐中の宝珠をなでさすり、妖《あや》しく笑む。

焦りはなかった。京で幾度も祟《たた》りを為してきたが、陰陽師たちは己の影さえ捕らえられなかった。相手が安倍晴明でも恐るるに足らず。此度《こたび》も難なくかわしてみせる。

「この先、どちらに参りましょうか。奥州《おうしゅう》でも蝦夷《えぞ》でも、気の向くままに。なんなら外《と》つ国でも構いませぬ。義父上はよく、海の向こうの国々の話をしてくださいましたな。唐のみならず、天竺《てんじく》、西域、世界は彼方《かなた》まで広がっていると。嗚呼《ああ》、ぜひともこの目に映してみたい。義父上と一緒に異国の――」

夢中で語り、辻を上っていた恵俊の足が止まる。

視線の先、鳥辺野に通じる坂の上に。

二度とまみえたくない、忌々しい限りの相手が立っていた。

「半鬼……何故、貴様がここに？」

「さてな。怨霊《おんりょう》に教えてやる義理はない」

行夜は敢《あ》えて煽《あお》り立てるように言い放ち、恵俊を見下ろす。

「卑賤《ひせん》な半鬼風情がっ……しかし、自ら命を捨てにくるとは愚かなことよ」

「愚かなのはどちらだ？　おまえに私は殺せない。次に命を奪えば、今度こそ義父上に見捨てられるかもしれないぞ。その恐怖に勝てるか？」

あからさまな挑発だったが、予期せぬ結界に苛立《いらだ》っていた恵俊に聞き流す余裕はすでになかった。

恵俊の面相が大きく歪《ゆが》むにつれ、全身から禍々《まがまが》しい瘴気が噴き出してくる。やがて、双眸《そうぼう》が緋《ひ》に染まり、額の皮膚を突き破り二本の角が生え出てきた。

「どこまでも邪魔をするというなら、相手になってやろう。ああ、義父上。御心配召されるな。決して命はとりませぬ。薄汚き犬が二度と我らを追えぬようにするだけっ」

裂けた口から牙《きば》を覗《のぞ》かせ、恵俊は行夜に襲いかかる。

鋭い爪があと数歩で届く、そこまで迫り来た瞬間。バシンッと、鳴弦に似た音があたり一帯を鋭く打った。

恵俊の双眼が飛び出さんばかりに見開かれる。

何が起こったのか、まるで見えない蜘蛛《くも》の巣にかかったかのごとく、一指たりとも自由にならない。

「おのれっ……捕縛の術とは小癪《こしゃく》な！」

いつの間に刻まれたのか、恵俊の足元には仄《ほの》光る五芒星《ごぼうせい》の陣が張り巡らされていた。

「獣を捕まえる時、罠《わな》を仕掛けるのは基本だろ。囮《おとり》ばかりではなく、少しは足元にも気を配るべきだったたな」

「まったく。足をすくわれるとはよく言ったもの」

行夜のうしろから、新たにふたりの若者が姿を現わす。

それぞれ趣きを違《たが》える美貌《びぼう》をたずさえた安倍の兄弟は坂の頂上に留《とど》まり、恵俊を睥睨《へいげい》するように居並ぶ。

「いくぞ、吉昌。遅れをとるなよ」

「この手の実動は私向きではありませんが。兄上おひとりでは覚束《おぼつか》ないとなればやむなしですね」

「うるせえな。そもそも、空間と空間を繋《つな》げて、物体を移動させろってのが無茶ぶり過ぎなんだ」

「しかし、二十余年延々、京中にそのための路《みち》を敷いて回っていたというのだから。粘り強いと言うか、執念深《いふ》いと言うか。我が父ながら、背筋が冷えますよ」

父に対する文句と畏怖を口にしながら、吉平と吉昌は印を結び、呪言を唱えはじめる。

陰陽洒育《いんようしゃいく》、水火流通《すいかりゅうつう》、帰根復命《きこんふくめい》、龍虎奔行《りゅうこほんそう》、必神火帝《ひつじんかてい》、連転無定《れんてんむてい》、煉津煉液《れんしんれんえき》、一気成真《いっきせいしん》、万魔拱服《ばんまきょうふく》……ゆわりゆわりと、織り重なる呪言が行夜と恵俊を包み込んでいく。

「くそうっ、耳障りな唱文をやめよっ……う、ううううう……」

「諦《あきら》めろ。こうなればもう、おまえは俺と行くしかない」

身を捩って足掻《あが》こうとする恵俊の腕をつかみ、行夜は宣告する。

「……羽虫共が徒党を組み、どこに連れていく気だ？」

「一条戻橋は西詰、安倍晴明様の御屋敷」

「なんだと……？」

恵俊が咽喉《のど》を震わしたのも束《つか》の間、ふたりを取り囲む呪言の網が目映《まばゆ》い光を放ちはじめる。

「そこが、おまえの鳥辺野。終焉《しゅうえん》にして救済の地だ」

行夜が言い終えるより先に、空間の歪みと歪みが繋がる。

ここから安倍屋敷へと開かれた路に吸い込まれるように、ふたりの姿が六道の辻から消《う》え失せた。

彼方《かなた》から、此方《こなた》へ。

理《ことわり》を捻じ曲げ、空間の狭間《はざま》を抜けた行夜と恵俊は、透明な手に突き飛ばれるように安倍屋敷の庭に叩《たた》き出された。

したたかに体を打ち、恵俊は呻《うめ》く。

行夜もまた、盛大に地面に叩きつけられた。

「……おのれ……おのれおのれおのれっ。貴様らよくも！」

「きたか、怨霊恵俊。幾年経てようやく、ぬしを祓《はら》う日を迎えられた。さて、先に言うておこう。無駄な足掻きはせぬが身のため。我が屋敷にはより堅き結界が張り巡らされておる。逃散は不可能と心得よ」

屋敷の主《あるじ》——安倍晴明はゆっくりと恵俊に歩み寄り、言い渡す。

恵俊の目に一瞬怯《ひる》みが奔《はし》る。

けれど、すぐさま不敵に咽喉を鳴らした。

「……舐《な》めるなっ。貴様らごときに背を向ける我にあらず」

「この期に及んでなんとする？　諦めよ。もはや、ぬしに術《すべ》はない」

身を起こした行夜も恵俊の前に立ちはだかる。

恵俊は忌々しげに行夜たちを睨《にら》み据えたが、額に浮き出た汗の玉は隠せない。

「案ずるな。安倍晴明の名に懸けて、徒《いたずら》に苦しめることなく祓ってみせようぞ」

晴明が腰の太刀を抜き放ち、切《き》っ尖《さき》で恵俊を差す。

その瞬間、恵俊の懐中がにわかに煌《きら》めいたかと思うや。

目映《まばゆ》い光が弾《はじ》け、道真が姿を現わした。

「……っ、待て！　待ってくれ、晴明！」

瘴気の捕縛から抜け出した道真は、庇《かば》うように晴明と恵俊の間に割って入る。

「どうか恵俊を、俺の子を討たないでくれ。以後は俺がそばにおり、一切の祟りを封じると誓う。だからっ」

「道真、その頼みは聞けぬ。怨霊恵俊はあまりに罪を重ね過ぎた。もはや、祓うより他に救う術はない」

「恵俊に罪はない、咎《とが》められるべきは俺ひとり。菅原道真の愚かさこそが、すべての元凶だったんだ。だから、頼む。どうか恵俊を……」

「見逃せと？　そして、いずれ恵俊が贄《にえ》の欲求を抑え切れなくなった時は自らの手で浄《きよ》め、共に潰《つい》えてやろうと？」

晴明の率直な言葉に、道真は無言のまま目を逸《そ》らす。

「やはり、それがぬしの覚悟か。本当にそれしか路はないと？」

「……勝手千万は百も承知。退いてくれぬと言うなら、力尽くでも我が意を通す」

道真は顔を上げ、晴明を正面から見据える。

並々ならぬ決意を秘めた眼光を受け、晴明は「ふうむ」と息を吐く。

「やはり、あくまで抗《あらが》うか。ならば、仕方がない。行夜、道真の覚悟はいま聞いた通りだ。次はぬしの覚悟を聞かせてやれ」

「……晴明、一体どういう――」

行夜は前に進み出ると、晴明にかわって道真に答える。

「義父《ちち》上、お願いです。どうかいまこの場で神力を解き放ち、私と共に恵俊を浄めてください」

「行夜、おまえ。何を……」

「……半鬼風情が！　ふざけたことを抜かすなっ」

いきり立つ恵俊を背で制しながら、道真は狼狽《ろうばい》も露《あら》わに行夜を見つめる。

「人の世で神が神力を放てば、五行が乱れ、天災が起こる。ですが、神力の放出を抑える壁があれば、影響も防げるはず。私がこの身を以《もっ》て義父上の壁となります。ですから、どうか私に神憑《かみがか》りし、恵俊を祓ってください」

道真は全身を大きく震わせ、息を詰める。

唇を戦慄《わなな》かせ、何度も苦しげな呼吸を漏らしながら、やっとの思いで声を絞り出し、行夜に訴えかけた。

「晴明が何と言ったか知らないが、そんな考えはいますぐ捨てろ。いくらおまえが只人《ただびと》ではない魂と肉体の持ち主でも神力の影響は甚大。義父上同様に、無傷で済むはずがない」

「障りがあるとして、それがなんです？　私も覚悟を決めております。指を咥《くわ》えて見過ごすくらいなら、命を懸ける方を選びます」

「……頼むから、そんな無体を言ってくれるな。もし、おまえの命まで奪うことになれば、俺は――」

とても耐え切れない。そんな心中を示すように道真は項垂《うなだ》れ、その場に崩れ落ちる。

行夜は黙ったまま、打ち拉《ひし》がれる道真のそばに寄り、その前に膝《ひざ》をついた。

「あのとき、義父上は恵俊に仰《おっしゃ》いました。自分と共に、災禍に巻き込んだ人々に償うようにと。ですが、死は果たして贖《あがな》いになるのでしょうか？」

戸惑った様子で顔を上げた道真に、行夜は静かに語り続ける。

「無論、なによりも恵俊への労《いたわ》りと犠牲になった者たちに報いるための決断と承知しております。ですが、片隅にはこんな考えがあるのではありませんか？　自分もまた、子を怨霊《おんりょう》にしてしまったという罪の痛みから逃れたい、と」

「……それは」

「どんなときも、義父上は御自身だけを責める。いつもどかしく思っておりましたが、いまのそれはとんでもない大間違いです。たとえ起因が義父上であっても、怨霊として祟《たた》りを為《な》したのは恵俊自身の意思に他ならない。その罪を死で贖えるのは恵俊のみ。義父上の死は恵俊しか救わない」

ぎりりと、恵俊が悔しげに歯《は》嚙《が》みする音が響く。

しかし、抗弁できないのか、口を開きはしなかった。

「義父上は土地神としても、またひとりの人間としても、まだまだ多くを救える方です。苦しくとも生きて、救い続ける。それこそが、犠牲になった者たちに対する真の償いだと私は思います」

「……俺は、そんな大それた者じゃない。いつもいつも、大切なものを取りこぼしてばかりだ。なにひとつ、救えたことがない」

「馬鹿なことを言わないでください。母と父、なにより私を救ってくださったではありませんか。ですが、どれだけ救っても、救い足りないと嘆く義父上だからこそ、瀬織津姫様に見込まれたのでしょうね。義父上は呆《あき》れるほどに神に向いておいでです。ずっと、そばで見ていた私が保証します」

行夜は道真の両手を取り、にぎる。

「どうしても辛《つら》いとおっしゃるなら、私を頼ってください。私が義父上の痛みも苦しみも共に背負い、何があってもお助けします。ですから、どうか間違った決意を正し、本当の意味で恵俊を救う勇気を持ってください」

「行夜……」

「そもそもですね、このまま私の前から消えるなんて絶対に許しません。私はね、義父上に大層怒っているんですから！」

突如、行夜は眉《まゆ》をつり上げ、表情を一変させると、道真に詰め寄る。

「え？　ああ、うん……。約束を破ったからな」

「それもありますが、いまひとつ。昔、近隣の悪童を喧嘩《けんか》でやり込めた時、義父上は私を叱りましたね。暴力など愚の極み。人が生み出した言葉と文字という叡智《えいち》を何故使わないのかと、それはもう凄《すご》い剣幕で」

「それは……確かに言ったが……」

「では、お尋ねします。私の悪行と恵俊の凶行。何が違います？　力で相手をねじ伏せる愚かさは同じはず。ならば、恵俊も叱るべきです」

困惑を隠せない道真に対し、行夜の表情は真剣そのもの。断固として一歩も譲らないと顔に書いてある。

「以前、吉平様はこう言われました。兄弟どちらも悪行を犯したのに、己だけが怒られるのが最も腹が立つと。そのときは理解できませんでしたが、いまなら吉平様の悔しさがよくわかります。天文で恋敵を遠ざけ、堂々と浮気を繰り返す悪行を晴明様に隠し遂《おお》せている吉昌様はずるい。向こうだけが叱られない、それがどれだけ腹立たしいかっ」

あまりに子供じみた申し立てに堪《たま》りかねたのか、晴明が笑い声を上げる。

それにつけても、よもやこのような場で罪が白日の下に曝《さら》されようとは。吉凶を読み解く天文に長じた吉昌も知るまい。

行夜は道真の手をいっそう強くにぎり、その目を真っ直ぐに射る。

「どんな理由があっても、力で相手を蹂躙《じゅうりん》することは許されない。過ちを犯した子は叱り、導いてやらねばなりません。それこそが、義父上が恵俊に行うべきことです」

道真は言葉もなく行夜を見つめていたが、やがて小さく咽喉《のど》を鳴らしはじめる。

「今度こそはと気を張り、ひとときも目を離さないでいたつもりだったが……やはり、子は知らぬ間に大きくなるのだな」

擦れた笑いのあとで、道真は涙の滲《にじ》む声でつぶやくと、おもむろに諸手《もろて》で行夜の首を抱く。

「行夜、どうか俺に勇気を与えてくれ。そばにあり、弱く愚かな義父《ちち》を支えてくれ」

「天神《かみ》のまにまに。全身全霊を懸けて、お守り致します」

行夜の言葉に道真が笑みをこぼせば、にわかに閃光《せんこう》が弾《はじ》け、あたりを一気に真っ白に染め上げた。

晴明も、恵俊もまた耐えられず、腕で顔を覆う。

両者が眩《まぶ》しさを堪《こら》え、再び瞼《まぶた》を開けた時、すでにふたりはひとつに。光も弾け飛び、無数の白梅の花弁と化していた。

千々に舞い散る花びらの中で、道真はゆるりとまぶたを上げる。

雷光が閃《ひらめ》く漆黒の双眼は荘厳にして慈悲深い。

身なりは淡く輝く雲母《うんも》の大袖《おおそで》に、漆黒に黄金の雷光紋様が編まれた絛帯《くみのおび》。瑠璃《るり》と瑪瑙《めのう》を連ねた珮《おびだま》がしゃらしゃらと厳かなる音色を奏でていた。

「これはまた、随分と豪放だな。如何様《いかよう》心に人を遺《のこ》そうと神は神。どうあっても人ではない」

晴明は苦笑交じりにこぼす。

とはいえ、笑ってはいられないほど、放たれた道真の神力の威力は由々しく重い。清く穏やかであろうとも、やはり神の存在は人の世には激し過ぎる。

「道真！　我は屋敷の結界を強化し、行夜だけでは防ぎ切れんかった神力を抑える」

「恩に着るぞ、晴明。安倍家の合力は決して無駄にせん」

「感謝されたところで、そう長くは保《も》たぬぞ。銀勝《ぎんしょう》、赤鬚《せきしゅ》、銀脊《ぎんせき》、顕勝《けんしょう》。四海《しかい》の龍王《りゅうおう》、万雷《ばんらい》鎮《しず》め賜《たま》え。唸急如律令《きゅうきゅうにょりつりょう》」

晴明は太刀を地面に突き立てると、素早く印を結び、呪言を唱える。

呪言は連なり重なり、綿々と四方を取り囲むように積み上げられていく。

道真は今一度晴明に感謝の眼差《まなざ》しを送り、次に恵俊をひたと見据える。

威光に圧《お》されたのか、虚脱したように恵俊が地に崩れ落ちた。

道真はあとを追って片膝《かたひざ》をつき、花を摘むような優しい手つきで恵俊の頬に触れる。

「すまなかった、恵俊。俺はただの少しも、おまえの心をわかってやれていなかった」

ただ一心に、道真は恵俊に謝罪の言葉を紡ぐ。

けれど、恵俊には聞こえていないようだ。小さく震え、光が届かぬ海底に似た目で道真を見上げる。

「殺す、のですか。私を……」

「……どんな言葉で飾ろうと、結局はそうなるのだろうな。ああ、そうだ。俺はこの手でおまえを殺す」

恵俊の両目が大きく見開かれ、次いでつり上がる。

「やはりっ、やはりやはり！　結局、私なぞ要らぬと申されるかっ」

「違う！　違うぞ、恵俊。どうか信じてくれ。俺はもう二度と間違えない。今度こそおまえの手を取る。そして、誓おう。未来永劫《えいごう》放《はな》さぬと」

恵俊は拒むように道真の手をはらい、飛び退る。

「殺すとのたまった口で……戯れにも程がございますな。いいでしょう、義父《ちち》上が半鬼を選び、私を突き放すとおっしゃるのであれば……力尽くで阻止するまで！」

　恵俊が手をふりかざせば、竹林で目にした時と同じく、恵俊の足元から黒雲が噴き出し、鵺《ぬえ》の姿をした時平が地中からずるりと這《は》い出てくる。

　今度はすでに面相は猿ではなく、時平のそれだった。

「……時平。こんな形で、また会うことになるとは」

　ひととき、道真の胸中に昔日が走馬灯のように駆け巡る。

　何かひとつでも違っていたら、この国の人々のために共に尽力できたのだろうか。

　違う言葉、異なる気遣いをかけていれば、あるいは……道真はせり上がってきた悔いという苦味を飲み込む。

　たとえ、一族のしがらみや、藤原の棟梁《とうりょう》としての責任があったのだとしても。

「菅原道真を切り捨てる。おまえは、おまえ自身の心が指し示した強さを選んだ。そうであったと信じているぞ、時平」

　時平に対するすべての感情に決別を告げて、道真は恵俊を真っ直ぐに見つめる。

「恵俊。祟《たた》りを為《な》し、おまえは一度でも救われたか？　時平の尊厳を踏み躙《にじ》り、怨《うら》みを忘れられた時がひとときでもあったか？」

　恵俊が息を詰め、苦しげに呻《うめ》く。

　眉間《みけん》の歪《ゆが》みは明らかな怯《ひる》みだった。

「俺は父として、おまえを罰さねばならん。でもな、それにも増して救ってやりたい。

だからこそ、浄《きよ》めると覚悟を決めた。まずは時平を解き放ち、おまえの怨みを断つ」

「……ならぬっ。この奸物《かんぶつ》を苦役から解き放つなどっ……ええい、行けや！　我が命を果たせぬ時はさらなる痛苦を味わわせてくれる！」

恵俊の狂気じみた怒号を受け、時平は耳障りな咆哮《ほうこう》を上げると、道真に襲いかかる。

道真は身を翻し、時平の追突をかわすと、素早く頭上に手をかざす。

「出てこい、飛梅」

すわ巻き起こった一陣の風と共に、白梅の花弁があたりを飛び交う。数多《あまた》の花びらは光り輝きながら一点に集約、瞬く間に白銀の鱗《うろこ》を持つ小さな龍神《りゅうじん》に姿を変えた。

これは龍神――飛梅の一部だ。行夜と共に大宰府を発つとき、どうせ返事はないだろうと思いつつも一応飛梅にもしばらく留守にすることを伝えた。すると、飛梅は自身の一部を裂いて、道真に宿した。

お守りという意味なのか、それとも一緒に行きたいのか。相変わらず説明がないので、真意はわからない。そうしたいなら好きにさせてやろうと、道真は特にこだわりもなく受け取っておいた。

「予見していたのか、それとも偶然か……なんにせよ、おまえがおって良かった。飛梅、おまえの力で時平を浄めてやりたい。力を貸してくれるか？」

道真が請えば、小さな龍神は返答のかわりに身を翻すと、目《ま》映《ばゆ》く輝き、瞬く間に白銀の弓矢に姿を転じる。

そのうちにも、踏鞴《たたら》を踏んだ時平が踵《きびす》を返し、再び道真に迫り来る。

すかさず道真は弓に矢をつがえ、時平に狙いを定めた。

「藤原時平っ、心安らかに眠れっ！」

弓弦《ゆづる》から放たれた銀の矢はひた疾《はし》り、獰猛《どうもう》な唸《うな》りを上げんとしていた時平の額の中心を鋭く穿《うが》つ。

時平は全身を仰《の》け反らし、ごうごうと凄《すさ》まじい声を上げる。

そのまま倒れることさえなく、矢の刺さったところから時平の獣の体は砂塵《さじん》となって砕け散っていった。

「感謝するぞ、飛梅」

時平への手向けのように白梅香が舞う中、道真が手を放せば、飛梅は弓からまた龍の姿に戻る。

案の定というべきか、やはり飛梅はひと言も発せぬまま、ひらりと尾をふり、煌《きら》めきながら道真の手の内に消えていった。

「くっ……」

先鋒《せんぽう》の駒を失い、恵俊の目に焦燥が過《よぎ》る。相手は神。真っ向から立ち合えば、到底勝ち目のない勝負だ。

「恵俊、もうよせ。俺はこれ以上、苦しむおまえを見たくはない」

恵俊は顔色を変える。その姿はまるで、癇癪《かんしゃく》を起こした幼子のようであった。

「そう思われるなら、どうして私のそばにおってくださらなかった！　義父上がいてくだされば、それだけで私はっ……」

「それでおまえが救われるなら、いくらでもそばにいてやろうと思った。けどな、それじゃ昔と何も変わらない。俺はおまえを偽りの安寧に置き、それで済まそうとしていただけだった」

　道真は切なげな目で恵俊を見つめる。

　親が子に向ける純粋な情愛に、恵俊はびくりと身を震わす。それは怒りより鋭く、憎しみより深く、恵俊を斬り裂く刃《やいば》だった。

「恵俊、おまえは小さな頃から利発だった。謙虚で驕《おご》らず、常に正しくふるまう。目にするたびになんと大人びたことかと感心したものだが、真実は違っていたのだな」

　一歩、また一歩と道真は恵俊に歩み寄っていく。

　その都度、恵俊は一歩、また一歩と後ずさる。

「やめろ……来るなっ……頼む、来ないでくれっ」

「おまえは大人だったんじゃない。生きていくために、早く大人にならねばならなかった。甘えを捨て、わがままを排さねばならんと、必死に背伸びをしていただけだった」

「おねっ、お願いです、義父上。どうか、どうかっ……」

　恵俊は逃げようとする。

　しかし、足を縺《もつ》れさせ、いくらも進まぬうちに転び伏した。

「逃げなくていい、恵俊。俺を見ろ」

「い、嫌だっ。義父上に拒まれるならっ、また突き放されるのであれば、いっそ……」

「安心しろ。先に誓った通り、俺はもう二度とおまえを離さん」

道真は地に膝《ひざ》をつくと、両手でしかと恵俊の体を抱き締める。

「思えば……忙しさにかまけて、ロクに抱いてもやらなかったな。もっともっと、おまえの心の奥の寂しさをすくい上げてやるべきだったのに」

「義父上……」

ひとしきり恵俊を強く抱いてから、道真は少し身を離す。

そして、呆然《ぼうぜん》する恵俊の目を真っ直ぐに見つめた。

「恵俊。俺は他の子たちと等しく、おまえを愛《いと》おしく想っている。だからこそ、おまえの罪を見過ごすことはできない。できれば、こんなことは言いたくなかった……。他の子たちのように、おまえにも悲しみを乗り越えて欲しかった。怨みを断ち切り、自分や誰かの幸福のために生きて欲しかった」

「義父上っ、私は……私はただ、貴方《あなた》が恋しかった。貴方のそばにいられないことが寂しくて悲しくて、どうしても耐えられなかった……」

「おまえを孤独にしてしまったことは、俺の過ちだ。俺だけでなく、元服済みの菅原の男子はすべて流罪に処すと言われ、せめて血縁のないおまえだけは逃してやりたいと、それしか考えられなかった。愚かな独り善がりだと、いまならわかる。おまえの気持ちをちゃんと聞いてやるべきだった」

「義父上は愚かなどではありませんっ、愚か者は……義父上を悲しませるとわかっていながら、怨みに身を任せた私です。闇に堕《お》ち、数多の命を屠《ほふ》った私を……どうか、どうかお許しください……」

「おまえが許しを請う相手は俺じゃない、その手にかけてきた者たちだ」

「……承知しております。ですが、もはや私は魂の芯《しん》まで怨霊《おんりょう》に成り下がりました。どれだけ無辜《むこ》の命を屠ろうと、この心は欠片《かけら》も呵責《かしゃく》を感じない……そう、私はすでに正真の魔性なのです……」

恵俊は己の胸をわしづかみ、悲痛な声で訴える。

「はじめは罪に対する恐れや痛みもありました。ですが、どれもすぐさま泡沫《ほうまつ》のように消えていき……残ったのは尽きぬ怨みと義父上に対する思慕のみ。もはや、この怨霊の胸の内にはそれしかありません」

恵俊は顔を上げると、道真に縋《すが》りつく。

「義父上、どうか私を浄めてください。いまのいままで、どれだけ人の心を失おうと、義父上を慕う気持ちだけは消えなかった。ですが、このまま穢れに蝕《むしば》まれていけば、他と同じように、いつかは……そうなる前に義父上の手から死を賜りとうございますっ」

「恵俊……」

「たとえ相手が酌量の余地もない怨霊でも、貴方はその死に心を痛める方だ。我が死を願うことは、いまの私ができる唯一の孝行。他の者たちに対し、罪の意識を抱くことのできない私が為《な》せる、ただひとつの贖罪《しょくざい》です」

恵俊の懇願を受け止めるように、道真は改めてその体を強く抱き締める。

「わかった。この手で、すべての苦しみからおまえを解き放とう……真尋《まひろ》」

恵俊、いや真尋は大きく目を見開く。

仏門に入る前、まだ道真のそばに在った日々の中で恵俊はその名で呼ばれていた。

何よりも温かく思える響きに、真尋は涙をこぼしはじめる。

「……真尋と。この怨霊を、またその名で呼んでくださるのか？」

「怨霊などではない。俺にとって、おまえはずっと可愛い子だ。これからも何度でも呼んでやる。真尋が飽き飽きするくらいにな」

「は、はは……ははははっ……残念ながら、そのような日は来ません。私が貴方に名を呼ばれることに飽きるなんて……」

ありえない。

涙に震える声でささやき、真尋は道真の肩をぎゅうとつかむ。

「二度と離さぬというお約束、信じていいのですね……」

「しかと約束しよう。俺が俺である限り、生々世々おまえをそばに置くと」

「嬉《うれ》しゅうございますっ……」

真尋は力の限り、道真にしがみつく。

応えるように、道真は労《いたわ》るように広くありながらも幼い背をさすってやった。

「……これより、俺はおまえを浄《きよ》める。救うために、そして罪を贖《あがな》わせるために」

道真は優しく呼びかけながら、そっと真尋の体を離し、立ち上がる。

「どうぞ、お心のままに。義父上のそばにおれるなら、恐れるものなどありません」

真尋は両の手を重ね、素首を曝《さら》すように頭を垂れる。

道真は太刀の柄《つか》に手をかけ、抜き放つ。

月白の燐光《りんこう》が煌めき、その残光がさながら六花のごとく静かに散っていった。

「どうか、怨嗟《えんさ》から解き放たれた魂が久遠の安らぎを得んことを」

道真は太刀をふるう。

斬っと鋭い音を立て、真尋の首が滑った。

道真は膝をつき、落ちゆく首を抱き止めてやる。諸手《もろて》で包んだ恵俊の首は童のようにあどけないほほえみを浮かべていた。

ほどなく、真尋の首は道真の腕の中で淡く輝き、ほろほろと音もなく砕け散っていく。

地に伏した体もまた、同じように儚《はかな》い光の粒となって消えていく。

道真は両手を伸ばし、光る流砂をひとさじ手のひらで包み込む。

合わせた手の内が強く輝いたかと思うや、真尋の一片は小さな真珠色の宝珠に姿を変えていた。

「……ずっと共に在ろう。なあ、真尋」

ささやく声に応《こた》えるように、宝珠が綺羅《きら》と淡く輝いた。

にわかに立った涼風が路傍を抜け、木々の葉や草叢《くさむら》をそよがす。

梅雨が去って以降、天から降る陽射しは灼《や》けるように暑い。日々手強《てごわ》さを増していく炎暑がみせた微細な隙に行夜の眉間《みけん》も自然と緩む。

しかし、暮れなずむ空から簀子縁《すのこえん》に視線を移した途端、再び眉根《まゆね》をぐっと寄せた。

「吉平様。そんなところに寝っ転がっていないで、器くらい運んでください」

「はあ？　こっちは馳走《ちそう》を運んできてやったんだぞ。つべこべ言わずにもてなせ」

簀子縁に寝そべったまま、物臭にのたまう吉平の前に行夜は乱暴に酒器を置く。

「働かざる者食うべからず、という言葉を知らないのですか？　飲み食いしたければ、そのぶん手足を動かしてください」

「まったく、いちいち面倒臭え。だったら――」

「式神を使うのもなしですよ。吉平様の式神がうろうろすれば、飛虎が怖がります。あくまで御自身の手足を動かしてください」

行夜は素気無く言い渡し、さっさと厨《くりや》のある土間に戻っていく。

終

「……のっ！　わかった！　運べばいいんだろ、運べば！」

厨と二間の小さい家屋だ。先程から鮎《あゆ》の良い匂いがあたりに満ち満ちている。

空《す》きっ腹が限界の吉平は怒鳴り、ようやく身を起こす。

野草の茂る小さな庭に咲いた半夏生《はんげしょう》の白い房が微《かす》かに揺れた。


「そもそも、どうして兄弟そろって入れ替わり立ち替わり、うちに居座るんです？　御自邸の方が余程居心地が良いでしょうに」

「おまえは俺が何したってビビらねえから気楽なんだよ。それに、ここなら親父の式神から小言を喰《く》らわずに済むしな」

「では、吉昌様は？」

「知るか。ひょっとしたら、いい加減女に飽きて、男に鞍替《くらが》えしようって肚《はら》かもな」

串《くし》にささった鮎を齧《かじ》りながら、吉平は好き勝手なことをしゃべり散らす。確かに大いに羽を伸ばしている様子だ。

吉昌の悪行を晴明に告げ口した功績だろうか、あれから吉平は前にも増して行夜に気を許すようになった。反対に吉昌からはいまだにちくちくと責められる。

ちなみに、飛虎は竈《かまど》の隙間に隠れている。吉平の式神に対する苦手意識は相変わらずだ。もっとも、顔を突き合わすたびにこぞって涎《よだれ》を垂らされれば無理もないが。

「誰が、何に鞍替えすると？　冗談でも度し難い放言はおやめください。吉昌様ならいまさら傷つく浮名もないでしょうが、私にとっては不名誉極まりない」

「おまえ、いっそうふてぶてしくなったな」

呆《あき》れた様子の吉平に肩をすくめてみせ、行夜も鮎を取る。噛《か》めば、程よい弾力をたたえた身がほっくりと解《ほぐ》れていく。絶妙な塩と焼きの加減だと行夜は自画自賛した。

「しっかし、あれからもう一年か。月並みだが早いもんだな」

「そうですか？　私にすれば、様々な事柄に満ちた長い月日でした。そのように感じられるのは吉平様がお歳を召した証拠ではないでしょうか」

「年寄り扱いするな！　俺とおまえは十も違わんだろう！」

怒声を柳に風と受け流し、行夜は黙々と吉平が携えてきた鮎を食す。再び己の腕の素晴らしさに惚《ほ》れ惚《ぼ》れしながら。

吉平は唇を尖《とが》らせ、光陰の速さでなけなしの可愛げを失っていく行夜をにらんでいたが、ふと思い出したように口を開く。

「……道真のやつはどうしている？　何も言ってこないのか？」

「ええ。まあ、報《しら》せがないのは元気な証《あかし》。大宰府大社に鉄槌《てっつい》が下ったという話も流れてきませんので、恙《つつが》なく土地神の務めに勤《いそ》しんでおられるのでしょう」

如何《いか》に瀬織津姫の後押しがあろうとも、神の規律からすれば道真の京での行いは許されざる狼藉《ろうぜき》だ。たとえ諸神を煙に巻けても、西海の留守を預かってくれていた瀬織津姫の目は欺けない。

確かに、瀬織津姫は道真に新しき神となることを期待している。しかし、だからといって従来の秩序を蔑《ないがし》ろにして良いと言った訳ではない。便りのひとつもない現状を鑑《かんが》みるに、おそらくしばらくは土地神の務めに集中しろときつく見張られているのだろう。

安倍晴明屋敷の騒動の果て。神の力を受け止めた負担が易《やす》く済むはずもなく、行夜の記憶は道真の御霊が離れて以降、すっぱりと断ち切れている。

道真が抜け出たそばから昏倒《こんとう》し、以降三日間眠り続けていた。目を覚ました途端、ひんひんと泣きすがりついてきた飛虎からそのように聞いた。

事の顚末《てんまつ》の詳細については晴明たちが話してくれた。

真尋の荒魂《あらたま》を浄めた道真はその足で京を去った。たとえ神力の影響を抑えたとしても、神の気配まで完全に断つことはできない。そこにあるはずのない神の気配をわずかでも感じ取れば、当然周囲の神たちは何事かと騒ぎはじめる。勝手に他の神の領域に踏み込むことは許されない。不法侵入を咎《とが》められる前に、道真は行夜に別れを告げる暇《いとま》もないまま、脱兎《だっと》のごとく京より逃げ出さねばならなかった。

京から飛び去る寸前、道真は行夜に宛てた伝言を晴明に託した。いわく、どうしても寂しくなったら、いつでも西海に戻ってこい。俺は真尋と共にいつでもおまえを待っている、と。たとえ宝珠だとしても、義兄《あに》とはおおよそソリが合いそうにないが、帰る場所があるのは心強い。

道真が西海の土地神として在り続けると決めたからには、自分も安閑とはしていられない。必ず支えると大見得を切った以上、それに能《あた》う者にならなければ。おかげでこの一年、大波小波にもまれながらも挫《くじ》けず研鑽《けんさん》に励めている。

「騒動に巻き込まれた女人、小雪殿を覚えていらっしゃいますか？」

「小雪……？　ああ、瘴気《しょうき》抜きをしてやった女か」

事が済んだのち、吉平は小雪の介抱に携わってくれた。その甲斐あって、小雪は危うい状態を脱し、無事一命を取り留めた。

「本復されてのち、芳男殿に嫁がれまして。ひいては先日、懐妊がわかったそうです」

「へえ、そりゃめでたいな」

それほど興味もなさそうだったが、吉平は一応言祝《ことほ》ぐ。

「芳男殿は大層な喜びぶりで。それもこれも、吉平様の御力があったからこそと、改めて感謝を述べておいででしたよ。あの折は私もつくづく敬服いたしました。吉平様の助けがなければ、小雪殿の命を救うことはきっとできなかった」

小雪の魂は完全に真尋に魅入られ、邪気に染まっていた。行夜の力業で一時的に救い出したものの、吉平の介抱がなければ衰弱し、遠からず命を落としていただろう。

あのときは急場を凌《しの》ぐため、芳男に人ならざる本性を見せてしまった。あれはなんだと問い詰められるか、化け物と忌避されるか。いろいろと覚悟の上で顔を合わせたが、すべてまったくの杞憂《きゆう》に終わった。

行夜の姿を目にするや、芳男はひたすら涙にくれ、無事を喜び、助太刀に対する感謝を幾度も述べた。目や声に嫌悪は微塵《みじん》も見当たらず、また一切問い質《ただ》そうともしなかった。その後は陰陽寮の先輩として、以前と変わらぬ態度で接してくれている。

　そんな芳男の態度がどれほどありがたかったか。特異な境遇や力とは無縁であるはずの芳男が、異形の存在を受け容《い》れてくれた事実は行夜を大層勇気づける。

　いつも上手《うま》くいく訳ではない。忌み嫌われ、拒まれることもあるだろう。

　だが、それでも。半端を揺蕩《たゆた》う己でも人の世に生きる場所を作れるのだと思える。

「精進します。吉平様たちと並べるように。もっと大きな助けとなるべく」

「なんだ、随分と殊勝だな。らしくもない」

「私が未熟で、吉平様が上手であるのは事実ですから。ただ、乱気にあたっての不調などと白々しい言い訳で出仕をサボる悪癖はいただけません。単に暑くて正装が面倒なだけという真相がバレる前に、さっさと出てこられるのが賢明かと」

「……結局、嫌味か」

「こちらも事実を述べたまでです」

　行夜は新たな鮎を取り、はもりと頬張る。

　なお、余談になるが。

　他神の眷属《けんぞく》に追いつかれぬよう、また人の世に累を及ばさぬよう、道真は雷光に乗じて大宰府へ逃げ帰るために、晴明の屋敷に派手な雷を落としていった。

　義父《ちち》のとんでもない狼藉を知らされ、行夜はすぐさま確かめたのだが、それはもうとんでもなく悲惨な状態だった。これは菅原道真の祟《たた》りと言っていいぞ。道真は大いに笑いながら晴明に言い残していったとか、なんとか。

的外れな噂の流出を防ぐためか、それとも単なる腹いせか。

我の才を妬《ねた》んでの凶行かもしれぬなどと、如何にも神妙な顔で道真の祟りだと吹聴《ふいちょう》し回る晴明も晴明だと思うが、それを差し引いても申し訳がない。おかげでいまも行夜は一条戻橋西詰には足を向けて寝られないでいる。

行夜は難事のあれこれに思いを巡らしながら、ぽつりとつぶやく。

「……祇園会《ぎおんえ》はそろそろでしたでしょうか？」

「うん？　ああ　そういやそんな頃だな。確か……三日後くらいだったか？」

吉平は首を傾げながら、意外そうに行夜を見やる。

「祭りに興味があるのか？　風情のふの字もないおまえが」

「正直なところ、祭り自体に左程興味はありません。ただ」

行夜は言葉を切り、視線を上げる。紺青色《こんじょういろ》に染まりゆく空には膨らみかけの薄い月。ちょうど満月になる頃に穢《けが》れを祓《はら》う祭りもはじまりを迎えるだろう。

「その頃に訪ねて来られる方が大層風雅を好むもので」

いましがた明石《あかし》の港に着いた。少し巡ってから、そのうち鴨川に向かう船に乗る。京に着くのは十日後くらいか。楽しみに待っていてくれ。

文の内容はおおよそそんなところだった。届いた日と、流麗な手蹟《て》で末尾に記されていた月日をつき合わせて数えれば、送り主が京に着くのはおよそ三日後くらいだろう。どうやら祭りに間に合いそうだ。

　我ながら子供だと呆れるが、届いたその日より文を懐中に入れ、暇さえあれば読み返している。懐かしい手蹟に触れれば、何があってもすぐさま背中に芯《しん》が通るから。

「祭りが待たれてなりません」

　夜空から視線を戻し、吉平に笑いかけながら、行夜は無意識に胸元に触れる。

　月下、懐中の文より白梅が香り立つ。そんな気がした。

〈参考文献〉

『白楽天詩選(上)』川合康三訳注　岩波文庫
『白楽天詩選(下)』川合康三訳注　岩波文庫
『菅原道真　学者政治家の栄光と没落』滝川幸司　中公新書
『鬼・雷神・陰陽師　古典芸能でよみとく闇の世界』福井栄一　ＰＨＰ新書
『菅原道真』坂本太郎　吉川弘文館
『菅原道真　詩人の運命』藤原克己　ウェッジ選書
『消された政治家　菅原道真』平田耿二　文春新書
『幸せが授かる日本の神様事典～あなたを護り導く97柱の神々たち～』ＣＲ＆ＬＦ研究所編著　毎日コミュニケーションズ
『陰陽師の解剖図鑑』川合章子　エクスナレッジ
『道教の本　不老不死をめざす仙道呪術の世界』学研プラス
『陰陽道の本　日本史の闇を貫く秘儀・占術の系譜』学研プラス
『マンガ日本の歴史9　延喜の治と菅原道真の怨霊』石ノ森章太郎　中央公論新社

本書は第7回角川文庫キャラクター小説大賞〈奨励賞〉を
受賞した作品を改稿・改題し、文庫化したものです。
この作品はフィクションであり、実在の人物・団体等とは
一切関係ありません。

あやし神《かみ》解《と》き縁《えん》起《ぎ》

有《あり》田《た》くもい

令和4年 9月25日　初版発行

発行者●青柳昌行

発行●株式会社KADOKAWA
〒102-8177　東京都千代田区富士見2-13-3
電話　0570-002-301（ナビダイヤル）

角川文庫 23333

印刷所●株式会社暁印刷
製本所●本間製本株式会社

表紙画●和田三造

ISBN 978-4-04-112561-8　C0193

◇◇◇

角川文庫発刊に際して

角川源義

第二次世界大戦の敗北は、軍事力の敗北であった以上に、私たちの若い文化力の敗退であった。私たちの文化が戦争に対して如何に無力であり、単なるあだ花に過ぎなかったかを、私たちは身を以て体験し痛感した。西洋近代文化の摂取にとって、明治以後八十年の歳月は決して短かすぎたとは言えない。にもかかわらず、近代文化の伝統を確立し、自由な批判と柔軟な良識に富む文化層として自らを形成することに私たちは失敗して来た。そしてこれは、各層への文化の普及滲透を任務とする出版人の責任でもあった。

一九四五年以来、私たちは再び振出しに戻り、第一歩から踏み出すことを余儀なくされた。これは大きな不幸ではあるが、反面、これまでの混沌・未熟・歪曲の中にあった我が国の文化に秩序と確たる基礎を齎らすためには絶好の機会でもある。角川書店は、このような祖国の文化的危機にあたり、微力をも顧みず再建の礎石たるべき抱負と決意とをもって出発したが、ここに創立以来の念願を果すべく角川文庫を発刊する。これまで刊行されたあらゆる全集叢書文庫類の長所と短所とを検討し、古今東西の不朽の典籍を、良心的編集のもとに、廉価に、そして書架にふさわしい美本として、多くのひとびとに提供しようとする。しかし私たちは徒らに百科全書的な知識のジレッタントを作ることを目的とせず、あくまで祖国の文化に秩序と再建への道を示し、この文庫を角川書店の栄ある事業として、今後永久に継続発展せしめ、学芸と教養との殿堂として大成せんことを期したい。多くの読書子の愛情ある忠言と支持とによって、この希望と抱負とを完遂せしめられんことを願う。

一九四九年五月三日

ISBN 978-4-04-112563-2